多维视角下现代文学与审美研究

周国霞　著

北京工业大学出版社

图书在版编目（CIP）数据

多维视角下现代文学与审美研究 / 周国霞著 . — 北
京 ：北京工业大学出版社，2019.11（2021.5 重印）
ISBN 978-7-5639-6872-5

Ⅰ . ①多… Ⅱ . ①周… Ⅲ . ①中国文学－现代文学－
文学研究 Ⅳ . ① I206.6

中国版本图书馆 CIP 数据核字（2019）第 145876 号

多维视角下现代文学与审美研究

著　　者：周国霞
责任编辑：张　贤
封面设计：点墨轩阁
出版发行：北京工业大学出版社
　　　　　　（北京市朝阳区平乐园 100 号　邮编：100124）
　　　　　　010-67391722（传真）　bgdcbs@sina.com
经销单位：全国各地新华书店
承印单位：三河市明华印务有限公司
开　　本：710 毫米 ×1000 毫米　1/16
印　　张：11.25
字　　数：200 千字
版　　次：2019 年 11 月第 1 版
印　　次：2021 年 5 月第 2 次印刷
标准书号：ISBN 978-7-5639-6872-5
定　　价：48.00 元

前　言

伴随着我国社会现代化进程的不断加快，我国现代文学的发展也迎来了重要时期。我国现代文学的起源可以追溯到五四运动时期，五四运动的发生不仅给我国社会的发展带来了深刻的影响，而且对我国文学发展也有重要的作用。五四运动不断推动着我国文学向现代转型与发展，其在理念、功能、文体等方面都有不同的推进和深化作用。

文学与审美之间存在密切的关系。文学审美有着丰富的内容，包括文学的审美观念、审美功能、审美特性、审美理论、审美主客体、审美场、审美体验等。因此，现代文学的发展促进了文学审美的变革，现代文学审美也逐步开始构建和发展。本书即从多维视角展开对现代文学与审美的研究。

本书共分为八章。第一章对中国现代文学的历史沿革进行研究；第二章对中国现代文学的转型与发展进行研究；第三章对中国现代文学的文体发展进行研究；第四章对文学的审美性进行研究；第五章对现代文学审美理论的建构与发展进行研究；第六章对文学审美的主客体与审美场进行研究；第七章对文学经验与文学体验中的审美进行研究；第八章对文学理论的现代性与审美进行研究。

本书共八章，约 20 万字。为了保证研究内容的丰富性与多样性，在撰写的过程中笔者参阅了很多学者关于现代文学与审美的资料，在此对他们表示衷心的感谢。最后，由于作者水平有限，加之时间仓促，书中难免有疏漏和不妥之处，恳请同行专家和读者批评指正。

目 录

第一章　中国现代文学的历史沿革

文学作为社会人文意识高度凝聚后发展的表现，通常与社会现状以及历史发展是密不可分的。本章主要介绍了中国现代文学的起源、发展，以及现代传播对新文学发展的促进作用。

第一节　中国现代文学的起源

一、五四运动时期

1917 年 1 月《文学改良刍议》和《文学革命论》的发表标志着我国文学革命的开始。其是中国文学史上的一个重要历史转折点，宣告了中国现代文学的诞生。

在中国现代文学史上，现代社会制度、现代文化形态等外部变革力量的变迁及影响是我国文学的观念、形式、美感生成的主要动力。文学观念、文学形式的发展与历史变革、政治权利、经济制度等社会话语紧密联系在一起。

五四运动是一场伟大的历史变革，在这样一个翻天覆地、改弦更张的历史变革时期，中国的社会话语在诸多领域开始跨入现代性社会的发展历程，例如文化形态、思想意识、工业经济、政治体制等，中国现代文学也随之进入了现代性的发生、发展的历史征途。

（一）从现代性的视阈来理解五四运动

许多人认为，五四运动是发生在我国封建社会时期的历史宣言。1919 年的 5 月 4 日，爆发了震惊中外的中国人民反对帝国主义、封建主义的爱国运动，它宣告了中国几千年的封建秩序的结束，昭示了中国的思想文化、社会秩序、政治经济、文学艺术跨入了一种崭新的现代性历史征程。

当然，无论是一个旧的社会制度的崩毁，还是一个新历史时代的开启，都不是一朝一夕的事情。从现代性的视阈来讨论五四运动的意义，可以把五四运动放到一个更广博、更多元的视野之下，对其进行一种延伸性、宽泛性的理解。五四运动代表了一个新的历史时段的发生，它涵盖了政治、经济、社会生活、思想文化以及文学艺术等各个领域的蜕旧纳新。

（二）从现代性的时间概念来认知五四运动

从现代性的时间概念来看，五四运动具有创新性和批判性，主要可以分为以下两个方面。

①五四运动的现代性意义指向的是一切与之相对立的"古代""传统"。现代性作为一个重要的时间限定词，它被用来描述任何同"现在"有着明确关系的事物。

②五四运动的现代性意义指向的是"新"，它强调对传统的彻底批判和以此而进行的革新与提高的计划，以及一种更严格、更有效的审美需要，即在重构现代性历史的过程中，不断探讨其平行对应的关系，例如进化—革命、模仿—创造、更新—革新等。过去与现在的对比表明，这样一种意识对于理解历史现象，特别是对于理解知识史上那些对立的趋势是非常重要的。

（三）从现代性的社会学视阈来认知五四运动

五四运动不仅涵盖了不同社会层面的互动关系，而且还开启了现代社会体制各维度的"改弦更张"。其具体体现主要有以下两个方面。

1. 现代体制维度中的现代性的发生

资本主义和工业主义的崛起，封建社会制度和伦理秩序的坍塌，以及工具理性对政治、经济、社会生活各个层面广泛的渗透和制约是现代性发生较为突出的表现，其具体体现在人口的迁徙、科学技术的发展、工业革命、交通和通讯的发展、市场经济、权力统治等方面。

2. 启蒙现代性和审美现代性的发生

其主要体现在审美、文化、思想、文学、道德等方面。它的核心指向是人的主体性的诉求，关乎人的意义、人的自身价值、人的各种合理性需求的满足、人的自由发展等。

二、五四运动的意义

在现代性的视阈下审视五四运动，其历史意义是具有普遍性的，是永恒的，其内涵的丰富性和深刻性亦是值得人们纪念和探讨的。

（一）一场政治领域的历史变革

一般说来，一种社会制度和传统秩序的衰落与坍塌，主要有两个方面的因素，一是内部的腐朽，二是外部力量的入侵。内部的腐朽反映了一代王朝、一种制度或秩序的衰落，外部的侵略势力既破坏了内部的传统制度，也加速了它的灭亡。当时，中国正处于内忧外患的多重危机时刻，这也正是五四运动发生的契机，五四运动爆发的直接原因是"巴黎和会"上中国外交的失败。那些"还我青岛""废除21条""外争主权，内除国贼"的呼声，那些学生罢课，工人罢工，商人罢市的示威活动，都代表着民意力量对现时国民政府的反抗，是学生、工人等民众力量对国家和民族主权的捍卫，是中国人民政治意识的觉醒。

（二）一场社会领域的历史变革

五四运动的爆发是社会历史发展的必然规律，依照人类社会历史前进的规律，一个国家或一个民族一旦进入封建社会后期，商品经济的发展就已经孕育了资本主义的萌芽。在19世纪40年代的中国，民族工业发展的自然进程被国外资本主义列强用大炮、鸦片和廉价的商品破坏了，他们与中国的封建统治者相互勾结，使中国一步一步地堕入了半殖民地半封建的深渊。到五四运动前夕，半殖民地、半封建的中国近代社会的政治制度、经济制度、社会制度乃至文学制度都已经腐败、堕落到了无法修复的程度。1911年的辛亥革命推翻了清朝政府的反动统治，结束了中国两千多年的封建君主专制，建立了中华民国，诞生了一部具有资产阶级宪法性质的临时约法，促进了中国人民的民主主义觉醒。但很快，辛亥革命失败了，孙中山放弃了关于整个国家的革命进程和分步组织政府的想法，袁世凯开始了种种镇压异己势力、限制人民民主权利的行径。例如恢复帝制，废止辛亥革命产生的临时约法，公布"治安警察条例""报纸条例"等。随着反袁力量的高涨和护国运动的兴起，袁世凯的政权迅速崩溃。护国战争后中国陷入了军阀割据的混乱之中。军阀混战是祸国殃民的，军阀们为了扩大自己的统治势力和军队力量，不择手段地筹措军费，出卖国家主权，大借外债，并疯狂掠夺民众，巧立名目，竭泽而渔，增设了印花税、烟酒牌照税、验契税、契税加征、车税加征等，连学生的毕业证书和儒学志愿书也要贴用印花，这诸多的行径导致灾难深重的中国更加疮痍满目。

五四运动后，中国的革命开始向新民主主义阶段过渡，中国的社会性质发生了关键性的历史转折。中国的政治力量开始重新分布，经济格局开始转型，中国的工人阶级第一次登上了历史舞台，具有初步共产主义思想的知识分子开始发挥重要的领导作用。在这历史阶段，中国民族工业迅速发展，中国工人阶级开始成长壮大起来，带动了中国民族资本主义的发展，中国民族工业的企业利润有了显著的增加。

1914—1919年间，无论是设立厂矿数目还是企业投资额都有显著的增长。随着中国民族工业的进一步发展和帝国主义在华企业的增多，中国工人阶级逐渐成长为一支独立的政治力量。第一次世界大战前夕，中国工矿企业等工人的总数只有100万人，而在第一次世界大战之后，中国工人数量增加到200万左右。据此可知，工人阶级队伍的壮大是与新经济形式的出现及经济的发展紧密相连的，是最先进、最革命的阶级。而且，中国工人阶级的存在地点比较集中，主要分布在上海、天津、广州、武汉等沿海沿江的少数大城市和少数较大的近代企业里。他们的意志力和斗争性都比较强，深受帝国主义、封建主义和官僚资本主义的三重压迫，这些压迫的严重性和残酷性是世界其他民族中很少见的，进而在一定程度上促使了当时中国工人较强革命性特征的出现。同时，中国的工人阶级大多出身于农民阶层，其与广大的农民有一种天然的联系，容易与农民结成亲密的联盟。于是，在工人阶级走上政治舞台以后不久，就产生了中国共产党，工人阶级也就在本阶级的政党领导之下，成为中国社会各种力量中最有觉悟的阶级。

（三）一场伟大的思想解放运动

五四运动的现代性意义还在于它是一场启蒙运动，是一场伟大的思想解放运动。

五四爱国运动促进了中国人民的政治觉悟和思想觉醒。五四运动令当代青年清楚地认识到社会现实的腐败和黑暗，以及国家岌岌可危的命运。五四运动调动了青年知识分子以救国救民为己任的思想，进而推动其积极探索救国救民之路。

五四运动后，许多具有初步马克思主义思想的知识分子开始组织社团、接触工人群众、撰写文章，于是关于马克思主义的宣传文章逐渐出现在各种刊物上，例如《国民》《晨报副刊》《新中国》《每周评论》等。马克思主义学说以其缜密的科学性和革命精神逐渐成为日益增多的先进知识分子的思想信仰，中国新一代青年马克思主义者逐步成长起来。新文化运动也逐渐发展成为以传播马克思主义为中心的思想运动。

可以说，在五四思想启蒙运动中，面对五花八门的西方现代思潮，中国人民的思想启蒙和思想解放在马克思主义指引下，在更广阔的范围和更深刻的程度上获得了发展。

第二节　中国现代文学的发展

一、民主、科学与思想启蒙的理性张扬

启蒙运动，即启迪蒙昧，反对愚昧主义，提倡普及文化教育的运动。世界上最早的启蒙运动发生在 17、18 世纪的欧洲，其精神实质是宣扬资产阶级政治思想。

五四运动作为一场在中国大地上发生的启蒙运动，与欧洲启蒙运动相比，有诸多的相似之处，又有所不同。就其性质来讲，两者都是关于政治思想的革命。就其批判指向来讲，两者都反对宗教蒙昧主义，反对封建专制制度。中国的五四启蒙思潮更多的是针对封建制度、封建伦理道德，而反宗教、反神权的倾向则比较薄弱；就其思想核心来讲，两者都是建立在理性主义的基点上，但欧洲的启蒙运动更注重政权性质和制度两个方面，中国的思想启蒙运动更多地侧重于思想意识、伦理道德的范畴，更类似文艺复兴时代的反封建。

欧洲启蒙运动高举的是理性的旗帜，强调一切事物都必须在理性法庭面前接受无情的审判，以决定其存在或消亡。欧洲启蒙运动思想家们的理论主张涉及宗教信仰、社会科学理论、社会制度、国家体制、文化思想、文学艺术等诸多领域。他们力图从理论上证明封建制度的不合理性。在欧美启蒙运动的思想家看来，人民思想和社会落后的根本原因是宗教势力对精神的统治与束缚，为了改变这种状况，他们必须树立理性和科学的权威，大力宣扬科学和理性，宣扬民主、自由、平等，大力宣扬"天赋人权"，法律面前人人平等。他们强调，人的理性是衡量一切的尺度，要求传播科学知识以启迪人们的头脑，从而增强人类的福利。在启蒙运动发展期间，出现了几个优秀的思想家，他们对启蒙运动的发展起到了重要的推动作用。如伏尔泰主张资产阶级君主立宪制以及天赋人权、自由平等；狄德罗主张国家源于契约，立法属于人民，理性一定能克服迷信，科学一定能够消除宗教；卢梭主张"主权在民"，强调一切权力属于人民，权力的表现和运用必须体现人民的意志；康德主张人民是一个理性的存在者，道德行为受实践理性的支配等。

中国五四新文化思想启蒙的旗帜同样是理性主义的。五四新文化运动的倡导者以批判封建制度和封建伦理道德为旗帜，大力倡导思想文化领域的"改弦更张""新陈代谢"，倡导人的"自主之权"和"独立自由之人格"，倡导"民主"与"科学"的精神。

在五四运动这样一个波澜壮阔的重大历史事件上，文化意识形态转型的核

心是思想启蒙，思想启蒙的终极目标在于"改弦更张""新陈代谢"。陈独秀在《新青年》创刊号上发表了《敬告青年》一文，他大声疾呼，中国已经到了"改弦更张"的历史阶段，到了必须"新陈代谢"的关键时刻。

在五四新文化运动倡导者看来，"改弦更张""新陈代谢"的基本原则是必须坚持理性主义的立场，因为只有理性主义才能让我们的国家和人民"明其是非"，才能清醒地认识、深刻地把握启蒙的关键所在。而思想启蒙的关键则是陈独秀所说的欲启蒙国家和拯救国民的"六义"。而"六义"从本质上讲，大致有以下几方面含义：

①自主的而非奴隶的，要求人人应该拥有"自主之权"和"独立自主之人格"，即不能被别人奴役。

②进步的而非保守的，可以借用法兰西哲学家柏格森的"创造进化论"，从宇宙自然的演进和人类历史发展的角度来看待"不进则退"的"宇宙之根本大法"，无论是伦理、法律，还是学术、礼俗，只要是封建制度之遗，必然不适环境而不能在世界之林争存，必然要归于消亡。

③进取的而非退隐的，倡导"应战胜恶社会"，去做"进冒险苦斗之兵"，而不能学习中国传统文化中的那种"以闲逸恬淡为美风"的"洁身引退"。

④世界的而非锁国的，倡导打开国门，开放思想，在万邦并立、朝夕千里的世界大潮流面前，不漠视外情，不"闭户造车"。

⑤实利的而非虚文的，即从英国哲学家穆勒、法国哲学家孔德等人的实证主义理论出发，从新兴资本主义国家发展的视角切入，来论证工业革命和科学技术的进步与社会秩序、人的现实生活之间的关系，论证"科学大兴""物质文明""生活神圣"的意义，号召人们去"崇实际而薄虚玄"。

⑥科学的而非想象的，分析了客观真理、科学理性与主观蒙昧、宗教想象之间的是联系及其各自的是非功过。

这"六义"根植于思想启蒙的理性主义立场，是构成五四思想启蒙运动的重要理论基础。

在历史上，软弱者被强暴被横夺，失去了自身的自由，这种奴隶的身份非血气所忍受。"人权平等之说"的发生，是近代欧洲历史上的一种"解放历史"，它倡导一切权利的民主与解放。关于科学，陈独秀说："士不知科学，故袭阴阳家符瑞五行之说，惑世诬民，地气风水之谈，乞灵枯骨。农不知科学，故无择种去虫之术。工不知科学，故货弃于地，战斗生事之所需，——给于异国。商不知科学，故惟识罔取近利，未来之胜算，无容心焉。医不知科学，既不解人身之构造，复不事药性之分析，菌毒传染，更无闻焉。"

　　"民主"与"科学"因此成为五四思想启蒙的纲领，成为中国历史波谲云诡的变革大潮中高高耸立的一面旗帜。

　　五四新文化运动的倡导者们纷纷发表演说，撰写文章，倡导"民主"与"科学"，反对专制和愚昧。"民主"与"科学"的锋芒直指中国历史几千年来的封建专制、传统文化和孔孟之道的伦理道德。五四启蒙运动的先驱者们对封建主义文化思想的核心"孔孟之道"进行了猛烈的抨击，认为儒家思想之所以能成为"万世师表"，是因为孔子所提倡的政治、礼教、道德等思想规范是适用于封建社会的，是中国两千余年来未曾变动的农业经济的产物。而到了现代社会，物质文明和精神文明日新月异，大工业经济的发展也在突飞猛进，中国的社会现实也必须要产生与新的历史情境相适应的新思想、新文化。李大钊写了著名的《青春》《晨钟之使命》等文章，号召青年"冲决过去历史之罗网，破坏陈旧学说之囹圄"，为创造一个青春的、更新的国家而奋斗。吴虞被称为"只手打倒孔家店的英雄"，其发表了《吃人与礼教》，不遗余力地列举了中国历史上种种封建礼教"吃人"的实例，深刻批判了封建专制和封建礼教"吃人"的残酷本质。他们大声呼吁："我们中国人，最妙是一面会吃人，一面又能够讲礼教。……孔二先生的礼教讲到极点，就非杀人吃人不成功，真是残酷极了。……到了如今，我们应该觉悟！我们不是为君主而生的！不是为圣贤而生的！也不是为纲常礼教而生的！甚么'文节公'呀，'忠烈公'呀，都是那些吃人的人设的圈套，来诓骗我们的！我们如今该明白了！吃人的就是讲礼教的！讲礼教的就是吃人的呀！"

　　随着五四新文化运动的开展，自由、平等、博爱等思想观念越来越为人们所推崇，个人价值、自由意志、人格独立、个性解放等个性主义的呼声在现实社会中普及开来，也渐渐弥漫在社会文化思想领域中，影响着人们的情感。其倡导打倒一切权威、反对封建束缚，提倡思想自由、学术自由，主张个性自我的独立尊严和独立人格。如此在民主与科学的口号下，思想教育和教育思想的革命乘风破浪地开展起来了。蔡元培在任教育总长期间指出，"民国教育应以养成健全人格为根本方针"，并将这一主张付诸于北大、南开的教育实践，后以个人自主、自由人格为重心的健全人格的培养得以被重视，越来越多的社会精英被培养出来。同时，全社会开始提倡"普及教育"，提倡人人都有受教育的机会，在教育中逐渐形成了一种以教育权平等、通俗化、教学方法贫民化等为标志的平民主义教育思潮。

二、西学东渐与人的意识的现代觉醒

鸦片战争失败后，西方社会民主自由的思想逐渐传入中国。与此同时，中国的教育文化界发生了重大的变化。首先，开启了向西方学习的洋务运动，设立了洋务学堂，例如京师同文馆、广方言馆、广东同文馆等，为我国学习西方思想文化技术提供了人才。

1867年，学者王涛韬接到外国友人的访问邀请，此事件成为中国近代3万知识分子留学的开端。1872年，开始了中国人出国留学的浪潮，清政府安排约120名幼童公费赴美留学。西方的先进科技和思想涌入中国，对中国近代社会的转型产生了深刻的影响。

在西学东渐的大潮中，西方现代社会的民主自由思想通过文化交流进入到中国知识分子的头脑之中。他们在东西方文化的对比思考中开始寻找自我、民族和国家的未来，也在两种文化的差异中接受了西方现代文明的理性启蒙。西方的现代启蒙以人本主义和理性主义为核心，主张自由主义的价值观。

以人为本的民主和自由的思想，使中国知识分子在君权、族权之外发现了崭新的自我。这种自我意识的不断加强，有效地促进了中国的社会制度由君主立宪向后来的民主共和转化。西学东渐的过程，也是现代知识分子不断寻求自我价值的探索过程，是他们与忠君贤臣的梦想告别的脱胎换骨之旅，是知识阶层与清政府统治乃至整个封建制度彻底决裂的过程，是中国知识分子实现自我人格完全独立的过程。

西学东输是中国知识阶层面对传统文化和现实国情所做出的历史性选择。五四社会历史转型时期的西学东输为腐败的中国社会带来了西方先进的思想文化。其中令人瞩目的成就是，严复翻译了赫胥黎的《天演论》，将"物竞天择，适者生存"的西方现代天道论引入中国。中国文化历来以天地有容万物的"道"为核心，以万物一体的"和"为出发点，以天地人伦理有序为生存方式，《天演论》的思想打破了中国人传统的惯性思维模式和人生态度。其所带来的"落后就要挨打，强国才能保种"的现代认识，成为国人奋发图强的动力。它既为个体自我的生存和人生奋斗提供了合理合法性，也在思想认识上对君臣父子式的伦理秩序造成了时代性的致命冲击，从而极大动摇了封建统治的意识形态基础，为资产阶级社会革命的到来奠定了思想基础。《天演论》在当时社会得到了广泛传播，于知识阶层中取得了普遍共识，标志着中国人的思想意识发生了现代化的根本转向，开始朝向了现代民主自由的诉求。

在五四运动的历史转型期，人的觉醒、人的解放、人的个性和自我的实现成为思想启蒙运动的主要理论纲领。新文化运动领导人对其大力宣扬并从不同角度进行系统阐释，使之在当时社会中普遍传播开来。梁启超在总结戊戌维新运动和五四运动前的历史时说，中国人的思想启蒙、文化启蒙的历史过程在于，"第一期，先从器物上感觉不足……于是福建船政学堂、上海制造局等渐次设立起来。第二期，是从制度上感觉不足……所以拿'变法维新'做大旗，在社会上开始运动。第三期，便是从文化根本上感觉不足……渐渐要求全人格的觉醒"。周作人站在人道主义的立场上，对"人""人性""人的文学"的解释，既深切地关注俄国、匈牙利、波兰等被损害被侮辱人民的民族文学，又广泛地接受英美文化中的自由主义、个人主义的影响，并且大量依据了科学的、生物学的、心理学的以及性心理学的理论思想。他说，"人""人性"的构成应该是灵肉二者合一的，人的正当存在应该是由精神和肉体两个方面构成的灵肉二重的生活。其手段，便是灭了体质以拯救灵魂。所以古代以来的宗教，大都厉行禁欲主义，用种种苦行抵制人类的本能。到了近世现代，人们逐渐认识到这灵与肉的冲突本来应该是"一物的两面"，"并非对抗的二元"。

周作人还接受了弗雷泽、泰勒等人的文化人类学或社会人类学的影响，把人性置于人类学的范畴之中来解释，强调人道主义的人性应该立足于"改良人类的关系"。即个人与他人与人类之间的关系应该是一种"人"的"理想生活"的关系，是一种"利己而又利他""利他即是利己"的生活关系。

当然，五四社会转型期以"人的意识"的觉醒为代表的思想启蒙明显地受到了西方现代思潮的影响，但没有彻底脱离以人伦关系为本体的中国社会。于是，这种"人的意识"的觉醒是一种人伦的个体脱离整个人伦关系体系的出走或叛逆，将其置身于中国当时的社会现实之中，注定是没有文化之根的痛苦漂泊，也无法真正抵达西方式的民主与自由的个体领地。并且，中国的人伦个体与人伦关系整体系统存在着无法割舍的天然联系，这就导致了五四时期主张个性解放、追求婚恋自主的个体自我的人生痛苦，而爱情与婚姻在与亲情的苦苦纠结中，生成了一个又一个的悲剧，此也构成了中国现代文学作品中永远说不尽的主题之一。

三、中国现代文学发展的三个十年

中国现代文学在有限的时空范围内最大限度地展示了中国现代社会的各个侧面，体现了中国现代作家对民族命运的沉重思索与探寻。中国现代文学发展的表现主要是三个十年，即从 1917 年到 1949 年。

（一）第一个十年（1917—1927）的文学发展

中国现代文学的第一个十年，是现代文学开拓与奠基的阶段。这一时期文学的基本特征是文学改革的内容逐渐转向思想内涵的深刻变化，即文学革命向革命文学发展。

1917年，胡适、陈独秀分别在《新青年》上发表了《文学改良刍议》和《文学革命论》，标志着文学革命运动的正式兴起。两人的作品引起了广大人民的深刻关注，并作为理论先导对文学革命的发展起了鸣锣开道的作用，随后诸多学者、作家对文学革命的主张积极响应，如李大钊、周作人、钱玄同、鲁迅、刘半农等，文学革命的帷幕徐徐拉开。

马克思主义的传播、十月革命的影响，以及五四运动的爆发将文学革命推向高潮。与此同时，出现了一批优秀的作家和新文学作品，主要体现在以下几方面：

1. 小说

鲁迅、郁达夫、冰心、叶绍钧等新文学作家创作了内容和形式全新的小说。例如划时代的《狂人日记》《呐喊》《彷徨》等。

2. 诗歌

刘大白、沈尹默、刘半农、胡适等诗人以白话新诗动摇了旧体格律诗的正宗地位，例如诗集《女神》，以其内容和艺术的特有气势，开创了自由体白话新诗的一代诗风。

3. 散文

散文在文学革命中的成就远远超过了小说和诗歌。其主要表现如，中国现代报告文学起源于瞿秋白创作的通讯报道，如《饿乡纪程》和《赤都心史》等；以许地山、朱自清、俞平伯、周作人等为代表创作的抒情叙事散文；以李大钊、鲁迅为代表创作的随感录和杂文，等等。

4. 话剧

以欧阳予倩、田汉、胡适、洪深等为代表的作家尝试了新的文学样式，创作了许多白话剧本。白话剧本的内容均以新的语言形式、新的主题、新的题材、新的人物形象出现在大众眼前，并且充满了破旧立新的五四时代精神。

这一时期文学创作最突出的主题是反封建。农民及其命运成为许多作品表现的对象。而且与历来文学不同的是，作家在描写农民的过程中，彻底否定整个封建旧制度，此相比于以往的文学作品具有更为强大的批判力量。同时知识分子的生活、探索和思考也得到了广泛的表现。很多作品反映了进步知识分子对民族压迫和封建压迫的高度敏感，描写了他们摆脱封建道德束缚、争取婚恋自主、追求个性解放的奋斗与抗争，同样体现了反封建的思想主题。对妇女地位的思考以及对国民劣根性的批判，也是这一阶段许多新作家集中探讨的问题。

1921年以后，随着新文学理论和创作的深入发展，文学界出现了大量的文学刊物，涌现出了众多的新文学社团，其中重要的有文学研究会、创造社、语丝社、新月社，风格接近文学研究会的未名社、莽原社，还有创造社、南国社、浅草社和沉钟社等。文学研究会标榜为人生的写实主义，创造社鼓吹重艺术的浪漫主义，两者形成了各具特色的两大风格流派，对后来的文学发展产生了重要而深远的影响。此外，还出现了"问题小说""身边小说""乡土文学"及"语丝文体""象征派"诗歌等丰富多彩的文学作品。这些文学作品的出现表明了新文学的成熟和壮大。这一时期新文学作家们还通过各种渠道广泛译介大量的外国文学作品和文学理论，从而扩展了新文学的艺术视野，打开了中国文学与世界文学相联系的格局。

这一时期的文学还存在一定的局限性：

①在民族文学遗产的问题上，存在着虚无主义倾向，导致文学创作很难实现民族化的艺术追求。

②在翻译外国文学的过程中，翻译者缺乏应有的分析、判断能力，导致不能很好地区分精华和糟粕。

③大部分文学作品带有宿命论倾向。

④部分作家生活视野狭窄，致使在文学创作中追求自我情绪的表现成为一时的风尚。

（二）第二个十年（1928—1937）的文学发展

第二个十年的文学发生在第二次国内革命战争时期。在这一时期，左翼文学迅速发展、高涨，并成为文学发展的主潮。除此之外，还出现了一批风格独特的作家，例如曹禺、沈从文、老舍、巴金等，以及众多的社团流派，逐渐形成了现代文学的繁荣局面，中国的文学发展也因此进入到了渐趋成熟的阶段。

1928年，创造社和太阳社作家为适应无产阶级革命运动，开始积极倡导文学运动。于30年代初成立了左翼文学团体，后其成为这一时期的文学主潮，逐渐走向了高潮。文学作品大多具有战略性、思想性等特点，注重反映无产阶级革命斗争，其不仅批判了半殖民地半封建社会腐朽的生活，还揭露了帝国主义对中国文化、经济、军事等方面侵略的罪恶。除此之外，这一时期的作品还注重底层劳动者和革命者形象的塑造，不仅着力描写了农民的英勇斗争精神，还表现出了农民的苦难遭遇，揭露了阶级矛盾对立的历史现实。如茅盾、"左联"五烈士、叶紫、丁玲、洪深、东北作家群、洪灵菲、张天翼、田汉、蒋光慈等人的作品在此内容上皆有深刻的体现。

同时，民主主义作家也为这一时期的文学发展做出了巨大的贡献，例如沈从文的《边城》、老舍的《骆驼祥子》、巴金的《激流三部曲》、曹禺的《雷雨》《日出》、李劼人的《死水微澜》《暴风雨前》《大波》等"大河小说"，以及现代派诗歌、新感觉派小说等，以不同的艺术方法从不同角度揭示了现实社会的矛盾，显示了很高的艺术成就。

这一时期的文学创作也存在着明显的缺陷。

①文艺工作者们的理论和实践并没有解决文艺大众化的问题。

②部分作品缺乏惊喜的艺术磨炼。

③作品对人物形象的描写不够丰满。

④部分作家对革命斗争缺乏实际的了解，导致其作品和人物形象的塑造缺乏真实感，且存在着概念化的弊病。

（三）第三个十年（1938—1949）的文学发展

第三个十年文学发展的主要特点是民族斗争与阶级斗争对文学的发展产生了巨大的影响。其以1942年延安文艺座谈会的召开为界，分为两个阶段。

1. 第一阶段

这一阶段指抗战初期的文学发展。这一时期的作家纷纷投身抗日救亡运动，出现了许多以爱国主义思想为主题、围绕抗日救亡运动的文艺作品，如街头诗、独幕剧等。作家们通过历史故事将严峻的现实展现给更多的人民，并通过作品表达人民正义的呼声。这一阶段最具影响力的历史剧是郭沫若的《屈原》和《虎符》等。

2. 第二阶段

这一阶段的文学发展主要分为沦陷区、国统区和解放区三部分。

①沦陷区和国统区。这两个区域的作家主要围绕民主革命运动展开创作，其作品大多具有揭露性、讽刺性的特点，例如钱钟书的《围城》、袁水拍的《马凡陀的山歌》、茅盾的《腐蚀》、陈白尘的《岁寒图》、巴金的《寒夜》等。这部分作家运用不同体裁、从不同角度深刻的批判了国统区的黑暗现实。此外，张爱玲等一批风格独特的作家作品，也显示了现代文学发展的多向度特征。在

艺术风格上，许多作家也逐渐向大众化、民族化的方向发展，他们不仅累积了许多创作实践的经验，而且取得了可喜的成绩。

②解放区。毛泽东的《在延安文艺座谈会上的讲话》提出了一条较为完整的马克思主义文艺思想方针，明确了文艺为工农兵服务的方向，解决了文艺大众化等一系列五四以来重要的文艺理论的实践问题，开辟了无产阶级革命文学的新阶段。在这样的社会背景下，新文学得到了空前的发展，涌现了一批具有民族气派的作家和作品，例如周立波、丁玲、孙犁、赵树理等；《王贵与李香香》《白毛女》等作品，就是文艺在实践中所取得的重要成就的代表。

新文学每前进一步，都伴随着同守旧势力和各种思想派别的斗争。从 20世纪 20 年代的现代评论派、鸳鸯蝴蝶派、甲寅派、学衡派、国粹派等，到 30年代国民党政府的第三种人、论语派、法西斯民族主义文学、自由人、新月派、文化围剿等，直至 40 年代的战乱文学、战国策派等，新文学在文学思潮的不断斗争中发展起来。中国现代文学的历史，也是一部文艺思想斗争的历史。

中国现代文学的发展虽然以五四以来的现实生活为土壤，但也充分吸收了中国传统文化和外来文学的丰富营养。它一方面与中国民族文学遗产保持着承继的关系，另一方面又汲取了世界文学潮流中有益的成分。现代文学批判地继承了中国古典文学的精华，而且直接以近代文学为其先导。广大现代作家身上厚实的古典文学根基，深刻地影响着他们的新文学创作。同时，现代作家又广泛译介了世界各国文学，打通了中国现代文学走向世界文学的道路。现代文学史上几乎所有重要的作家，如鲁迅、郭沫若、茅盾、巴金、周作人、郁达夫、瞿秋白等，都参与了对外国文学的传播介绍。这种介绍在思想倾向、艺术观念及创作技法上，对整个现代文学的发展产生了重要的作用和影响。中国现代文学的历史，从某种意义上讲，也是新旧文学相交融的历史，同时又是中外文学相交流的历史，是在各种文学交融与交流过程中建立民族新文学的历史。

第三节 现代传播与新文学的发展

一、现代城市经济的发展与新文学的发展

反帝反封建的五四文学革命与现代城市经济的发展为文学家的创作提供了新的视角和价值判断取向，并且赋予了文学新的意义。在这样的大环境下，文学创作也与时俱进地呈现了新的面貌，成为新文学的标志性特色，其主要体现在以下几个方面。

（一）新的作家群体的出现

新文学创作中的一系列变革都显示出主体自我主动积极地去适应时代发展需求的特点。新文学作家大多是以家国兴亡为己任、具有极强的精英身份意识的社会上层的知识分子，他们既接受过中国传统教育，也深受西学影响，主张学习西方，关注西方现代的文化、经济、政治等方面的发展，渴望国富民强，重构本民族的强势文化。以胡适、陈独秀、李大钊、鲁迅、郁达夫、茅盾、周作人等为代表，他们作为在新环境中生活的作家，纷纷由改变政体的救亡图强转向首先改变国民的思想劣根性，即以文学的启蒙功能塑造有人性的新人，将国民的觉醒看成国家的希望。他们文学创作的现实感非常强烈，直接提出"为人生""为社会""为人性"的艺术创作目的，他们成为完全蜕除了传统君主意识的，称为新民主主义历史上的新文学作家的人。

（二）新的文学功能的转型

新文学创作中的主体思想，有着不同以往的新思想。个体自我觉醒的民主自由意识，是新思想诞生的基础。创作主体的新我正是由新思想武装起来的。正是由于作家主体社会革命思想的不断发展成熟，转型期的文学才能不断在转型中发展完善。作家的创作意识随着社会不同阶段的发展有着不同的变化，并且作家也在不断更新着自己的创作观，在其主观努力下，新文学创作在文本叙事、主题意蕴以及社会功能等方面发生着重要变化。在新文学现代转型的历史变革期间，随着城市经济发展，社会市民无产阶层的壮大，文学创作第一次与政治革命、社会转型和思想启蒙有效地结合起来，例如鲁迅的《阿Q正传》，就抨击了辛亥革命的不彻底，直接描写了无产阶级工人革命运动。在中国现代文学史上，作家群体置身于时代的大潮中，不断强化着文学与时代的联系，并坚持不懈地寻求救过救民的新思想。

（三）文学题材和主题的新的现代转型

新文学在主题意蕴和题材选取呈现的特征上都受社会革命与封建帝制的影响。反帝反封建的思想启蒙成为文学新的思想指向。以鲁迅等人的作品为代表，其从不同的视角全面地、彻底地表达着反帝反封建的深刻主题。例如鲁迅的《长明灯》《祝福》《药》等直指封建旧礼教、旧习俗，王鲁彦的《菊英的出嫁》《岔路》，许杰的《惨案》《赌徒吉顺》，冰心的《最后的安息》，台静农的《蚯蚓们》《烛焰》等作品都旨在以不同的方式去批判封建迷信观念中的有关童养媳和典妻制度等的旧风俗。冰心在《庄鸿的姊姊》中则提出婚姻自由、男女教育平等的问题，这些有关现代社会生活和现代人生体验的内容使五四新文学呈现出与传统小说截然不同的新的时代气息和新的思想诉求。

此外，诸多新的因素构成了新文学新的文学形式。新文学的勃兴通常具有适合报刊登载的报刊体特征，具有新闻的时事性，通俗的快适性，犀利的批判性等特点，能够及时地、迅速地在各种报刊媒体上广泛传播，并产生极大的社会影响。例如五四自由诗，打破了中国传统诗词的格律的束缚，以胡适、周作人、刘半农、刘大白等人为代表的自由体小诗，以徐志摩等人为代表的浪漫主义抒情诗，以闻一多为代表的新的格律诗，以及以李金发为代表的象征主义诗词，都显示出一种前所未有的新思想、新形式。例如五四现代散文，可以说是新文学运动中表现得最为成功的一种文体。以周作人看来，五四散文，也就是所谓的美文，在五四社会历史的转型期间表现出其他文体无法比拟的优秀特质，它们是"文学发达的极致"。

周作人指出，以五四散文为代表的中国现代散文的成功是中西合璧的成就。一方面，五四现代散文是与中国古典散文一脉相承的，它继承了明清小品温文尔雅的传统，即公安派、竟陵派与时代主潮保持一定距离的"独抒性灵"的隐遁色彩，同时追求艺术完美的雅致。另一方面，五四现代散文又借鉴了英国絮语，借鉴了欧美散文中的家常闲话的文体、平淡自然的态度、现代观念的知识、主观人格的个性和清逸冷隽的美质。

周作人还详尽地分析了中国现代散文发达的原因。

①中国古代散文自身发达的悠久历史传统。

②对外国散文的广泛借鉴。

③现代散文自由的文体更适合五四时期文学青年的思想情感的表现。

二、城市报刊业与新文学的发展

中国新文学的崛起离不开报刊业和现代传媒的兴起。当然，以报刊为代表的媒介传播在中国也有着久远的历史，并且始终根植于国家政治权力的需求之下。汉代诸侯国的抄报是最早出现的报纸，其主要作用是与权力政治中心保持联系，各诸侯王均派设驻京私邸，收集诏令奏章、宫廷信息、政治新闻等，并以手工传抄的方式寄回诸侯国。

在唐代，报刊被称为朝报或官门抄，其内容包括律令发布、官员升迁、帝王生活等简短的政治信息，是世界上最早的官报，辛亥革命后其被改称《政府公报》。根据相关学者研究考证，世界最早的期刊是南宋民间流传的小报，不仅仅定时编撰、销售，还采用了活字印刷的方式。中国报刊历史悠久，发展于经济较为发达的南宋时期，且是临安市民获得信息的主要来源，因此在民间有着深厚的接受基础。在社会历史的转型时期，革命运动的先知们经常会利用报刊杂志来宣传自己的政治主张和思想。

现代报刊传媒业对于新文学的理论主张和文学创作的推动作用，主要表现在三个方面。

①拓展了文学、文论的受众接受范围。报刊发行量的急剧增长使读者范围空前拓展，这在一定程度上促进了大量优秀作品的产生。例如戊戌变法时期的报纸有 100 多种，其中 70 多种是改革派的报纸，例如《湘报》《时务报》《字林沪报》等，这类报纸的内容以变革图强、指摘时弊为主，充分代表了在外忧内患的时局之中民众的热切心声。由此可见当时的报刊出版业具有雨后春笋般的生机，报刊上各色言论消息的争相共鸣、新旧交加鲜明地呈现出社会转型期风流激荡的历史面貌。

②为文学发展培养了大量的作者群与读者群。城市报刊业的繁盛促进了文学的创作与销售的繁荣，推进了中国文学现代转型的发生。文学通过报刊传媒业使读者、批评家、文学家形成创作与接受的互动，不仅拓展了读者群，作家还能根据读者的需求改变内容。

在城市空间中，经济的发展具有流动性且人口相对聚集，因此城市对各种信息的汇集与传播的需求较大，这在一定程度上可以促进新闻出版业的发展。对于新文化倡导者来说，报刊的实效性好，可以使其成为阐发自己政见、发表自己创作的文学作品的主要阵地。另外，现代稿酬制度的建立也是文学繁荣的一个重要因素。

③使文学反映社会人生成为可能。报刊传媒业的繁荣加强了社会功能的时效性和文学的现实性审美品格，例如将小说以连载的形式刊登在报刊上并按期销售，不仅可以为报刊吸引一批忠实的读者，还可以为小说家增添继续创作的经费。小说家的取材倾向也逐渐向现实人生转变，反映变革时期崭新的现代生活和人生体验的题材随处可见。受当时社会背景的影响，大多读者都有着一种急于与社会交流信息的渴望，所以读者对现实性题材格外偏好，小说的现实审美品格也就格外凸显。各路知识精英，冲破传统报人的传统意识，以现代人生体验和现代启蒙意识去写书办报，针砭时弊。在强势的新闻报人身份下，文学创作更多地展现出了人民和民族的深重苦难、社会现实的陈规陋习以及觉醒了的知识分子的人格自我。同时，这些文学作品所表述出的在寻求国民生存的道路上所经历的挣扎和迷茫，促进了变革时代文学转型的成功。例如《新青年》是五四时期的旗帜性刊物，于 1917 年先后发表了《文学改良刍议》《文学革命论》《致陈独秀信》《我之文学改良观》等文章，使胡适、陈独秀等新文化运动的倡导者利用传媒的影响力大大提高，从而掀起了轰轰烈烈的新文化运动和文学革命。

第二章　中国现代文学的转型与发展

随着社会的不断发展，我国的文学发展也进入了现代文学发展的重要时期，与传统文学相比，中国现代文学的创作目的与创作本质在此期间发生了翻天覆地的变化，不仅体现在理论和功能上的转型，而且在文体上也有较大的发展，这使得中国现代文学展现出崭新的面貌。本章即对中国现代文学的转型与发展进行深入的研究与分析。

第一节　中国现代文学的理论转型

一、文学观念的转变

摆脱以君王一人为中心的封建正统观念，树立以民众为中心的观念。康、王在文章中透露出的思想，都力图摆脱封建主义的正统观念。封建主义正统观念的核心是：君王就是一切。所谓："普天之下莫非王土，率土之滨莫非王臣。天下者，君王一人而已。"天下都必须以君王的是非为是非，以君王的喜好为喜好，以君王的愤怒为愤怒，以君王的悲哀为悲哀，以君王的快乐为快乐。普天下的人民群众的喜怒哀乐都不算，普天下的人民群众都没有地位，唯有君王一人的喜怒哀乐才算，才有地位。反映到文学艺术上面，中国古典的文学基本观念就是"思无邪""诗言志""发乎情""止乎礼义""温柔敦厚""怨而不露""哀而不伤""主文而谲谏"等。文学的主题不能离开这些训诫。连唐代伟大的诗人杜甫也发自内心地写道："致君尧舜上，再使风俗纯。""尧舜"就是一切，"尧舜"就是整个世界，唯有"尧舜"才有意义和价值。晚明时期，曾产生过启蒙思想，如李贽等人的"离经叛道"，就企图改变这种以君王一人之是非为是非、以孔子一人之是非为是非的专制局面，可惜历史没有朝这个方向前进。整个清朝又回到了儒家思想占统治地位的局面上去了，直到晚清时期，这种思想局面才开始被突破。

　　王国维的《论哲学家与美术家之天职》则提出了走另外一条摆脱君王的思路。他认为在中国古代，哲学家、美术家都硬要挤到政治家的行列里去，从孔子、墨子、孟子、荀子到诗人杜甫，都是如此。这样一来哲学和文学艺术不能独立，结果中国的哲学和文学艺术不能发展起来。这里强调哲学与文学艺术的独立性、与一时一国的政治不相容性，也就意味着古典的那种文学艺术为君王一人的观点是过时的，是与哲学、艺术的性质不相合的。王国维虽然似乎在强调文学艺术的"审美自治"，但实际上他的思想最终也是要利用具有独立品格的文学艺术改变"国民之趣味"。在这一点上他与梁启超的思想是相通的。所不同者，梁启超要求的是直接性的"开发民智"，王国维则是要求间接地改变"国民之趣味"。五四新文学运动中，胡适的白话文主张，深受西方实用主义影响，目的是为了冲破封建思想的罗网，扫除僵死的封建教条，其文学的功利性是很强的。与胡适同时的作为政治家的陈独秀，其政治思想的革命性可以说是最强的，但他对于文学的观念，却另是一样。他认为，文学艺术的"美感与伎俩"，具有"自主独立存在的价值"。鲁迅高举反封建旗帜，明确提出"暴露国民性的弱点""以引起疗救的注意"的文学观念，他的文学观念似乎功利性很强；沈从文则要返回原始的民风民情民俗，似乎文学观念的功利性很弱，倾向于"审美自治"。其实他们的区别与梁启超、王国维的区别是相似的。鲁迅在强调"文艺是国民精神所发的火光，同时也是引导国民精神的前途的灯火"的同时，强调文艺也不是不要审美与艺术。"革命之所以于口号、标语、布告、电报，教科书……之外，要用文艺者，就因为它是文艺。"他还认为若是文学作品"锋芒太露，能将'诗美'杀掉"。要是追溯到鲁迅的早期，他提出过文学是"不用之用"的著名观点，由此可见，鲁迅对于文艺具有一定的审美自治性也是赞同的。沈从文在追求乡土牧歌情调的同时，何尝不关心社会，何尝不关心人性的自由与解放。

　　虽然梁启超和王国维的文学思想都是现代形态的开始，但是他们的文学思想又是不同的。梁启超的形态更多是吸收和改造了传统的"文以载道论"，文学要为维新政治的改良服务。当时的国家面临危机，面临"亡国灭种"，提出这样的服务论也是有他的充分理由的，这可以说是揭示了文学艺术在非常态下功能的被借用。王国维的美术"独立论"和"超功利论"更多是吸收了西方的现代传统。他的思想实际上与早期鲁迅的"不用之用"观念相一致，所表达的是文学艺术在常态下的功能。在20世纪初的中国，思想家们从各种不同的渠道去寻找思想的资源，存在着多样的思想追求，是理所当然的。我们对于梁启超和王国维都应有同情的理解。

五四新文学运动之后，强调社会功利的文学观与审美自治的文学观始终并存着，只是由于中国长期处于战争的状态，特别是长达八年之久的抗日战争和三年解放战争以及战时惯性在新中国成立后的不正常的延续，使得强调文学功利性的文学观念占了上风。所以从文学观念的层面说，20世纪初文学现代性的追求，有两个鲜明的维度：改造旧社会、改造国民精神和审美自治、艺术独立。中国文学观念的现代性包容和贯穿了这两个方面的内容。在常态下强调审美的特性，但不忘功利；在非常态下强调功利，但不忘审美。

二、文体观念的转变

摆脱小说等艺术创作为雕虫小技的古典看法，这是文体观念的一大变化，也是中国文学现代性生成的重要方面。中国古代一直视诗文为正宗，连宋代的"词"也只是"诗之余"，只是"浪谑游戏"之作，北宋文人钱惟演自述："平生惟好读书，坐则读经史，卧则读小说，上厕则阅小辞，盖未尝顷刻释卷也。"这种轻视诗赋以外文体的思想早在汉代就已经形成。

元代开始兴盛的小说和戏剧更是不能登大雅之堂。小说、戏曲的地位一直很低。近代《小说林发刊词》中黄人说"昔之于小说也，博奕视之，俳优视之，甚至鸩毒视之，妖孽视之，言不齿于缙绅，明不列于四部……"。虽然私下读得津津有味，但在公共的场合则受到鄙视。我们只要看看曹雪芹的遭遇就可想而知了。曹雪芹创作了中国小说巨著《红楼梦》，但在当时只能默默地在北京过着"举家食粥酒常赊"的生活，除了敦诚、敦敏等几个朋友外，根本没有人知道他，连他哪年逝世也没有详细记载，也要今人去反复查证，至今他的家世和经历仍是许多红学家考证的对象。但是到了晚清时期，在梁启超、王国维等人笔下，情况就为之一变了，小说被抬到比诗歌要高得多的地位。

梁启超说："欲新一国之民，不可不先新一国之小说。故欲新道德，必新小说；欲新风俗，必新小说；欲新学艺，必新小说；乃至欲新人心，欲新人格，必新小说。何以故？小说有不可思议之支配人道故。"梁启超详细论述了小说的"熏""浸""刺""提"四种力。能把这四种力发挥到极致的人，那就是"文圣"。最后的结论是"小说为文学之最上乘也""可爱哉小说！可畏哉小说！"这种矫枉过正的论点，彻底转变了那种鄙视小说文体的观念。

王国维则对各种文体均不排斥。诗词、小说、戏剧，只要是好的，都被认为表现了"天下万世之真理"。他评《红楼梦》，写《宋元戏曲史》，大大提高了小说、戏曲等文体的地位。那么，梁启超和王国维提高小说等文体地位的历史背景是怎样的呢？总的说是把下层人民开始看成国民，既然是国民，就要有国民的精神，那么真能改变国民精神者，必是通俗的小说和戏剧，而非读不懂的古文诗词。这就说明文体观念转变的背后是现代观念的萌生，现代民族国家的萌生。

其后，在五四新文学运动中，由于白话文体运动取得了胜利，由于平民主义取得了地位，小说、戏剧和新诗等文体成为文学文体的正宗，就是理所当然的事情了。中国现代文学革命的先驱鲁迅以小说传世，而不以古代格律诗成名，就充分说明了小说、剧本、现代新诗、散文等文体在文学发展中的重要地位。鲁迅不去写中国古代诗歌史，却写了一部《中国小说史略》，也不是偶然的。从此，中国古代那种文史哲不分的泛"文"的观念开始淡化，古代诗文形式的至高地位也逐渐走低。西方的文学文体观念经过转型成为中国现代文学理论的组成部分。文体意识往往深入到人的无意识的层面，因此文体观念的转变是文学理论转型的深刻表现。

三、批判意识的勃兴

批判意味着冲突、矛盾、不和谐、不稳定，意味着争论，意味着一方批判另一方，另一方也这样那样回应批判方。20世纪的中国经历了追求现代化的曲折过程，这种基于冲突和矛盾的批判充满了整个过程。批判封建礼教，批判古典，批判帝国主义，批判日本侵略者，批判汉奸批判国民党的反动统治，批判反革命，批判唯心主义，批判"右派"，批判"修正主义"，批判"走资派"，批判"极左"思潮、拨乱反正，批判贪污受贿，批判拜金主义……这里有批判对的，也有批判错的。批判错了，又有平反与反思，再回过头来批判当年的批判方。这些批判在文学理论上面都有回响，有时候批判就从文学理论开始，然后再进入思想批判和政治批判领域。

中国现代文学的前驱者始终认为，统治了中国长达两千多年的封建思想，就是以孔子为代表的儒家思想，特别是其中的"君君、臣臣、父父、子子"等组织社会秩序的"礼教"思想，被认为是致使中国落后并受列强欺凌的原因。因此五四新文学运动在兴起后，就把批判的矛头对准儒家思想。他们喊出了"打倒孔家店"的口号，一时之间离儒家之经、叛封建之道，成为一种时尚。最典型的批判就是鲁迅在他的第一篇小说《狂人日记》中的描写："我翻开历史一查，这历史没有年代，歪歪斜斜的每页上都写着'仁义道德'几个字。我横竖睡不着仔细看了半夜，才从字缝里看出字来，满本都写着两个字'吃人'。"狂人心目中的几句疯话，比当时许多义正辞严的批判都深刻有力。通过各种文学作品批判封建主义成为新文学的一个重要主题。

为了要寻找批判的思想武器，这样就有向欧美寻找和向苏俄寻找的不同。比如，进化论就是欧美的时髦理论，可能是较早传进来的，用进化论来批判儒家思想，就认为儒家思想是过了时的东西，是经不起"物竞天择"的过时货，是劣等的思想，应该抛弃，中国要实现现代化唯有"全盘西化"。另一派的理论就是从俄国传进来的马克思主义，"十月革命一声炮响，给我们送来了马列主义"，这是一个事实，从马列主义的历史唯物主义和阶级论看来，儒家思想是封建社会时期地主阶级的意识形态，儒家把人分成"君子"与"小人"或"上智"与"下愚"，就是为地主剥削阶级寻找理论支持，是地主阶级的意识形态，当然也应该抛弃，中国要现代化，唯有接受社会主义和共产主义。不论从哪种观念看，儒家思想一时间成为过街老鼠，人人喊打。由于对儒家思想的批判不同，导致了"左派"与"右派"的矛盾，二者又互相批判起来。

在其后的岁月里，中国经历了辛亥革命、军阀混战、国内革命战争、抗日战争、解放战争、新中国成立、抗美援朝战争和许多运动，这其中也充满了批判精神。

为什么整个 20 世纪批判意识会如此勃兴呢？这与 20 世纪中国所处的境遇相关。20 世纪的中国始终在寻找自己的发展道路。不同党派、不同学派、不同人群的政治主张不同，所信奉的思想不同，所追求的理想也就不同。这种种意见分歧转变为矛盾与冲突，进一步演变为思想和政治的批判就是理所当然的事情。毛泽东在《矛盾论》中说："社会的变化，主要地是由于社会内部矛盾运动的发展，即生产力和生产关系的矛盾，阶级之间的矛盾，新旧之间的矛盾，由于这些矛盾的发展，推动了社会的前进，推动了新旧社会的代谢。"既然 20世纪的中国自身充满这些矛盾，那么斗争就不可避免，批判意识的勃兴也就不可避免。

这种批判意识折射到文学理论上，就是中国 20 世纪的文学思想在发展过程中也不可避免地充满矛盾和斗争，论战和批判充满了 20 世纪的所有的岁月。举其大者如五四时期文学革命派与保守的"论衡派"的论战，20 世纪 30 年代左翼文艺家与"新月派"的论战，抗战前夕两个口号的论战，20 世纪 40 年代在延安文艺座谈会上的争论。几乎所有的文学理论家都不能不在论战和批判的语境中发表自己的意见。特别是那些前沿人物，如胡适、鲁迅、梁实秋、周扬、丁玲等更是如此。前面所说这些论战的性质这里无法一一具体分析，但文学艺术的确是"时代的风雨表"，许多政治斗争都从这个领域开始。文学批判的背后是寻求。通过对某种文学思潮的批判，寻求文学观念的更新或变异。批判、斗争，成为中国文学追求现代性过程的一种表征。

四、文论话语转型

在反对封建的共同斗争和不断的论战过程中，文论话语开始转型。文论界不约而同地认为中国古代文论也是封建时代的僵死之物，已经无法用来解释中国现代的新文学。于是从五四新文学运动以来，我们的文学理论在批判意识勃兴的情况下，放弃中国古代的诸如"赋比兴""风雅颂""乐而不淫""哀而不伤""教化""礼乐""美刺""温柔敦厚""思无邪""文以载道""文以贯道""意在笔先""主文而谲谏""补察时政""泄导人情""春秋笔法""兴寄""天人感应""齐梁遗风""夺胎换骨""点铁成金"等文论话语，而吸收外国的诸如"现实主义""浪漫主义""象征主义""现代主义""形象性""真实性""典型性""内容""形式""主题""题材""文体""风格""艺术性""思想性""倾向性""生活""反映""灵感""形象思维""审美"等文论话语。

但是，中国传统文论作为一种文化，并没有完全死去，也没有完全失去。原因是中国文论传统蕴含在《诗经》的风雅颂中，蕴含在汉赋汉乐府中，蕴含在六朝诗歌中，蕴含在唐诗宋词中，蕴含在唐宋八大家中，蕴含在元曲明清小说中。只要屈原、陶渊明、李白、杜甫、白居易、苏轼、陆游、关汉卿、施耐庵、曹雪芹等及其作品仍然有生命力，他们鲜活的作品仍然被我们诵读，他们仍然作为文化传统被继承下来，那么从他们那里总结出来的古代文论，就仍然具有生命力。而且我们不但可以用古人的理论分析古人的作品，而且也可以用古代文论的概念分析现代的作品。这是一个事实。我们当然知道，古代文论属于古典，现代文论属于现代，它们具有不同的性质，但是古代文论中仍然有许多具有世界性的普遍成分，这些成分可以作为资源之一"转化"到现代文论的话语中来，现在有人说古代的文论与现代的文论不具有通约性，这不是事实。事实是，在中国 20 世纪现代文论发展的过程中，许多著名的文论家为把中国古代文论转化到现代文论的话语中，作出了艰苦卓绝的努力，而且取得了不少成果。

例如，王国维从古代文论中提炼出来的"境界（有时又称为"意境"）说""出入说"，鲁迅提炼出来的"白描说""形神说""文人相轻说"，朱光潜提炼出来的"不即不离说"，宗白华提炼出来的意境的"灵境说""虚实相生说"，钱钟书提炼出来的"诗可以怨说""穷而后工说"，王元化提炼出来的"心物交融说""杂而不越说"等（这只是举其要者，其中肯定有许多疏漏），都进入到现代文论的话语中。此外，还有不少古代文论的术语，根本不用特别提炼，就直接进入现代的文论话语体系中，举其要者，如"比兴""气势""气象""养气""阳刚""阴柔""含蓄""自然""自得""灵气""胸襟""本色""童心""感悟""主旨""意象""性格""神似""形似""滋味""韵味""知音""品味""豪放""婉约""谨严""衬托""对仗伏笔""直叙""补叙""插叙""文质彬彬""尽善尽美""托物抒情""情景交融""诗中有画""画中有诗""疏密相间""前后呼应""波澜起伏""言之有物""一唱三叹""声情并茂""知人论世""诗无达诂""文如其人""意在言外""成竹于胸""胸中之竹""中和之美"（这里暂举 50 条，实际上远比此多）。这些本来是中国古代文论、艺论中的概念、术语自然地融入现代文论，成为现代文论体系中的一部分，充分说明古代文论与现代文论是有通约性的。因为我们文学的现代性是中国文学的现代性，也因为我们文学理论的转型是中国文论的转型，还因为现代性转型是具有传统文化心理的中国人在做的，它在无意识中就渗透了一些古代的传统文化因素，这是再自然不过的事情。其实，不单文学理论的转型是如此，人文学科的现代转型亦是如此。这说明了"现代性"本身是民主的、科学的、宽容的，在现代性的创造中，向所有的资源开放，因而现代性在拒绝传统中腐朽成分的同时，也不完全排斥传统，一切人类优秀的成果都会吸收到它的熔炉里。

但是，无可否认的是，现代文论话语的确由古代的"点到即止"的"诗文评"转变为逻辑的、系统的论文结构。梁启超的《小说与群治的关系》和王国维的《论哲学和美术家之天职》，以及王国维更早发表的《〈红楼梦〉评论》等，都是逻辑性的论文结构。这种变化也是现代性的一个重要内容。因为在这种变化的后面，意味着掌握世界方式的转变。中国古代的"诗文评"著作起码有刘勰的《文心雕龙》、钟嵘的《诗品》、严羽的《沧浪诗话》、李渔的《闲情偶寄》和叶燮的《原诗》等，其重在对作品的"体验"，现代的文论则重在"认识"，体验与认识是两种不同的掌握作家和作品的方式。体验总是把对象作为一个整体，并直觉式地去把握，在点到之间就把本质揭示出来。认识则对对象进行分析，然后进行综合或者推衍。

以上四点转变说明，中国文学理论的现代性转型，在于重建世界的意义，重建文学艺术的意义。某些在古代被认为有价值的东西，而今被我们抛弃，认为它没有意义；相反过去认为没有多大意义的东西，而今反而被我们赋予了重大的意义。比如，过去认为歌颂帝王将相的作品目的是维护大一统，是有价值的，现在则认为这是颂扬专制、有悖于民主原则的，只有负价值；过去认为自由恋爱是违背伦理的，现在则认为是有价值的。我们现在认为贾宝玉与林黛玉的自由爱情是有价值的，而贾母、王夫人的干涉是带有负价值的。以上种种说明，过去与现在的价值观念是完全颠倒的。又如，按现代的观念，作为小说家的曹雪芹是伟大的文学家，是有价值的；而与曹雪芹同时代当宰相的人，则是封建帝王的走狗，是无价值的……如此种种表明，现代文论所导致的价值观念的转变是全面而深刻的。

第二节　中国现代文学的功能转型

一、以"人的文学"来表现文学的启蒙功能

将文学作为启蒙的工具，始于清末的谴责小说，但其现代性实质的实现是在五四新文学的勃兴时期。在梁启超等人的大力提倡下，文学形式成为社会革命者主动选取的启蒙工具，它承担起一种积极主动地面向民众、面向社会的职能。这种变化将文学风格从文人雅士之间的消遣娱乐，以及公共图书馆中人的娱乐和狂欢，转变为人们生活中的审美形式，并被创作群体赋予了革命性的启蒙功能。五四新文学的现代功能以政治启蒙、思想启蒙为主导，以批判功能、教育功能为指向。五四文学功能的现代转型便集中在以"人的文学"来表现文学的启蒙功能上。在从传统文学中的市井闲人、文人雅士的娱乐功能转为社会革命启蒙功能的过程中，也可以说在中华民族自我启蒙的过程中，中华民族逐渐完成了自我民族主体性建构的一个对应维度。五四新文学的现代性意义就在于以"人的文学"为宗旨，去表现人的觉醒和人的解放，去实现它的思想启蒙和文化启蒙的功能。从传统文学到现代文学的启蒙过程，也是民族主体自我觉醒的过程，是个体自我中"人的意识"的觉醒过程，是文学主体自我发现和自我认知的觉醒过程。这是一个以西方为参照对象，不断发现和努力重建民族文学自我的过程，也是一个文学自我认知的启蒙过程。

（一）"人的文学"理论

1918 年，周作人明确表示："我们现在应该提倡的新文学，简单地说一句，是'人的文学'。应该排斥的，便是反对的非人的文学。"于是，"人"以及"人的文学"这一标语，在中国的历史发展进程中，第一次赫然地凸现出来。周作人作为五四新文化运动的主要领导者之一，曾对"人的文学"做了明确的界定：用这人道主义为本，对于人生诸问题，加以记录研究的文字，便谓之人的文学。"人的文学""平民的文学"等理论主张作为五四社会转型期的思想启蒙的旗帜，在当时"发生了很广大的影响"，并"确立了中国新文艺批评的础石"。

"人的文学"的启蒙现代性的意义具体通过两个方面表现出来，一则在于它的人道主义的立场，二则在于它的个性主义的立场。前者的意义在于"人的

文学"的启蒙现代性指向是从人道主义立场出发，对人存在的合理性给予充分肯定。它充分地肯定人性七情六欲需求的合理性，如周作人、郁达夫等人都强调"人""人性"的构成是灵肉二者的合一，强调要"重新要发现'人'，去'辟人荒'"。无疑，这里蕴含着西方现代人道主义思想中的自由、平等、博爱的观念。后者的意义在于"人的文学"的启蒙现代性的指向是从个性主义立场出发，充分肯定人的自我价值和社会位置。

（二）"平民的文学"理论

"平民的文学"可以看作是"人的文学"理论主张的一种具体的文学实践，它是对"人"的具体内涵的一种解答，也是对"人的表现"的一种明确定位。周作人解释，平民文学与贵族文学都是"人的文学"中的"人的表现"，它是"人"对于人生的两种态度。平民文学与贵族文学互相依存，各取所长，协同发展。"求胜意志"所含有的"贵族的精神"的文学，是真正的文学发达时代的必然需求，它引导人们去追求"全而善美"的生活。而求生意志则是生活的根据，是人赖以生存的基本条件。于是，文学"当以平民的精神为基调"，再加以贵族的洗礼，才能够成为真正的"人的文学"。周作人强调，人道主义文学的内容应该坚持普遍的、真挚的、平民的精神。而平民文学与贵族文学之间的区别也正是这种精神的区别，是精神上"普遍与否，真挚与否"的区别。在形式方面，贵族文学多表现为古文，平民文学多表现为白话文。在内容方面，平民文学与贵族文学相较，其内容更充实、精神更为"普遍"与"真挚"。

（三）"人的文学"与"平民的文学"的启蒙价值

在文学功能转型的历史过程中，新文学运动批判传统文学的"文以载道"功能，批判其"道"的内涵中封建的、落后的思想意识，那么，"人的文学"便可谓其所建构的新的"道"的内涵。在解释"人的文学"的时候，胡适是用"个人主义"和"俗文化"来对抗封建主义的传统观念。他说，"人的文学"的内涵包括易卜生主义的"健全的个人主义"和周作人的《人的文学》中对"非人的文学"的反对。他强调，新文学运动和白话文都是提倡一种全社会的、平民的文学。也可以说，文学革命所倡导的"人的文学""平民的文学"，倡导的即使是普通人所说的俗话，也是蕴含着文学价值的语言。正是这些"人的文学""平民的文学"的理论主张，指向了文学的启蒙意义和启蒙价值，引发了文学功能的现代转换。

二、文学功能的现代转换表现

（一）文学上提倡白话文

反对文言文，提倡通俗文学的创作，促使大量白话小说、白话自由诗和现代白话散文不断出版。在城市早期商业发展和传媒产业带来的文学大众化的基础上，文学大众化的趋势得到进一步推动，启蒙世人的文学功能得到更有效、更广泛的实现。

（二）文学理论的自觉建构

文学理论的自觉建构，以小说为例，就是新文学的小说创作理论不断面世。如 1917 年刘半农的《诗与小说精神上革新》、1919 年君实的《小说之概念》、1921 年清华小说研究社的《短篇小说做法》、1923 年陈钧的《小说通义：总论》、1925 年沈雁冰的《小说研究》、1927 年黄仲苏的《小说之艺术》等，都对小说进行了专业的长期讨论，西方小说理论的选择和引进对新小说的发展产生了持续的影响。小说理论的自觉建构表明中国现代小说已经完成了初步成长，开始呈现出现代小说的形式。

（三）现代语言和艺术风格的突破

现代语言和艺术风格的突破是以胡适的《文学改良刍议》和陈独秀的《文学革命论》为标志的，其先后发表在 1917 年《新青年》的第 5 号和第 6 号上，两文前后呼应。胡适的文章提倡"八不"，反对"八股"，强调言之有物。在第八曰"不避俗字俗语"中，胡适提到活文学成就了但丁、路德之伟业，其为西学倾倒的仰慕之情显然易见。这意味着以西学为镜，矫正自身发展方向和尺度的时代也就来临了。陈独秀提出"文学革命"的口号，把西方的雨果、左拉、歌德、卜特曼、狄更斯、王尔德等人高举为中国文学界豪杰的标准。西方文学对中国新文学的影响已经达到了极致，即其在被镜像的同时也在被规范化，成为一种可以效仿的榜样。在中国文人的心中，西方文学一路由最底层飙升，最终由此达到最高位置。

（四）文学大变革的时代已经来临

在对西学的倾倒中，五四现代文学在经历了初期的懵懂与步履蹒跚之后，开始了现代转型。在这一时期里，人们放弃了老大自居的文学优越感，主动积极地借鉴西方，为现代文学的转型带来前所未有的全面突破。

三、"为人生"的文学批判功能

(一)"人的文学"的理论主张和文学创作

在五四时期,"人的文学"的理论主张和文学创作表现为两大基本趋向,即为人生的写实派与为艺术的浪漫派。人生派以文学研究会为代表,倡导为人生的文学;艺术派以创造社为代表,倡导为艺术而艺术。

沈雁冰从历史发展进化的角度出发,批判中国历史上的传统文学违背了"人的文学"和文学为人生的基本原则。例如,中国旧派的章回体小说,大都凭着肤浅的想象力,把可怜、胆怯、自私的中国人盲动的生活填满在书中。究其原因,一方面是"文以载道"的影响,它使文人们抛弃真正的人生不去观察、不去描写,只知拿圣贤经传上朽腐了的格言来附会"因文以见道";另一方面是"游戏"的观念,它使小说家只是凭空撰写"吟风弄月文人风流",游戏笔墨。

沈雁冰呼吁,文学的宗旨和使命必须是为人生的,必须表现全人类的生活和情感,要使文学更能表现当代全体人类的生活。同时,文学功能的具体实现就必须以批判现实、批判人生为指向。于是,文学与社会与人生之间的关系是不可分割的。一方面,文学必须反映人生;另一方面,文学与人生、文学与社会的关系还包含文学与人种、与环境、与时代、与作家的人格等诸多方面的关系。因为,民族的性质和文学密切相关,人种不同,文学的情调也不同。因为一个时代有一个时代的环境,环境又不仅仅限于物质,还包括思想潮流、政治状况、风俗习惯等,作家身处时代环境之中,不能脱离环境而独立存在。因为时代精神支配着政治、哲学、文学、美术等方面,它们与文学的关系就像"影之与形"一样。

王统照同样强调文学为人生的现实功利性。认为"文学万万不是一种坑具,不是掷骰,下棋般的什物,不是可以拿来作茶余饭后消遣的资料……文学只在从事物中感情中,提到一种神威,与经济的断片写出,供人们领受的,给人们灵的或肉的影响的"。王统照认为,在文学与人生的关系之中,或者说在文学的批评功能实现的过程中,批评精神具有不能忽视的理性意义,即不能忽视文学批评对于人生现实的启蒙意义,不能忽视对于文学创作的理性指导意义。他解释,批评作为"一种理性的意见是用一种理性的精神去对世间一切事物进行真理与正义的批评,去重新估价文学作品中的价值,去阐释它的美的和技能的意义,同时批评的精神还具有破坏与创造的两重含义"。由于世界上一切的事物都是流转、变化的,一切的价值都在时时变迁,都需要时时做出新的估定,所以批评精神的意义也是永存的。

于是，"文学批评是如何重大的事，是如何有明丽的导光，能以在黑暗中启指出坦途来的事"。只有我们对于任何事物，都保持着一个批评主义，就能够立足在现代的潮头之上，不畏风波，不惮艰险，用"澄明的眼光"和"判断的意志"去透视、去判断一切"幻影上的东西"。从世界文学发展的广阔视野来看，文学批评的理性精神具有破旧立新的意义，"世界潮流，如狂涛怒浪，日向东方尽力的卷来，中国是古老的文明国，当然独受其迅烈的冲突。典章，制度，礼教，政治，都不愁不为这狂涛怒浪打的粉碎，变成竹头木屑……我们须重新收起这些打碎的竹头木屑，留精弃渣，重新固定他们的价值，再和上新的材料，另行建造坚固良美的船只，方得船行于狂涛怒浪里去"。从文学创作的角度来看，创作与批评具有同等的贡献与功能，两者应该相辅而行。

（二）实现文学批判现实的功能

如何去完成以文学为人生服务，以文学批判现实的现实功能呢？郑振铎提出了很多具体的改造中国旧文学、建设中国新文学的意见。他认为，文学的现代性功能的实现要从"文学是人生的自然的呼声"的立足点出发。

第一，文学的本质表现应该是人生的自然反映，是人的情感的自然流露。它是人的情绪自然地流泻在纸上，是人的歌声与哭声的自然表现，而中国传统文学观中的诸多谬误，如"文以载道"派的文学和娱乐派的文学都是不明白文学的本质究竟是什么，也不知道文学存在的原因是什么，不知道文学的真正使命所在，因而中国文学也没有什么伟大的作品。

第二，文学表现的生命就是人的真挚情绪，"文学必须带有情绪的元素在内。无论是哪种文学，无不带有情绪的元素在内。没有这个元素，他就不是文学了"。因为文学与科学不同，文学是诉诸情绪的，科学是诉诸智慧的。文学的价值与兴趣都蕴含在文学形式本身之中了。文学作为一种艺术，它的价值的实现不只在于其思想之高超与感情之深微，而且也在于其文字的美丽与精切。

第三，由于个人的思想与情绪也是时代情绪、环境情绪的流露，文学的功能实现也在于通过个人的情绪感觉、通过作者的欢娱与忧闷，来表现时代或环境的思想情绪，引起读者同样的感觉，从而或慰藉或改变读者干枯无泽的精神与卑鄙实利的心境。更简括地说一句话，它的使命就是扩大或深邃人们的同情与慰藉，并提高人们的精神。郑振铎深深地感叹：现实的世界是如何残酷卑鄙呀，文学的使命是如何重大啊，文学绝不能仅仅给读者以肤浅的快乐。在当前黑暗的现实面前，到处是荆棘和悲惨，到处是枪声炮影，因此，"我们所需要的是血的文学，泪的文学，不是'雍容尔雅''吟风啸月'的冷血的产品"。

因为我们不能强欢乐的人哭泣，也不能叫那些哭泣的人强欢笑。客观的现实产生愤怒的哀切的感情，而悲愤的感情也自然会产生血泪的文学。

五四时期诸多文学为人生的理论主张和文学创作既蕴藉着比较浓烈的启蒙现代性的意义，也携带着比较鲜明的现实批判性价值。五四历史转型期文学在现代传媒介质下，比较充分地发挥了救亡图存、表现现实生活，描摹革命形势等宣传功能、教育功能、批判功能。因而，其现实性的品格格外突出。

（三）五四新文学的启蒙功能

在五四新文学中，其文学为人生的现实性指向是通过它所承载的启蒙功能实现的，所以使得中国现代小说既不同于传统小说，也不同于西方小说，其具有独特、鲜明的特征。

以小说为例，一方面，与中国传统小说相比，五四新文学的现实性品格使其注重传播民主启蒙思想，传播社会革命理念，表现出启蒙现代性的现实性指向。另一方面，它又不同于西方现代小说的批判功能特色。我国现代文学的批判价值和启蒙功能，使得它与我国现代社会之间建立的是一种顺应的关系，即用文学来为现时社会的政治革命服务。我国是以文学、以小说承载起对大众的现代思想启蒙和现代知识启蒙的任务。为了启蒙的需要，中国现代文学理论和文学创作在功能上都显现出顺应社会发展的教育功能，牢牢面对现实人生、面对现实人群，展开切合实际的革命教育与思想启蒙。

文学为人生的现实性指向可以作为文学启蒙运动的一脉，有效地实践着五四新文学启蒙现代性的历史任务。它以切近生活现实为原则，以切近思想启蒙及民族救亡为宗旨。为人生的文学始终以现实生活为取材对象批判对象，进行切近生活现实的描写。

五四新文化运动给中国社会的现实注入了革命的活力，特别是激起了一代年轻人反帝反封建的革命热情。他们把寻求个人自由和社会解放作为这一时期文学创作的主要目标，小说和各种文学体裁都逐渐变得激进，并开始思考和展示现实生活中的各种问题，紧贴社会主流。反帝反封建斗争的写作主题集中表现在摆脱旧制度、旧民俗，追求爱情婚姻自由等方面。以鲁迅和郁达夫为代表的小说家在中国现代小说转型时期留下了许多经典作品，真实地再现了当时中国的社会状态和社会情感。毫无疑问，"为人生"的文学始终以切近思想启蒙及民族救亡意识为主题取向。

作家们有意识地避免传统小说中诲淫诲盗的情节，以及有关于封建迷信的妖、鬼、仙等内容，努力创作"为人生"的文学。他们更多地关注现实社会中救亡图强的需要，紧贴人民的生活，描写现实社会中的人生百态，以启蒙教育功能为文学的正宗。从梁启超、严复、夏曾佑等人高举小说界革命的旗帜，倡导小说的政治教化功能，到陈独秀、李大钊、鲁迅、茅盾等人倡导人的文学、为人生的文学、血与泪的文学，等等，都是以教民革命为文学创作的最高追求的体现。

作家们力图通过文学艺术的形式，去表现现实、批判现实，批判封建传统的制度和道德，从而实现文学为人生的启蒙功能和教育功能。在这些为人生的文学的批判指向中，还有大量的教化民众、移风易俗的思想启蒙功能。如在五四"人生派"的小说中，表现出强烈的暴露陈俗陋弊、反对封建家长制与批判迷信风俗的特点。可以说，"为人生"的文学多以献身救国、唤起社会革命为己任，关注现实社会，关注社会变迁，紧紧围绕时代主题，以反帝反封为目标，从而使五四新文学的启蒙现代价值得到了空前的批判性和具体化。

四、自我表现的文学审美功能

以郁达夫、成仿吾、郭沫若、田汉等人为代表的创造社作家们，作为"为艺术而艺术"的一脉，他们竭力地强调表现自我、表现个性，热切地倡导"主观""自我""创造""表现"以及"为艺术而艺术"等理论主张。

这里所指的"自我"的发现与"自我"的张扬，是一种绝对自我的确立，这是现代社会中现代自我人格的确立，它构成了中国现代文学史中另一个异常高昂而又反复回荡的主旋律。如果说，五四新文学运动的理性启蒙所昭示的"人"是一种与传统文学相对立的现代性的人的觉醒，那么，创造社理论家所宣扬的自我，则是一种与客观现实对立的感觉性的、主观性的人。

创造社的作家们反复声称"我就是一切，一切都是自我"，"我是唯一的存在者"，可以看到，这种"自我"的观念携带着强烈的个体性、主观性、内在性、自由性、创造性等诸多特质，它无视一切束缚、一切压抑、一切权威；它积极主张破除一切历史的、传统的因循守旧、陈规陋习，它积极地倡导创造，执意地要创造一切，创造一个前所未有的崭新世界、崭新自我。

这种自我表现的文学与为人生的文学的立足点同样都是对封建传统的"文以载道"的批判，同样都是五四新文学的"文以载道"的内涵转换的一种表现形式，它们以不同的视角共同构成了"人"的文学的两种表现形式，共同实现着五四新文学的启蒙现代性的时代意义。这种自我的张扬，是一种冲破一切牢笼的自我，这种自我的凸现、个性的张扬作为一种"人"的解放，可以表现为现实社会的反抗，表现为对封建传统专制的批判，从而与"为人生而艺术"的理论主张和艺术倾向遥相呼应，共同建构了新文化运动中"民主"与"科学"的启蒙主义实绩。他们从个人与社会之间关系的历史发展出发，从自我与现实关系的矛盾存在出发，来认知来强调"自我""个人"的价值和存在。在他们看来，在"个人与社会"之间的矛盾对立关系中，"自我"的个性存在和独立价值总是要遭遇到客观现实的压抑和摧残。

在历史的长河中，中国几千年来的"臣为君死，子为父死"的封建道德统治着人的思想，致使人人都丧失了自我的意识。在现代的社会组织里，个人与社会的矛盾、自我与现实的冲突遍布于社会的各个角落。尤其是在新旧两种思想的冲突之际，渺小的自我被社会道德迫害的悲剧四处弥漫着，随时随地发生着。即使是在五四时期的现时社会的日常生活的周围，"社会的铁锁"也同样致使自我与他人、个体与公众等诸多人与人之间的关系浸润着"倾陷争夺"，很多人不害人不足以自安，不利己不足以自存，人人都忘记了、都丧失了"自己的个性"、自己的尊严和价值。于是，在现存的"社会的铁锁"之中，只有当自我忘却了忽略了"自己的个性"的时候，自我才能得以"安然"地生存。反之，如果一个人"一想到自己"，便会在"自己的周围"为自己建造起"重重铁锁"。这样一来，丧失了自我的人们既看不见希望，也无法生存，种种悲剧便由此而生。于是，在创造社的作家们看来，无论是在历史的"社会组织"中，还是在现实的"社会组织"中，到处存在着、潜伏着压抑自我、扼杀自我的强大势力。

为了自我的价值和自我的生存，无论是个体生命还是文学艺术都必须强烈地呼唤"自我扩张的倾向"，呼唤"自我总要生存在自我的中间"，而决不能屈服于任何客观的外在事物。如果说，为人生的文学偏重于启蒙现代性的理性层面，那么这种"自我"的文学则偏重于启蒙现代性的感性层面。两者同样都是隶属在"人的文学"的旗帜之下，如果说，为人生的文学是从客观的视角在批判"人"的生存现实和社会存在的不合理性，那么，这种"自我"的文学则是从主观的视角来张扬一种被外部客观世界压抑的自我，张扬一种被封建传统压抑的自我的内心世界。

创造社等人倡导的"自我"，其表现形式是通过感性层面的自我表现来实现的。这种自我的本质是一种主观的自我，它表现为自我"内心要求"的追求和满足。成仿吾宣称："我们并不主张什么派什么主义，我们只须本着内心的要求，把我们微弱的努力，贡献于我们新文学的建设就是了。"在他们看来，文学既然是我们内心活动的一种，就应该把内心自然的要求作为文学的原动力，并由这样一个超越的制高点去俯视一切现实社会的矛盾，然后在这些诸多的矛盾之中，证出文学的实在的价值和功能。于是，这种绝对自我，不是一种理性化的个人，而是一种主观性、情感性、欲望化的自我存在，是一种浪漫主义的自我，甚至是一种现代主义形式的自我呈现。这种主观自我和欲望自我的形象类似18世纪末德国歌德的《少年维特之烦恼》中的维特、19世纪初法国缪塞的《一个世纪的忏悔》中的"世纪病"、英国拜伦笔下的"拜伦式英雄"以及莎士比亚笔下的忧郁的哈姆雷特，类似俄国普希金的《奥涅金》和屠格涅夫的《罗亭》中的"多余人"形象，也类似西方现代主义文本中萨特的《恶心》和加缪的《局外人》中的"局外人"形象。这些自我形象大多理想崇高、才华横溢、意志薄弱，备受压迫而孤独苦闷，最后在越演越烈的精神折磨中走向绝望。

　　如郁达夫说，这是一种面容憔悴、神经衰弱、高度敏感，徒有理想而一事无成的知识分子形象。这些形象的内在自我是矛盾、繁复的，是七情六欲齐备、功罪间杂的，也是扭曲、畸形、变态的。这是人物内心的生存机能与其生存的社会文化环境失调的一种表现，是摆脱了传统文化羁绊，但又没有找到新的理想和理智约束时的一种失控的情欲世界，是现实环境压迫下的一种逆反心理或报复行为。实际上是一个初步觉醒者在当时的社会环境中呈现出的人格障碍。他们对环境适应不良，又不愿适应环境，便持一种极端的态度来对待社会，这是一种觉醒者的报复，也是觉醒后无路可走的零余者的沉沦。这些自我形象多是一些才华出众、情感敏锐、意志薄弱、四方求索，却找不到人生出路和社会位置的零余者。这些彷徨无主、不知所向的知识分子，竭力地去拯救社会、热切地渴望实现自我，然而，社会的现实无情地堵塞了他们正常的人生发展道路，致使他们只能挣扎于寻求自我与丧失自我的无可奈何的迷惘之中。这种迷惘感，实际上也是一种对现实环境、对人生命运、对自身存在的整体荒谬感，这种感觉和情绪与西方现代主义，特别是存在主义的倾向也是相同的。

　　无论是在美学范畴的定义中，还是在五四新文学的历史转型中，表现与再现的界限都是比较鲜明、突出的。一般说来，再现论强调文学是客观现实的反映，认为文学创作应该忠实于外在现实并对现实作真实的摹写。表现论强调创作主体的主观能动性，认为文学是作家心灵的反映，应该表现主体的内在感情。在这里，研究会与创造社关于"文学为人生"与"为艺术而艺术"的论争，同样显示出强调客观性与强调主观性的不同倾向。创造社诸多同仁们提倡的自我表现论传递出审美现代性视阈下的重精神、重灵感、重想象等主观性的内涵，同时也蕴含着现代主义范畴内的重感觉、重直觉、乃至重潜意识等生命主体性的意向。例如，郭沫若在1920—1923年，就先后写了《生命底文学》《印象与表现》《自然与艺术》《文艺的生产过程》等文章，详尽地阐述了这种表现论与再现论两者之间的不同。在这里，尽管郭沫若的观点有些驳杂、混乱，他以客观再现的概念来界定印象派，把自然主义、写实主义归入了印象派的范畴之中，但其在表现论与再现论的"艺术上的歧路"是泾渭分明的，即再现论的艺术形式是写实的，是把外来的客观现实"依样呈示"的，是"灭除我见"的，而表现论则强调自我表现，强调自我主体精神的自由创造。

创造社倡导的自我表现的文学，以其强烈的感性精神、赤裸裸的人的欲望的表达，以及诸多的生命意志的表现，既是在张扬文学的审美功能，也是在实践着文学的审美现代性的意义。

艺术的冲动创造了艺术形式的最大要素，就是美与情感。美的要素是外延的，情的要素是内在的。美与情感，对于艺术来说，犹如灵魂与肉体，互相表里，缺一不可。他解释，文学要达到宣传的目的和功用，就必须写得动人，而要做到这一点，关键不在于诗里有手枪炸弹，不在于连写几百个"革命革命"的字样，关键在于"把你真正的感情，无掩饰地吐露出来，把你的同火山似的热情喷发出来，使读你的诗的人，也一样的可以和你悲啼喜笑"。郭沫若强调，一切文学创作都是内心智慧的表现，是感情的自然流露。因为自然界的一切现象如森林、花草、山泉、清露，没有一件不是自然流露出来的东西。所以文学创作就更加需要自然地流露。

可以说，五四时期自我表现的文学在感性层面对审美现代性的张扬不仅仅是精神、灵魂、情感等主观领域的自我表现，更是使自我表现的深度走向了意志主体性，并使其形成了一种生命实体和生命直观的艺术表现，或者说是一种现代主义的文学观和艺术表现。可以看到，这种自我表现的文学凸现的是一种文学的审美现代性的功能，是现代主义的生命意志，是非理性的感觉艺术。即文学创作的过程是一种潜意识的升华，是一种"苦闷的象征"，是"生命的动流"和"纯粹的直观"。

第三章 中国现代文学的文体发展

随着中国文学进入现代文学的发展阶段，文学在整体上开始呈现出崭新的面貌，在文体上也取得了新的发展。在文体的现代化发展下，中国现代文学的作家们也创作出了大量的典型作品。同时，在文体现代化发展的过程中，其也伴随着一定的问题。本章即以小说、诗歌、散文这三种文体为探讨对象，展开对中国现代文学文体发展的研究。

第一节 小说的现代化发展

一、中国现代小说的类型题材——以教育小说为例

小说作为文学样式的重要组成部分之一，以塑造人物形象为中心，通过叙述故事情节和描写典型环境来反映社会生活。小说在人们的生活中一直承担着重要的职能，小说家可以借助小说这种文学形式宣扬自己的思想，表达个人的情感，而读者也可以通过小说这个渠道了解社会、感悟人生。这其中，教育小说——小说的一个分支，是历来受到广大小说家、教育家和批评家们垂青的一种文学样式，各专家学者不约而同地在自己的领域中实践着对教育小说的阐释和表达。

按照分类标准的不同，中国现代社会的教育小说有以下几种。

（一）按照创作形式不同

可以分为文人译介教育小说和文人独立创作教育小说，前者主要出现在清末民初时期，更多地是翻译西方的教育小说，但是已经出现了文人有意为教有小说的雏形，如包天笑所作《馨儿就学记》（1909 年），底本是意大利著名作家亚米契斯的《爱的教育》（1888 年），但是作家在翻译的同时也加入了很多本国的事件和自身对教育的感悟，带有浓厚的"个人因素"和"中国特色"；而后者主要集中出现在五四新文化运动时期，此期间出现了大量反映教育问题

的小说，这与当时的众多教育思潮也是息息相关的，如《端午节》（鲁迅，1922年）反映了教育独立思潮，《义儿》（叶圣陶，1921年）揭示出"儿童本位"教育思潮，《倪焕之》（叶圣陶，1928年）展现了杜威的实用主义思潮等。

（二）按照历史分期不同

从1840年到1949年，中国教育在这百年中发生了巨大的变化，教育小说在此期间由产生发展至繁荣。教育小说可以分为古代教育小说、近现代教育小说、当代教育小说。

（三）按照篇幅长短

按此种分类方法可以分为三大类：长篇教育小说、中篇教育小说和短篇教育小说。短篇小说主要为了符合现代社会忙碌的人们的阅读习惯，一般来说篇幅在几千到两万多字的小说都会归置到短篇小说中，中篇小说篇幅在三万字到六万字之间，超过六万字的就属于长篇小说。

（四）按照题材内容不同

按此种分类方法可以分为教育问题小说、教育成长小说。

在时间上从1840年起，至1949年，是因为近现代教育小说在此期间由产生发展至繁荣，而中国教育在这百年中也发生着沧海桑田般的变化。这一百多年的时间，在人类历史的长河中是非常短暂的一瞬，但近代中国却发生了翻天覆地的巨变，充满了错综复杂的事件和思潮，同时还伴随着教育制度的反复变革和教育思想的纷繁多样。

纵观时人的教育小说创作，皆关注教育领域中的教育事件的生成、教育制度的发展、教育思想的演变和教育个体的成长等；而对这些教育事件、制度、人物和思想的记述，也生动地记录了教育近现代化进程中的某些珍贵片段。对这百年的教育小说进行研究，具有非常独特的学术价值和现实意义。

二、自叙传小说传统

（一）自叙传小说的发展

"自叙传小说"始于郁达夫，在早期创造社成员手里兴盛一时。自叙传小说受日本私小说影响，注重个人情感的袒露，以直抒胸臆的方式将作者与小说主人公合一。小说结构上以感情为线索，往往是散文化的结构，感情主宰故事流程。同时创造社成员的浪漫气质对于现实黑暗的反映特别敏感，其将极具才情的主人公感受着的现实压迫和黑暗与自叙传小说艺术完美地结合起来了。

个人的生存苦闷和青春骚动造成的性的苦闷往往具有社会性，主人公的苦闷感怀引向了读者对于社会的强烈批判。自叙传小说的主人公们是一群受新思想影响而觉醒、但又无法用实际行动投入社会改造的人，他们的"多余人"性格又与俄国文学的多余人形象直接呼应，更具有反封反帝的中国"五四"时代精神特征。

个人的情感问题与历史相纠缠，在个人经历中发现社会历史，在社会历史生活中发现个人。这是中国新文学发展中的特有现象，作家和小说主人公思想、情感的问题不光是属乎个体的，更是包含了中国社会发展的思想内涵。

（二）自叙传小说自觉性的体现

自叙传式的小说在突出作家、小说人物与社会问题的统一方面比别的小说更具有自觉性。自叙传小说的形式会随着社会思潮的变化发生变化，人物情感和苦闷问题既是个人的，又是社会的，但主人公边缘化生活状态、苦闷的奋斗方式又是这种小说体式的标志。以人物传记方式表达社会问题的代表作，如郁达夫的《沉沦》、郭沫若的《漂流三部曲》、丁玲的《莎菲女士的日记》《梦珂》等都将自身某种经历融入小说主人公的人生经历中，主人公的人生和情感的苦闷也是作者自身遭遇的反映。与此相类似的，借小说主人公的经历反映社会问题，虽然小说采用的是传记写法，但是主人公的人生经验不是作者真实的经历的体现，如叶绍钧的《倪焕之》、柔石的《二月》、钱钟书的《围城》等。在这两类小说中，前者更符合自叙传小说特征。

自叙传小说传统在新中国文学环境里并没有找到很好的进入方式，个性主义思想基础、直抒胸臆的艺术表达方式甚至小说写作对象的非工农化特征都会使这种小说体式背上"小资产阶级"的恶谥。

第二节　诗歌的现代化发展

一、现代主义诗歌及其演变

中国现代主义诗潮滥觞于象征主义，伴随着西方象征主义现代主义诗潮的广泛传播而诞生。其经历了拓荒期的萌芽、发展期的创造、成熟期的深化这三个阶段。它由初期象征派诗人李金发的尝试与开拓，后期象征派即现代派诗人戴望舒的发展与创造，到高峰期九叶诗人智性的开掘而走向深化和成熟。这样中国的象征主义、现代主义的诗歌潮流就同以郭沫若为代表的浪漫主义诗潮，以艾青为代表的现实主义诗潮一起构成了我国新诗发展的主要潮流，在中国新诗史上跌宕起伏、摇曳生姿，共同谱写了新诗史上的辉煌篇章。

中国现代主义诗潮，最初萌芽于象征派诗潮，象征派诗潮是以担负着巨大的历史使命的姿态登上新诗历史舞台的。"五四"高潮以后，新诗以一种充分实现了解放自由的叛逆姿态结束了与旧诗的斗争。但随之而来的是由于它过分自由的形式、直白浅露的抒情方式以及缺少必要诗意内涵的白话语言，使新诗面临一场新的自身内部的艺术革命。这样新诗就从与外部进行斗争的革命阶段进入到了一个进行内部自我调整、自我发展与建设的新阶段。它的目的是为了整治诗坛的失范状态，增强新诗自身的艺术审美功能与价值。非常明显的是，这是一个十分艰难而对诗歌自身来说又是十分关键的时期。它不仅需要对新诗过分自由的形式进行必要的艺术规范，扭转并改变其过于直露的抒情模式，而且需要锤炼新诗的语言。因此它不仅需要引入或建构新的诗学理论，倡导新的诗歌美学观念，而且更呼唤着新的另类的诗歌天才和别样风格的诗歌流派的出现。

正是在这样的诗歌背景之下，新诗人们在经过新诗草创期的自由派诗歌之后，一方面将眼光伸向了中国传统的富有格律性音乐美的古典诗歌，另一方面又将眼光伸向了欧美等国的现代派诗歌。他们向传统的回眸，使他们建立了新格律派诗歌，以闻一多、徐志摩创立的新月诗派为代表；而向异域取经，使他们创造了以象征派诗歌为代表的现代派诗歌，以李金发、戴望舒所开创的象征派、现代派诗歌为代表。

当然象征派诗歌在中国的出现除了艺术自身发展与建设的需要和受西方象征派诗潮的影响之外，它的产生还与当时的社会形势和诗人的普遍心理需求有关。"五四"文学革命高潮退去之后，历史进入了一个迂回、低迷的时期，大革命的失败使走在时代前列的一部分青年在热烈的追求之后，普遍感到精神上的悲观失望与幻灭的悲凉，而回到艺术的自我内心世界。他们强烈需要建立一种新的诗歌美学观念，在新的诗歌美学追求中抒写他们灵魂的苦闷，并将真和美展现给同样寂寞的人们。正是在这样的社会背景和心理需求及艺术冲击的影响下，他们与西方象征派的自我表现，注重内心挖掘、歌唱朽腐与颓废、倾向内心的感伤的诗不期而遇并息息相通。诚如鲁迅在评论沉钟社等一部分文学青年的作品时所说的："他们'向外，在摄取异域的营养，向内，在挖掘自己的魂灵，要发见心灵的眼睛和喉舌，来凝视这世界，将真和美唱给寂寞的人们'。"他们的社会心态和艺术选择大体上是一致的："但那时觉醒起来的智识青年的心情，是大抵热烈，然而悲凉的，即使寻到一点光明，'径一周三'，却更分明的看见了周围的无涯际的黑暗。摄取来的异域的营养又是'世纪末'的果汁：

王尔德、尼采、波特莱尔、安特莱夫们所安排的。"

　　这样社会心理导向的接受与艺术审美趣味的合一，就使一种艺术倾向以双倍速的力量冲破传统的框束，走向新的寻求。当这种寻求变为群体性的趋向时，不可抵御的创作思潮就自然而然地产生了。中国象征派诗潮的产生正是如此。而在创作上引领这一诗潮的正是从象征派诗歌故乡——法国留学归来的青年诗人李金发，李金发以他卓越的诗歌创作在实践上为中国早期的象征派诗歌开路，并和创造社的诗人穆木天、王独清、冯乃超等一道实现了中国新诗艺术与西方现代派诗歌艺术的整合，从而初步完成了新诗艺术的自我建构。

　　象征派诗歌倡导诗是诗人内在生命象征的"纯诗"说。"纯诗"说主要由穆木天于1926年在《谭诗——寄沫若的一封信》这篇文章中提出并阐释。穆木天所提出的"纯诗"说主要包括两个方面内容，首先是诗与散文属于完全不同的领域，主张"把纯粹的表现的世界给了诗作领域，人间生活则让给散文担任"，"诗的世界是潜在意识的世界"，诗是"内生命的反射"，"是内生活真实的象征"；其次诗应有不同于散文的思维方式与表现方式：诗人"得先找一种诗人的思维术，一个诗的逻辑学"，"用诗的思考法去想"，用"超越"散文文法规则的"诗的文章构成法去表现"。同时"诗是要暗示的，诗是最忌说明的。说明是散文的世界里的东西。诗的背后要有大的哲学，但诗不能说明哲学"，"诗不是像化学的 $2H_2 + O_2 = 2H_2O$ 那样的明白的，诗越不明白越好。明白是概念的世界，诗是最忌概念的"。

　　这种表现内生命的"纯诗"说所强调的诗的暗示和朦胧以及拒绝逻辑思维的诗的思维术，就特别强调了联想和想象在诗歌创作与解读中的重要地位。只有借助联想和想象才能运用跳跃的诗性思维，在诗人朦胧的暗示中建立起事物间彼此的联系。而李金发的诗歌文本正鲜明无疑地表现了上述特征。正如朱自清后来所总结，他"多远取喻"，即"在普通人以为不同的事物中看出同来"，"发现事物之间的新关系"；在诗的组织上常用省略法，即将诗人在构思过程中由一个形象到另一个形象之间的联想过程全部省略，只将最鲜明的感官形象推到最突出的地位，让读者运用自己的想象搭起桥来。

　　正是通过以李金发为代表的初期象征诗派的艺术上的努力，使新诗完成了对草创期诗歌观念、审美原则的自我反拨与革新，实现了新诗艺术的自我调整与建构，开始迈入现代化的新阶段，从而汇入了世界诗歌发展的现代化潮流。而后期象征派的诗歌艺术在戴望舒的手中变得更加圆熟和精致了，改变了早期象征派诗歌过于怪诞、生涩以及欧化色彩过浓等毛病。

二、诗歌形式问题与思考

新诗一直没有找到最为人们所能接受的体式，而中国古典诗歌强大光环的辐射和西方诗歌强势话语的影响，使中国新诗总在不断地寻找合理存在的理由，它也在朝着深入人心的诗歌形式、易于诵记的诗歌作品和系统稳健的诗歌发展道路的方向前进。

中国新诗的语体基本解决，白话写诗已没有疑问，诗体建设却变成了缠绕人们近一个世纪的问题。当年胡适提出新诗概念，尝试白话新诗，打破旧诗格律，提出"不拘格律、不拘平仄、不拘长短；有什么题目做什么诗；诗该怎么做，就怎么做"等观点。但关于新诗应建立怎样的体式，人们进行了不懈地探索，留下了许多的经验，也留下了太多的问题和教训，而《谈新诗》的出现，仿佛打开了"潘多拉的盒子"，使得新诗的合法性时时遭到质疑。

沈从文说过，新诗革命当时最与传统相反，情形最热闹，最引起社会注意，同时又最成为问题，即大部分作品是否算得是"诗"的问题。新中国诗歌首先遭遇的问题是建立怎样的诗歌形式，接受什么样的诗歌传统，其核心就是什么样的诗才是人民需要的诗。

有的论者提出走进新诗最好的方法是趋近诗歌"本体"，新诗没有本质化的抽象的本体，提出走近"本体"只是说新诗研究要在一种"回归本体"的呼求下，逐步抚去掩盖（笼罩）在新诗之上的历史烟尘，将焦点放在新诗自我生成和敞开的过程上，从而更为内在地捕捉某种程度的历史"真实"。

三、现代诗人的矛盾与困境

对现代诗人来说，找到合理的诗歌形式，呼应时代的要求，是他们寻找在新中国诗坛中艺术位置的重点。茅盾说过，我们这时代的诗人，比起散文作家来，多的一重任务是诗的形式的创造。也就是说，对于诗人们来说，主观思想上与时代呼应并不能代表艺术上找到了进入新时代的方式。

现代诗人要面对的是新中国诗歌整体的艺术问题，他们除了在思想感情、政治立场上要有人民性和革命性外，同时还必须在诗作中融入新中国诗歌的风格、基调、语式、描写对象甚至所采用的诗歌体式等内容。但是作家与时代的关系是复杂的，作家的主观态度和倾向仅仅能决定文学创作的某个方面，他们所面对的更具体的文化困境是五四新文学传统给予作家的表达形式——从思想、感情到审美语言，在一个新的时代环境和革命功利主义的要求下完全失去了呼应时代的能力。

现代诗人既存在着主观态度、阶级立场的转变问题，又会遇到诗歌艺术上的转型，他们从五四新诗的艺术传统或俄苏革命诗歌中获得的诗歌艺术经验，或者从西方各种诗歌流派借鉴的诗歌形式、艺术表达方式，与工农兵文学中的诗歌要求发生或多或少的冲突。对于现代诗人来说，解决艺术困境，获得相应的地位，要么寻找更好的方式将现代诗歌艺术要素融进新中国诗歌中去试验，或者放弃原来的诗歌观念和表达方式，向时代的诗歌主流靠拢俯就。

（一）现代诗人进入新时代

现代诗人以不同的方式，带着不同的诗歌艺术背景进入新中国。新中国诗人构成情况大致分为三块。

一是在解放区工农兵文学中已有训练相当的诗人，这里也分为两种情况即战争中成长起来的诗人和20、30年代已成名了的走向延安的诗人。

二是从国统区走进新中国而更多地带有与解放区文学不同的诗歌观念的诗人。

三是新中国成长起来的年青诗人。这当中作为从20、30年代成长起来的诗人在新中国诗坛上是数量不小、力量不弱的诗歌群体，他们成为一个不能忽视的存在。

但是由于他们有了与"解放区诗人"不同的"国统区诗人"这种虽然不是绝对划分却又并非可有可无的"身份"，所以在新中国享有不同的地位和话语权。

（二）现代诗人存在的矛盾

相似的诗歌经历和文学背景会使得他们在面对共同的诗歌规范时有较为接近的反应。也就是说，虽然诗歌艺术观念有很大的不同，但是共同的生存境遇和艺术背景会使现代诗人超越差异，面临相同的艺术难题。正如洪子诚说过，一些诗人在开始，可能对当代新诗前景有积极的期待，来自不同地域、有着不同诗艺追求的诗人，存在着在互补的基础上汇成繁富的艺术交响的可能性，但这一期望并没有实现。

（三）现代诗人存在的问题

诗歌要统一为工农大众服务。如何写他们，表现他们的喜怒哀乐，用什么样的形式既能表现时代的主旋律，又能延续业已形成的创作个性和艺术风格，实际上这个课题是新中国诗人共同面对的，但是现代诗人由于有了前在的艺术规约，在适应新中国诗歌规范时，其艺术不适应的反应更加突出和强烈。

除此之外，还可能存在另一方面的问题，即寻找现代新诗传统能否在当代实现创造性转化的可能。从多次诗歌讨论和一些重要的诗歌活动中，我们发现现代诗人一方面努力适应新中国诗歌要求，探索为工农大众创作诗歌的形式，另一方面在建构新诗规范过程中，作为现代诗人，他们的新文学背景常常从潜藏的深处走上前台。

所以，即使那些极力贬抑自己过去诗歌创作、努力向主流诗歌认同的诗人，如冯至、田间、艾青等，现代诗歌的艺术背景总制约着他们的表现，在诗歌讨论和创作中总能或多或少延续着原来的风格。

艺术新问题的提出，现代诗人反映不同，但问题是相同的，即作为群体性诗人与当代诗歌要求存在距离。所以，有的诗人基本停止写作，转入其他行业，还有不少诗人选择了积极适应，努力改造，如郭沫若、臧克家、田间、艾青、冯至、卞之琳、何其芳、林庚等，其以积极的姿态进入新中国，在反省创作中开始了新的诗歌征程。

第三节　散文的现代化发展

一、外国文学"论文"的种类

现代散文产生于五四时期，它作为一种现代文学体裁是由周作人在 1921年的《美文》中提出的，外国文学中有一种所谓"论文"，其中大约可以分作两类。

①批评的是学术性的。

②记述的是艺术性的。又称作美文。这里边又可以分出叙事与抒情，但也又很多两者夹杂，中国古文里的序、记与说等，也可以说是美文的一类。

美文区别于小说、诗歌，有许多思想，既不能作为小说，又不适于做诗，便可以用论文式表现它。周作人的"美文"观不同于中国传统的散文，它是或议论或叙事或抒情的有鲜明的艺术性和文艺性的文体。

二、古代散文和现代散文的区别

古代散文范围十分广泛，人们把"韵文"以外的所有文章都称为散文，它没有文体特征，却是文体范围指称。现代散文的概念远比古代散文小，指一种与诗歌、戏剧、小说并列的文学样式。从体裁来说，它又比其他文学样式丰富，除了叙事、抒情性的小品外，还包括报告文学、回忆录、杂文、文艺随笔、科学小品、文艺论文、日记、序跋等。然而，这丰富的文学体裁中，叙事、抒情的小品被人谈论得最多，它们在艺术上的追求更有空间，形式和篇幅比较灵活。

三、现代散文的发展过程

现代散文兴起于五四文学革命时期，出现于"王纲解纽的时代"，它的兴盛发达甚至不输于其他文体。胡适在谈到新文学革命时说，散文和小说都不难得到承认，散文小品的成功，几乎在小说戏曲和诗歌之上。

胡适、周作人、朱自清都表达过这么一个意见，现代散文的兴盛与中国古代散文的兴盛发达关系密切。朱自清说过，小品散文的体制，旧来的散文学里也尽有，作为现代散文发展的背景，对现代散文的发生和发展产生了积极的影响，而且明朝那些名士派的文章，在旧来的散文学里，确是最与现代散文相近。所以，现代散文与古典文学中的传统散文有许多重合处，它将古典散文中某些部分引入现代散文中，注入了现代人的精神。

语体解放与个性精神的结合促成现代散文新面貌的形成，所以，现代散文在"文学革命"时期是最能成功地体现新文学实绩的。五四时期散文奠定了现代散文追求个性、张扬自我的精神，也影响其自由灵活的表达方式的形成。30、40年代现代散文更加成熟和丰盛，杂文在鲁迅等人的倡导和实践下成为一种富有战斗性的文体，小品文从体式上说发展出了幽默闲适小品、内心探索小品、反映社会生活的社会小品和旅游小品等文体，而散文与现实社会生活发生的密切而广泛的联系成了一种趋势。比如茅盾、萧红、沈从文等人的散文在广阔的生活面上展开对社会、人生的描写，抗战以来的写实性的通讯、报告文学、杂文更突出了散文与现实的联系。抗战的严峻形势使得散文慢慢放弃歌咏个人忧戚而融入民族救亡的时代大合唱中，偏重于写实的通讯和报道、报告文学逐渐显出它们的优势来，具有投枪匕首的武器功能的杂文得到繁荣。

第四章　文学的审美性研究

回望文学理论的发展，众多学者对中外文学作品进行了不懈的研究。他们不仅阐释了文学的相关现象，而且进一步深化了对文学的审美性的研究。本章从文学艺术形象概述、文学中的审美观念、文学的审美功能以及文学审美的特征四方面对文学的审美性进行论述。

第一节　文学艺术形象概述

一、文学艺术形象

文学和科学在对象、内容上有上述明显的差别，这就导致了文学和科学在反映客观世界的形式上也有明显的区别。科学的对象和内容是客观事物的本质和规律，这就决定了科学必须运用抽象的概念来进行判断、推理，以理论的形式来反映。文学的对象和内容是整体的、具有审美属性的社会生活，它不把生活现象和生活本质割裂开，而且要让人的感觉器官能够感受得到，这就决定了文学必须运用具体感性的艺术形象来反映社会生活。

一般而言，如果不运用艺术形象这种特殊形式就不可能把文学的特殊的对象和内容表现出来。枯燥的叙述、抽象的说教在文学领域里是不会获得胜利的。文学反映生活必须运用形象的形式。没有形象，就没有文学。需要着重说明的是，这里所说的形象是艺术形象，是灌注了作家情感的艺术形象。为了反映出现象与本质交融在一起的整体生活，为了反映出生活的诗意的属性，文学必须靠艺术形象说话，必须状难写之景、难言之情如在目前。愁与恨，都是一种难言之情，都是抽象的，较难从感觉上来把握，中国有很多的诗句把抽象的愁与恨化为具体的形象，真正达到了状难言之情如在目前的地步。

二、文学艺术形象的特点

文学以艺术形象的特殊形式反映社会生活，那么具体的艺术形象是什么呢？艺术形象具有什么特点呢？

文学作品中的艺术形象主要是指作为社会生活主体的人物形象和有关的生活情景的形象，它是指感性的、概括的、具有审美意义的社会生活图画。

（一）具体可感性

文学的形象虽然是作家用语言文字描绘出来的，读者不可能直接看到它，必须经过阅读后的想象，才可能在头脑中唤起形象。但这想象中的形象，也应该是具体的、可感的、生动的，仿佛凭感觉器官就能具体把握到它。平时我们在读到一篇形象生动的作品之后所说的"如闻其声，如见其人"，实际上就是指艺术形象的可感性。作家笔下成功的艺术形象总是有血有肉、栩栩如生、具有可感性的。例如，长篇小说《水浒传》写武松打虎的场面和过程，作家创造出了有声有色的、极为具体的人物形象和景物形象。作家细致地、具体地描绘了武松打虎的全部过程。先是写武松喝酒，不顾酒家的阻拦一口气喝了十八大碗；其过岗时，见树上刻的两行字，仍然怀疑是酒家诡诈，直到读完了山神庙前的印信榜文，方信岗上真的有虎。但寻思自己是条好汉，再回酒家去，怕酒家耻笑。接着写武松上景阳岗，写即将西沉的落日，写乱树林，写大青石，写武松因酒力发作而变得踉踉跄跄的醉态和倦态，写那一阵狂风。直到吊睛白额大虫出来，武松大吃一惊，酒也醒了，睡意也没有了。武松和大虫搏斗的一段，写得更加具体逼真，武松以一闪一闪又一闪的战术来对付大虫的一扑、一掀、一剪，表现了武松那临危不惧的精神和机智灵巧的身手。大虫的三大本领使尽，仍不能扑住武松，气性就先自去了一半。此时武松则勇气倍增，他双手抡起哨棒，尽平生气力，从半空劈了下去。然而哨棒打在枯树上，折成两截。武松把半截哨棒丢开，赤手空拳与大虫周旋。最后武松以一掀、一按、脚踢、拳打的动作把老虎打死。武松打虎的整个过程，无论是人物形象还是景物形象都描写得绘声绘色、具体逼真，真正达到了活灵活现、呼之欲出的地步。如果作家不是这样具体细致地写打虎过程，只是一般地叙述"武松英勇无比，以大无畏的精神，想尽各种办法，终于把老虎打死"，那就必然会把武松的形象写得苍白无力、毫无生气。

艺术形象的具体可感性，主要是由于作家的描写能够从多种感观上去建立形象。很明显，正是由于作家在描绘形象时，注意从视觉、听觉、触觉、嗅觉等多种感官上去建立形象，作品的艺术形象才是具有可感的。武松打虎的形象，主要是从视觉上、听觉上建立起来的。那日色、那乱树林、那大青石，老虎那扑、掀、剪的动作，武松那掀、按、踢、打的动作等，都是视觉形象，使人如见其人其事其物其情；而狂风的呼啸，老虎的吼叫，武松"啊呀"的惊叫等，都是听觉形象，使人如闻其声。

（二）艺术概括性

艺术形象的第二个特点是它的艺术概括性。如果一个艺术形象只有具体可感性，只达到了事物外部状貌的具体逼真，那么这种形象还缺少概括生活的力量，还不能真正地反映生活。所以成功的艺术形象除了具有具体可感性之外，又总是具有一定的概括性，它虽然是个别的，但却可以概括一般，它虽然是生活的现象，却蕴含了生活的本质和规律。这种既具有具体可感性又具有艺术概括性的艺术形象，才是反映社会生活的特殊形式。例如，曹雪芹的《红楼梦》虽然主要写了贾府一个贵族之家的生活，但是通过这个贵族之家的生活形象，却概括了封建社会千千万万个贵族之家生活的共同的本质和发展趋势。总而言之，《红楼梦》等作品的形象之所以获得成功，能够深刻地反映生活，不但是因为这些形象具体可感，而且是因为这些形象具有较大的艺术概括性。由此可见，艺术概括性是艺术形象的又一个必不可少的特点。

（三）特定审美性

艺术形象的第三个特点是它的特定审美性。如果作品的某一个形象只具备具体可感性和概括性，那么这个形象就还不是真正的艺术形象。比如，那些人体、牛、马的科学挂图，既具有具体可感性（形体状态画得很具体、细致），又具有概括性（科学挂图上的一匹马可以概括全部的马），但人们不会把它当作艺术形象来看待。可是画家徐悲鸿笔下的那些奔马，尽管某些线条不如科学挂图中的马那么细致、准确，但人们都一致地把它当作艺术形象来看待。由此可见，艺术形象除上述两个特点外，还必须具备第三个特点，即艺术形象应是具有审美意义的。艺术形象的审美意义主要是指艺术形象含有审美因素，被灌注了、流动着作家的审美感情，因而能够唤起读者的美感，满足读者的审美需要。举个例子来说，有这样两首描写雪景的诗，一首诗是唐代的打油诗：

天地一笼统，白井黑窟窿。

黑狗身上白，白狗身上肿。

另一首是唐代柳宗元的《江雪》：

千山鸟飞绝，

万径人踪灭。

孤舟蓑笠翁，

独钓寒江雪。

前面那首打油诗，虽然也押韵，表面看起来也像诗，对于雪的描写也不能说不具体、不真实，但丝毫不能从感情上打动我们，不能给我们以美感，因为这首诗的形象不具有审美意义，它的作者没有灌注自己的思想和感情。后一首诗的情况就大不相同了。其描写江上雪景，给我们描绘了这样一个画面：在这个飞鸟绝迹、无人的大雪天，有一个头戴笠帽、身披蓑衣的渔翁，独自一人在江上垂钓。诗中所展示的清峻、幽深的境界，触动了我们感情的琴弦，当然由诗的形象所激起的感情可能因人而异，有人觉得那境界清幽得令人神往，有人觉得那茫茫的雪景冷清得寒气逼人，但不管怎么说，诗的形象是灌注了情感的，是美的，是耐人回味的。为什么这两首诗的意境会如此不同呢？这是因为前一首诗是为写雪景而写雪景，作者没有把自己的思想和审美情感倾注进去，所以它的形象不具有审美意义；后一首诗不是为写雪景而写雪景，诗人把自己思想、情感都倾注进所描写的雪景之中，这样读者感受到的不仅是客观的景，而且是诗人主观的情，在情景交融的形象中，读者获得了审美的享受。由此可见，作家所倾注的思想、感情和所描写事物的统一，而形成的审美意义，是艺术形象的又一个重要特点。

具体可感性、概括性、特定审美性，是艺术形象的基本特点，三者缺一不可。文学就是因为用这样的艺术形象作为反映形式，所以能够把文学独特的对象和内容充分地、艺术地表现出来。

三、形象性与艺术形象的关系

文学审美跟艺术形象的概念是既有区别又有联系的，这是一个形象性的问题。形象性是指文学作品具有具体可感、艺术感染的特性。一段生活的对话，一个恰当的比喻，甚至一段富有诗意的议论，因其具有具体可感性和艺术感染力，我们都可以说其是富有形象性的，而艺术形象一般是指作品所描绘的一幅完整的生活图画，它具有形象性，但它又不等于形象性。因为一段对话、一个比喻、一段议论等，可以富有形象性，但一般还不能构成完整的艺术形象。比如，某篇作品用了"宁吃鲜桃一口，不吃烂杏一筐"一语，我们可以说这句话有形象性，但不能说它本身就是艺术形象。实际上这句话只是构成作品整个艺术形象的一个因素。总之，形象性是从艺术形象中取得意义的，但这两者还是有区别的。

四、文学中典型的艺术形象

文学以艺术形象反映生活，但并不是所有文学作品的艺术形象都能说服人，并深深地感动人，使人永远不忘。事实上文学作品中许多艺术形象因其思想性和艺术价值不高，而不能说服人、感动人而被人们遗忘。在文学史上，那些能够深刻地反映社会生活本质规律、在艺术上达到较高水平的艺术形象，如李白、杜甫、白居易等诗人的某些诗中的情景形象，如《红楼梦》中的贾宝玉、林黛玉、王熙凤等，《水浒传》中的宋江、李逵、鲁智深、武松、林冲等，《阿Q正传》中的阿Q，《白毛女》中的白毛女，等等，因其特别成功，产生了深远的社会意义并获得了持久的审美价值，为了把这些最成功的艺术形象区别于一般的艺术形象，人们称之为典型形象。在审美的感染力方面和深刻地反映社会生活方面，一般的艺术形象都不如典型形象。作家们为了深刻地反映生活和使自己的作品有更强大的审美感染力量，都总是努力去创造典型形象或具有较高典型性的形象。

（一）典型形象概述

所谓典型形象就是在文学作品中通过独特的、丰满的、鲜明的、能够唤起美感的个性形式来反映社会生活某些本质规律的艺术形象。根据这样的理解，典型形象包括了两个方面的要求：一方面是个性，另一方面是共性。典型形象首先必须是具体的、个别的，而不是抽象的、一般的。一个艺术形象如果不是具体的、个别的，就不能称之为艺术形象，更不能称之为典型形象。典型形象永远是具体生动的、独特的、能够唤起美感的。个性化是典型形象的基础。但是如果一个艺术形象只具有个性，也还不能称之为典型形象。因此，典型形象又必须有共性，典型的共性主要不在于数量上的代表性，从根本上说是指通过艺术形象所反映的社会生活的某些本质和规律，即事物的内在联系和必然的发展趋势。在实际生活中，个别、具体、感性的东西往往是和本质规律相矛盾的，典型形象就是要把这一对矛盾统一起来，通过个别反映一般，通过个性反映共性，通过现象反映本质。与典型形象这个概念相联系的，还有一个典型性的概念。典型性是指艺术形象具有典型的特性。某些艺术形象就整体看尚未达到典型形象的水平，但就某一点、某几点来看具有了典型的特性，我们可把它称为具有一定典型性的形象。

（二）典型形象的本质

关于文学作品典型形象可以通过个性反映本质、规律（共性）的问题，古希腊学者亚里士多德已有所论述。他认为，文学虽然写的是个别、具体的事物，却可以反映事物的本质和规律。他说："诗人的职责不在于描述已发生的事，而在于描述可能发生的事，即按照可然律或必然律可能发生的事。"亚里士多德在这里所说的"可然律或必然律""更富于哲学意味""带有普遍性"，用我们今天的话来说，指要反映生活的本质和规律。可惜亚里士多德的关于典型的精辟论点在欧洲很长时间却没有受到应有的关注，在很长的时间里占统治地位的是类型论。按类型论的观点，典型是类的样本。而各类人的样本都是事先规定好的，诗人、作家只能按事先规定好的格式去写。这种说法是从公元前1世纪古罗马诗人贺拉斯开始的。他认为，儿童、少年、成年、老年各种不同年龄的人，都有固定不变的特征。文学作品就是要把不同类型的人的固有特征写出来。17世纪古典主义的理论家波瓦洛原封不动地搬用了贺拉斯的观点。某一类人物的性格都是固定的，你写这一类人物就得按这一类人物固定的性格来写。既然人物性格分了类型，那么写法也就有了固定的格式。类型说的根本弊病在于它把典型看成是同类人的数量上的统计平均数，既否认了人物的个性，也切断了人物与生活的某些本质、规律的联系。一直到18世纪的德国学者康德和黑格尔那里才又把典型引回到个性与共性相统一的正确轨道。康德和黑格尔把典型称为"理想"，他们认为文学艺术中的"理想"就是个体形象与普遍性的观念或理念的统一。他们重新肯定了典型应是个别性与普遍性的统一，这是很大的贡献。但他们不是把普遍性理解成现实生活的本质与规律，而是理解成不可捉摸的观念、理念，这就陷入了唯心主义的泥潭，因为他们的典型论最终还是不能科学地解释典型问题。19世纪俄国批评家别林斯基对典型问题的研究是有突出贡献的，有些说法抓住了典型问题的实质，是很精辟的，至今仍被人们所接受。但别林斯基有时又把典型看成类型，这种说法，在挑水人中就只能有一个样本，文学只有按这个样本去写，才能写出一切挑水人。这种说法显然又回到了贺拉斯的类型论那里去了，是不科学的。对典型问题作了真正科学论述的是恩格斯，他说："每个人都是典型，但同时又是一定的单个人。"正如黑格尔所说的，是一个"这个而且应当是如此"。他还说："主要人物是一定的阶级和倾向的代表，因而也是他们时代的一定思想的代表，他们的动机不是从琐碎的个人欲望中，而是从他们所处的历史潮流中得来的。"

恩格斯这两段论述，科学地概括了典型的基本含义：一方面，文学中的典型，都是一定的单个人，是独特的"这个"，是鲜明的、丰满的、活生生的"这个"，说明典型反映生活，不同于科学反映生活，不是通过一般来说明个别，相反，是通过个别来反映一般；另一方面，这一定的单个人、这独特的"这个"的动机是从所处的历史潮流中得来的，因此通过独特的"这个"又可反映出"时代的一定思想"和"历史潮流"来，即反映出社会生活的某些本质和规律。恩格斯对典型的论述是经得起实践的检验的，至今也没有过时，我们应该反复学习，认真体会。

（三）典型形象在文学作品中的要求

这里还应该注意这一点，典型形象或具有典型性的形象在不同类型的文学作品中要求是不同的。

叙事、戏剧类的作品以写人物为中心，所以在叙事、戏剧类作品中，典型形象或具有典型性的形象主要是指典型人物或具有典型性的人物。例如，鲁迅的小说《阿Q正传》，其主要成就是创造了阿Q这个典型人物。为什么阿Q是一个典型人物呢？首先，阿Q是一个独特的个性，一个个别的、永远不会跟别人混淆的、独一无二的阿Q，他的所作所为、他的心理活动、他的生活命运，都是独特的"这个"；其次，通过这样一个独特的阿Q却反映了辛亥革命前后中国农民的本质和命运、社会各阶层的形形色色，从而揭示出那个历史时期社会生活的某些本质规律。

抒情类的作品以写生活情景为主，所以在抒情类的作品中，典型形象或具有典型性的形象主要是指生活情景的典型。例如，宋代爱国诗人陆游有一首题为《十一月四日风雨大作》的诗：

僵卧孤村不自哀，尚思为国戍轮台。

夜阑卧听风吹雨，铁马冰河入梦来。

这首诗的情景形象是具有典型性的。这首诗写的是陆游自己在68岁那一年十一月四日风雨大作之夜的情景。首先，这个情景是个别的，是诗人陆游68岁这一年十一月四日这一夜的具体情景，是不可重复的情景。在这个风雨大作的夜晚，老诗人睡在一个荒凉的孤村里，但他并不是为自己的身世悲哀，而是希望以年老之躯到北方边疆去收复失地，为国尽力。诗人的愿望，在现实中无法实现，但却在当晚的梦境中实现了。那一夜，在夜深人静之时，听着窗外的风声、雨声，他做了个梦，梦见自己率领着铁骑，跨过冰河，驰骋在北方的战场上，英勇杀敌。这个情景是如此独特、如此鲜明、如此生动，连风雨、铁马、冰河都历历在目。其次，这首诗的情景形象不但是个别的、独特的，而且是一般的、普遍的。因为通过诗人的这一夜的个别的、独特的情景的描写，反映了南宋时期从上层到下层一切爱国者的强烈的民族感情和爱国思想，反映了当时人民普遍的愿望，深入到了当时社会生活的本质方面。因此，我们说这首诗的情景形象是具有较高的典型性的。又如唐代诗人贺知章的《回乡偶书》：

少小离家老大回，

乡音无改鬓毛衰。

儿童相见不相识，

笑问客从何处来。

这首诗描写的是贺知章自己晚年回老家时的情景。应该说，这首诗并没有反映出什么重大的社会问题，没有揭示社会生活的重大本质和规律，但由于诗里所写的情景是个别的、具体的、独特的，通过这个别情景所揭示的人们的共同体验，是真实的、深刻的，因此这首诗的情景形象也是有一定典型性的。这就告诉我们，对社会的本质和规律要理解得广泛些，不可过于狭窄。生活中人们某一方面的共同体验也可能与社会生活的某些本质和规律相联系。

（四）典型形象的意义

对于文学创作来说，典型性是十分重要的。别林斯基认为文学创作的新颖性、作家创作力的显著标志之一即形象的典型性。典型性就是作家的徽章。作家起码的职责就是要忠实地反映生活，而且要忠实地反映生活，这就不但要写出生活的外在形态，而且要写出生活的内在本质和规律来。作家要达到这个要求，就得靠创造典型形象或具有一定典型性的形象来实现。因为只有典型形象或具有典型性的形象才能既写出生活的外在形态，又写出生活的内在本质和规律。因此，典型和典型性决定文学作品反映生活的真实程度和深刻程度。还有，只有作品中的典型形象或具有一定典型性的形象，才能有力地帮助读者认识生活，使读者受到潜移默化的影响，得到审美的享受。因此，典型和典型性又决定作品的社会作用和艺术价值的大小。典型性永远是优秀作品的重要特征。

综上所述，文学反映生活的特殊性在于：文学以人们的整体的、具有审美属性的社会生活作为反映的独特对象和内容，以艺术形象特别是以典型形象作为反映的独特形式；而无论是文学的独特对象、内容，还是由这种独特对象、内容所决定的反映的形式，都有审美的特性。因此，对生活的审美反映是文学的基本特征。

第二节　文学中的审美观念

一、实用文学观念

文学是主体审美意识的语符化显现，属于审美意识形态，在社会生活中具有特殊的价值。人们对文学的认识和理解，经历了一个从实用到审美的漫长过程。审美是文学最基本、常规的特性，它包括审美认识、审美教育和审美娱乐以及其他诸多元素。从整体上来看，文学的审美性构成了一个多元系统，在"主体—客体"和"个人—社会"系统的交织组合中呈现出多样性和多层次性，是一个立体的结构。我们应该正确地认识它的复杂多样性，以便更好地发挥文学的功能，满足广大人民群众的审美需求，为构建和谐的社会主义社会服务，为人民服务。

社会生活从各方面给文学以影响，但文学活动不是消极的活动，它同样也影响着社会生活。人类从事文学活动，也是因为文学具有特殊的功能。

人类的文学观念也是在生产实践和审美创造实践中逐步形成的，它经历了从实用功利到审美的漫长历程。人类很早就认识到文学的实用功能。《尚书·尧典》曾有"诗言志"的记载；《诗经》也有"心之忧矣，我歌且谣"（《魏风·园有桃》）、"君子作歌，维以告哀"（《小雅·四月》）的诉说，这些说明文学有抒发情感（言志）的具体功用。孔子强调了文学所具有的多方面的功用，把实用功利的观念放在重要的位置上，甚至以功利态度谈到："诗三百，一言以蔽之，曰，思无邪。"《诗大序》中认为，文艺的功能是"经夫妇、成孝敬、厚人伦、移风俗"。儒家甚至赋予它"修身齐家、治国、平天下"的重任。这种实用功利的文艺观源远流长，深深地影响着中国文学，以至于"在传统的中国文学批评中，实用的理论是最有影响的"。

实用功利的文学观念在西方也有回应。古希腊的苏格拉底就从神学目的论出发引出美善合一的实用功利论，他认为文艺应给人以快感，应表现人的复杂的心理活动。这些论述对后世文论都产生了深远影响。

实用功利的文学观的积极意义在于：第一，强调了文学与社会的紧密联系，强调了文学对人类的有益和有用性，正是社会功利的需求促使包括文学在内的所有艺术得到正常发展。第二，它将文学植于人类的丰富的生活土壤中，肯定了文学与生活的天然联系。文学来源于生活，生活的丰富多彩需要文学去表现，美与丑、善与恶，让文学去透视，给人以启迪，避免了"为文学而文学"的艺术至上论。但这种观点的消极影响也是明显的，单纯以功利、实用的观点要求文学，让文学承担不应承担的社会重负，犹如给文学带上镣铐，使文学失去了独立的品格和地位。特别是在阶级社会里，文学更是成为工具和附庸，这些都严重地束缚了文学的健康发展。

二、审美文学观念

随着人类自身能力的增强和生产力水平的不断提高，人类的审美意识和审美能力也发展起来，精神审美开始占据艺术活动的主要位置，人们对文学的认识也进一步深化，审美的文学观念应运而生，它与实用的文学观念互为补充，相互竞争，共同发展。曹丕的"诗赋欲丽说"，陆机的"诗缘情说"，突出地强调了文学的审美特征，从而突破了此前经学对文学的束缚。尤其"诗缘情说"重视情感的作用，揭示了文学是审美情感表现的本质特征。刘勰的《文心雕龙》将情和采的关系概括为"文附质""质待文"，主张文质统一，"华实相胜"，十分重视文学的审美特征。钟嵘的《诗品》问世，真正使诗学脱离经学的束缚而独立，开创了审美的文学观念的新时尚。到唐代的司空图，对文学的审美特征更加重视。他的《二十四诗品》就是从审美风格的角度研究诗歌，并提出了"韵外之致，味外之旨"的诗歌美学特征，为历代所重视。其"滋味说"更是文学审美性的典型概括。司空图所说的"滋味"，是指作品本身的审美价值，它使人在欣赏时得到特定的审美感受。他以这种审美价值的高低多寡，即有无滋味，品评了一百二十二位作家的艺术成就，开审美批评之先河。宋朝的严羽承接这一审美趣味，提出了"兴趣说"。其重视文学作品中的空灵、含蓄、平淡、自然之美，对文学审美特征的强调和把握达到了新的高度。近代王国维的"境界说"更是中国审美的文学观的集大成，将审美的文学观发展到一个崭新的阶段。

在西方，文学的审美性也为历代的哲学家、文学家所重视。亚里士多德提出的"净化说"已初步涉及文学的审美特征，他认为文学具有"无害的快感"。这种超功利实用的观点经过康德、费尔巴哈的努力，就变得更为完善。马克思也肯定了文艺的审美性，他在批评实用功利主义的观点时认为，审美"不应当仅仅被理解为对物的直接的、片面的享受，不应当仅仅被理解为享有、拥有"。真正的审美是超功利的，他肯定了文艺审美的超实用功利，当然他对审美的理解已远远地超过了前人，认为审美不是人的单一的感受，而是人的感觉的全面的实现和解放。审美的文学观在现代西方美学和文论中更是取得了主导的地位，其理论流派形成了前所未有的壮观局面。

对文学的这种从实用功利性到超功利的审美性的认识，是一个历史必然的过程。本来，超功利的审美性是在实用功利的基础上产生的。人类最初是以实用的观点看待包括文学在内的所有事物，然后才逐渐分化出审美的观念。在生产实践中，美的观念得到进一步强化。正像苏格拉底所说的，"一面装潢得漂亮的盾，若不能防护敌人的劈击，就不能称为美的盾；若能发挥防护的功能，即使质地粗糙，也是美的"。原始人打磨过的石斧，不是因为它光滑而美，首先是因为它更实用。均匀、对称、光滑等美的观念在实践的过程中逐步强化，并内化到人的潜意识中。原始时代的诗歌、神话和传说等文学形式，总是直接地与物质生产劳动过程密切相连，记载着先民改造自然的艰难历程，诉说着他们对莽荒的自然、宇宙的认识，向后人传授他们生产实践的经验，表达他们的喜怒哀乐。这些审美的形式日益发展并逐渐远离具体的生产劳动过程，形成一系列相对独立的艺术形式。

但是，审美价值一经产生，就开始与实用功效逐渐分离。文学的审美性是以超实用功利为基本特征，这也是文学得以独立发展的原因之一。文学作用于人的精神领域，满足人的精神需求，并摆脱了直接的物质需要的束缚。这种审美性集中体现在作家的创作过程和读者的阅读过程中，读者阅读接受也要在精神上呈现出相对自由的状态，不为功利所累，使这种审美状态达到极致。所以读者欣赏文学作品，获得的只能是精神上的审美愉悦，而不是物质上的口腹之乐。审美是文学的基本特性，离开了它，文学就不能算为文学，文学的其他功能也无法真正得到实现。

当然，在文学的实用功利性与审美性之间，并没有截然的界限。由于超功利的审美性是在实用功利的基础上产生的，实际上，在超功利的审美性背后，往往包含着更高层次的功利性质。作家的创作，看似无意而为，实则有某种目的驱使。人们欣赏文学作品时，虽然不直接产生功利目的，但鉴赏过程中读者受到的潜移默化和熏陶感染，却会产生广泛而深刻的社会效应。

第三节　文学的审美功能

作家的创作活动其实是一种创造性的审美实践活动。在社会中不乏优秀的人与事例，很多作家会以这些人与事例为原型，关注他们的发展趋势，以先进的社会理想与审美理想为指导，塑造出丰富多彩的艺术形象。

当具有一定的鉴赏能力的读者在阅读优秀作品时，接触这些鲜活的形象，就会被自然而然地吸引，会在情感上产生共鸣，在思想上得到熏陶，这也是文学审美功能的具体体现。

（一）艺术形象本身具有审美属性

艺术形象中蕴含美、丑、崇高、滑稽、幽默等审美特性，以及悲剧、喜剧等审美形态，这是文学的审美功能得以产生的客观基础。

（二）审美主体对人生的审美掌握和审美超越

作者在写作的过程中会按照美的规律来进行写作。审美主体对人生需要进行感受，并对此做出审美价值的判断。通过在优秀的文学作品中感受自然美与社会美，并将这种美感加以提炼、综合，凝聚在主体的审美理想之中。作者根据这样的美感所创设出来的艺术形象，使文学作品更具审美性。

（三）审美客体的接受是超越性的审美正视

读者通过阅读文学作品，可以借助文学作品中的相关人物，将作品中的艺术形象与自己的联想结合在一起，通过自己原有的艺术修养，在自己的脑海中进行再次创造，通过作品体验人生。读者通过作者的描述，可以深入到作品之中，了解作品中人物的内心世界，跟随作者的笔触深入文中人物的内心世界，以起到陶冶情操的作用。

文学是主体审美意识的语符化显现，通过塑造艺术形象对现实生活进行艺术概括，以展示艺术形象的真理；同时它又蕴含和寄寓着作家鲜明的道德评价和审美评价，具有巨大的思想教育力量和美的感染力。所以文学必然要将客观生活的真、道德的善和艺术的美三者有机地统一起来，也就是说，文学艺术的美就是通过艺术形象体系所表现出来的真和善，它们是不可分割的整体。我们说文学具有审美功能，是将其作为一个整体来看待的。文学以其整体的审美功能对社会产生影响。

文学艺术不仅要揭示出社会历史的客观必然性，而且要揭示这种必然性与人本身、人的自身发展和内在丰富性的关系。优秀的文学作品可以为读者展示某一阶段的历史画面，可以向读者展示当时社会的真实情况，从一定的意义上来讲，可以帮助社会大众在享受美的同时，获取更多的知识。例如：巴金的《激流三部曲》能使我们了解旧时代封建大家庭的种种生活情景，了解它的矛盾、腐败和没落的必然趋势，以及青年一代的苦闷和追求。肖洛霍夫说他的《静静的顿河》是通过"对顿河哥萨克的生活的描写"来表现"由于战争和革命的结果，在风俗、生活以及人们的心理状态中发生的巨大变动"，揭示"被卷进 1914 到 1921 年间发生的各种事件的激烈漩涡中的个别人的悲剧命运"，使人们对哥萨克的生活、历史有一个生动形象的了解和认识。对文学的这种审美认识特性,在中国古代文论里也有过论述,如孔子认为《诗经》可以"观风俗之盛衰""考政治之得失" "多识于鸟兽草木之名"等。

二、文学中审美功能的具体表现

(一)侧面反映社会生活

文学作品中形象多种多样,可以从侧面反映出社会生活的整体画面,其不仅具有审美的多样性,还具有其他的科学所不具备的特点。

它首先表现在对不同社会、不同时期的历史与现实的认识上。作家通过典型形象的创造深刻地再现社会现实的各种场景,表现特定历史时期的政治、经济、文化等状况,使读者在获得审美享受的同时,了解和认识社会生活的丰富复杂,时代风云的诡谲多变,以及历史发展的必然趋势,获得有关历史与人生的知识。唐代诗人杜甫以其敏锐的洞察力和深刻的批判性,创作了大量的诗歌来形象地反映唐代社会的生活,被誉为"诗史"。托尔斯泰的作品以其反映俄国社会生活的真实性被列宁称为"俄国革命的镜子"。优秀的文学作品无一不是现实社会生活的真实反映,无一不是作家所认识的人情世态的生动记载。

其次,文学的审美认识特性还表现在对不同地域、民族的风俗民情以及传统的认识和对不同个性、品质的体认。通过文学作品,我们了解到,屠格涅夫笔下的俄罗斯风光与哈代的爱敦荒原各异其趣;沈从文的湘西风情也不同于老舍的北京民俗。不仅如此,文学还深入人的内心世界,引导读者探索"内宇宙"的奥秘,使读者从作品中的人物关系、人生历程和性格气质等方面去认识人生乃至正视自身。各种性格的人物,呈现出或高尚美好或卑下丑陋的品质,让人在审美中思考,对照自己,升华自我。

(二)以感性形式认识世界

当然,文学的审美认识与哲学社会科学的一般认识是不同的。后者通过抽象的逻辑思维认识客观事物的性质、特点和发展规律,它作用于人的理智,满足人的抽象思维的需要,其特点是概括、抽象、理性,要求对事物的认识是科学的真实。而文学则通过形象的感性形式认识世界,它作用于人的情感,满足人的形象思维的需要,其特点是具体、形象、感性,要求对事物的表现是艺术的真实。例如,阅读关于明末历史的著作,可以理性地把握历史发展的脉络,通过历史概念了解明末战争的缘起、结果及其影响等。而阅读小说《李自成》时,则是将一系列有血有肉的情感丰富的人物形象,在想象中代入历史的情景里,感受人物的喜与悲,经历一番情感的波澜,令读者在美的洗礼中感悟社会、人生。尤其重要的是，文学是对人生的审美掌握，它着重反映的是人的生活、思想、感情、命运及其与环境的关系等。尽管文学作品中有对自然、社会等方面的知识的描写，但传播"知识"绝非文学的主要任务，况且这些"知识"不一定是科学的。"白发三千丈"，不过是文学的夸张而已。文学给人们提供了认识别人和自己的"参照系"，让人在欣赏作品时，既感受作家的心灵历程，也正视自身，通过对艺术形象的审美感受，体验、领悟生活的真谛，思索社会、人生。

（三）陶冶读者情操

文学作品能够通过生动感人的艺术形象、意境体系以及蕴含其中的作家的感受、理解和评价，对读者的思想情操、道德品质、人格修养等产生深刻的影响，这就是文学的审美教育特性。一方面，优秀的文学作品可以真实地富有典型性地表现生活中的种种矛盾、本质和发展变化，通过真善美与假恶丑的对照，告诉人们，什么是应该肯定的，什么是应该否定的，进而引导人求善向上，使人在形象的感悟中做出审美判断，心灵得到净化，思想得到升华。另一方面，优秀的作家同时也是伟大的思想家，他把对社会、人生的思考，对生活的分析评判熔铸在形象中，使作品饱含着沉甸甸的思想容量，增强了对读者的思想教育功能。屈原的《离骚》中所表现的为追求真理"上下求索""九死未悔"的精神激励了千百万的后来者；岳飞的《满江红》曾激动过多少热血赤子；《钢铁是怎样炼成的》中的保尔·柯察金无私奉献、坚强不屈、顽强斗争的精神令人感动，我们许多人都把他的那段独白作为自己的座右铭；苏联电影《乡村女教师》激励过许多有志青年献身于教育事业。优秀的文学作品能培养人们崇高的思想情感和坚强的性格，促使人们逐步形成积极的人生观，树立远大的社会理想。所以，人们称之为"精神食粮"，称作家是"人类灵魂的工程师"。

古今中外的作家、理论家都很重视文学的审美教育特性。孔子的兴、观、群、怨说中的"兴"，即"感发志意"，也就是启发鼓舞的功能；"群"即"群居相切磋"，指互相感化、互相提高的功能。因此，他所说的"兴""群"就是文学的审美教育特性。在西方，最早注意到文艺的审美教育特性的是古希腊的苏格拉底。亚里士多德对之论述得也很具体，并在《诗学》中提出了著名的"净化"说，得到人们的普遍认可。所以在新的历史条件下，我们要"以优秀的作品鼓舞人"，充分发挥文学的审美教育特性。

文学的审美教育特性具有多方面的表现。它首先体现在激励人们树立正确的人生观和世界观上。罗曼·罗兰的《约翰·克里斯朵夫》中的主人公那种强烈的反抗精神和为实现理想而不懈追求的英雄气概，启示人们要不断超越自己，自强不息，必须具备坚强的毅力和顽强的意志，才能征服世界，只有不屈不挠地奋斗，才能最终战胜自然。作家创作作品，塑造形象时，通过一幅幅生动形象的画面，让读者在阅读欣赏中区分真善美和假恶丑，激励人们去为创造美好的生活而奋斗。其次，体现在对人的灵魂的净化上。读者通过对文学作品的阅读，在获得审美快感的同时，受到一定的历史和人生的教育，帮助人们认识和改造生活，达到净化灵魂的目的。雨果的《悲惨世界》通过对冉阿让和沙威形象的塑造，进一步肯定善与爱，否定恶与恨，其主题发人深省。文学作品中的正面人物常常是正义和理想的化身，向人们昭示着美，给人以心灵的震撼；反面人物则常常是丑的典型，同样能引起读者灵魂的反思。总之，优秀的艺术形象无论是正面还是反面，都能使人在轻松愉快的审美享受中接受灵魂的洗礼，受到深刻的影响。

文学的审美教育特性与其他意识形态相比较，有其鲜明的特点：一是寓教于乐。"乐"是"教"的前提，文学最终要借助于形象的感染和情感的融化，使读者在阅读的愉悦中受到教益。二是潜移默化。文学给人的教益不是立竿见影的，而是通过形象体系细润慢浸、潜移默化地作用于读者的心灵。读者只有在认同形象体系的过程中，逐步地领悟作品的意蕴，接受其思想，才能将其转化为自己内心的信念和自觉的行动。

文学作品通过生动的形象、优美的意境、健康的趣味，使人精神上得到审美愉悦、生理上得到休息快适的功能，就是审美娱乐性。文学是通过艺术形象体系具体生动地反映生活里的各种属于美的范畴的人和事，人们欣赏文艺作品，并不是有意识地去寻求知识、接受教育，而是出于娱乐和休息的需要。当人们接触到作品里反映的人和事时，能在一种暂时"超越"的自由境界里驰骋想象，与人物同呼吸共命运，在艺术的情景中流连忘返，沉醉迷恋，从而获得精神上的愉悦和情感的满足。

文学之所以具有审美娱乐性，还因为优秀的文学作品是作家审美观照的结晶，它集中反映了生活的美，创造了艺术的美。那些生动有趣的情景画面，机智风趣的人物语言，引人入胜的故事情节，强烈激动的情感，健康向上的精神，是作家精心提炼创造的，能给人以强烈的感染的。虽然，艺术就是艺术，但是不管一部文学作品多么优秀，多么深刻地揭露现实，如果没有文学特点，世人所看到的也不过是一份企图而已。真正优秀的文学作品应该是美的结晶，它能给人以美的享受、心灵的陶冶。

审美娱乐性的表现形态是多种多样的。第一是情绪的激动。作品以情动人，欣赏作品也要动情。情绪的激动是各式各样的：喜、怒、哀、乐、爱、憎、忧、恐等，在主体的审美创造中，人的情绪可以得到充分地调动。如悲剧就能使人奋发兴起，提高精神境界，产生审美愉快。亚里士多德指出，悲剧能"唤起悲悯与畏惧之情并使这类情感得以净化"，也就是说，它使人获得伦理道德的提高和情感意志的升华。真与假、善与恶、美与丑的悲剧冲突，容易引起人的强烈的伦理态度，在展示它们的斗争中，能给予人多种审美感受，如对美的崇敬、对丑的蔑视、对善的赞美、对恶的义愤等。尤其是美、崇高的毁灭更能激起强烈的道德震撼，激发人的意志。所以悲剧总是能使人获得特殊的审美体验。第二是感觉的快适。文学作品通过生动的形象、优美的意境和健康的趣味，给人以自由快乐的享受和有利于身心健康的积极休息，让人感到分外的快适和惬意。第三是精神的满足。读者通过阅读文学作品，渴望的东西终于得到了，就会有一种精神上的满足感。如喜剧的娱乐效果就是这样。喜剧的美学意义在于它揭穿旧世界、旧势力的内在空虚和无价值，激起人们最后埋葬他的信心和勇气，让人们有勇气可以使自己脱离过去。它在揭示真善美与假恶丑的荒谬对立中，引起人们的笑声，在笑声中包含着审美评价。喜剧激发的是幽默、嘲讽等情感反映，它能给人以轻松愉快的欢笑。

审美娱乐性的表现形态还有其他方面。文学的审美娱乐性与非文学的娱乐性有着本质的区别。一般来说，非文学的娱乐性只会给人带来浅层次的感官刺激，不具有深层次的美感。通过阅读文学作品，可以使读者获得对艺术美感的认知与体验，这样的美感具有丰富的内涵。文学的审美娱乐性会与其他的审美特征结合在一起，同时也会增添其他的审美特征美的情感色彩。人们通过阅读优秀的文学作品，不断提升自己的审美意识，逐渐完善自己的审美观念，培养艺术鉴赏能力，不断激发对美的欣赏力与创造能力。

综上所述，优秀的文学作品在内容上具有很深的思想意识，也会反映当时的社会实际情况。在艺术形式可以完整地表达情节内容、具有独特的审美价值时，作为主体审美意识的文学，会通过作者精心创作的典型的形象，彰显着作者想要表达的主流思想，优秀的文学作品无一不彰显着真善美。文学审美认识的特性，会通过作品，不断丰富读者的知识层次，帮助人们更好地认识世界，探索社会的真理。优秀的作品，可以引导他人向善，不断健全自己的品格，从品德意识上深化读者的意志。根据文学的审美娱乐特性，其不断从价值观上陶冶读者的情操，帮助读者在阅读中学会分辨美丑，形成健康的审美观念。作家通过优秀的文学作品传递出的真善美，能够不断启迪着人们的智慧，完善人们的个性。

第四节　文学审美的特征

一、文学审美的多元性

如果说，艺术是为了人而存在的，那么就会使人生活地有价值、有意义。具体地分析艺术的宗旨，发现其有多种功能。文学可以代替直接的经验与想象，甚至可以当作一种文献记录。由此可见，文学审美具有多元性。

文学审美的这种多元意义，其实早就被人们注意到了。从孔子论诗到儒家的功利主义功能观，再到道家的艺术理想，都体现了文学功能的多样性要求。在西方，柏拉图就从他的社会理想、政治理想和道德理想出发，对文艺提出了特别的要求。

文学审美的多元意义是"主体—客体""个人—社会"两种系统关系的有机组合。文学活动是人类特殊的创造活动，即审美创造活动，它是由作家、作品、世界以及读者四要素所构成的。通过考察文学的活动系统，我们看到：首先，文学审美特性的实现是建立在读者的阅读鉴赏活动中的。文学作品只有通过阅读才能在读者的主观意识中作为审美客体而存在着，只有通过读者在阅读过程中参与作品所叙述的人和事，体验作品所传达的意念和情感，作品的内容才能转化成现实的价值、意义和审美效果，读者也只有进入阅读鉴赏过程，才能作为作品的审美主体而现实地存在着，其审美需求和欲望才能得到实现与满足。所以读者的阅读鉴赏构成了"主体—客体"系统的中介。其次，任何作家和读者都是社会的存在，其审美需要作为一种自我完善、自我实现和自我创造的本质力量，都具有社会性和历史性。作为审美对象的作品，其既有对社会生活的真实再现和摹写，又凝结了作家的审美理想和情感意志，同时更具有更大的社会普遍性。这种社会制约性构成了文学审美性的"个人与社会"系统。文学在这两种系统的纵横交织中呈现出审美的多元性特点，如政治宣传、法律警戒、信息传递、人情泄导、心理补偿、宗教感化等。

文学审美为什么会具有多元性呢？这是因为：第一，文学的描写对象是千姿百态、变动不居的人类社会生活，而这个对象本身就是个复杂多样的系统。社会生活的复杂多样，决定了文学作品内容的复杂多样。多层次的、内容丰富的文学作品在满足社会的不同精神需求时，就产生了不同的审美效应，同是一部《红楼梦》，"就因读者的眼光而有种种：经学家看见《易》，道学家看见淫，才子看见缠绵，革命家看见排满，流言家看见宫闱秘事……"。第二，文学表现的中心是人及其生活和命运。人是"社会关系的总和"，本身就是复杂的、多层次多侧面的。每个作家都要表现不同人物的性格和精神气质，描写不同人物丰富多样的内心世界，从而使每个人物都是独特的"这个"，并具有独特的审美价值。读者也有民族、时代、阶级的差异以及职业、生活环境和生活阅历、文化修养等的区别，作者对各种人物会有所偏爱，各取所需，从而使作品在不同的读者身上产生不同的审美效应。毛泽东看《白蛇传》，当看到白素贞被法海镇于雷峰塔下时，激动地站起来说道："不革命，行吗？"他是作为一个革命家来理解《白蛇传》的。第三，作为审美意识形态的文学要与其他意识形态和上层建筑如政治、宗教、道德、哲学等发生联系。不同的意识形态和上层建筑部门都会从自身出发，对文学提出各自的要求，影响文学的发展，从而导致各有特色、互有差异的文学功能效应，形成多层次、立体的审美功能网络。

值得指出的是，审美功能作为文学各项功能的前提，站在审美反映结构的立场上，发现作家的创作是以感知开始的，从侧面来说，读者的接受也属于感知的还原。在整个的过程中，审美作为最重要的功能，可以说，没有审美就没有文学，或者说，没有审美，文学就不能称之为文学，自然也就谈不上文学的其他功能。文学审美性是其他功能得以体现的重要依据。一篇优秀的文学作品，不可能具备所有的功能，只能是以一种功能或者几种功能为主，但是必须要含有审美功能。审美作为文学最基本的特点，也是文学不能缺少的特点之一。

二、文学审美的系统性

（一）文学审美性的正确认识

文学审美性的产生在于文学自身的特点和本质，在于文学与社会的诸种联系。我们要客观、冷静而又全面地理解文学的审美性，尤其是充分发挥文学的多种审美功能去满足人民群众多方面、多层次的精神需要。因此，对文学的审美性要有正确的认识。

（二）多元审美功能的精神性

文学作为审美意识形态，是人类特有的精神现象，其多元的审美功能只能是精神性的而不是物质性的。

无论文学的审美性如何多样，它都不能脱离精神的范畴。文学通过影响人的思想感情，塑造人的灵魂，调节人的行为作用于社会。文学中的形象虽然有具体可感的特点，但它同客观存在的感性事物却有着本质的区别：前者是观念的存在，而后者是物质的存在。如文学作品中的人物只能存在于我们的想象中，不像现实中的人具体可感。所以它给人的是精神的享受而不是感官的物质刺激，它不直接作用于社会，而是通过影响人的思想，改变人的价值观念，促使人形成一定的社会理想来改造社会。艺术作品应该保留它的独立性。

文学作品应满足人的审美的精神需求。审美的精神需求可以满足读者的自我实现的需求，还可以提升其人格魅力。不难发现，任何的文学作品，只要脱离人民群众的审美精神追求，就很容易走上急功近利的道路，也很容易走上消极道路，进而影响文学审美的正常发挥。

文学应给人以精神享受，而不是感官刺激。那种低级淫秽、寻求感官刺激的作品，迎合的只是某些人的猎奇、自娱的阴暗心理，而抛弃了艺术家应有的社会责任感，走向了追逐声色之娱、男女之情的庸俗之道，完全与文学的本质背道而驰。尤其在强调文学的娱乐特性时，更要防止其走入误区。

三、文学审美实现的渐进性

文学给人的教益不是立竿见影的，文学作品虽然具有"入人也深，化人也速"的特点，但"入人"的过程却是持续渐进的。文学作品作为一种审美的精神活动，可以滋润读者的心田，在潜移默化之中影响着读者的价值观。真正优秀的文学作品会影响一代又一代人，同时也会经得起时间的检验，不断显示出自身的魅力。

四、文学审美功能的有限性

文学具有独特的功能，我们应该对其有充分的认识，但是文学的审美功能又是有限的，不能夸大。每一种意识形态都有自己特定的功能，文学是一种审美意识形态，其功能不能代替其他意识形态的功能。作为上层建筑的一部分，文学的审美功能不可能超越特定的物质条件，也不能凌驾于政治、经济之上，只能在上层建筑与经济基础的关系之内产生应有的功能。单凭文学创作，既不能使国家兴盛，也不能使国家衰亡。"建安七子"的诗歌并没有使人民摆脱深重的苦难，李煜的词也没有挽救他亡国奴的命运。同时，个人思想的变化、世界观与价值观的改变以及他的一言一行也不只是受文学的影响，还是社会各方面因素综合的作用。社会上有流氓、骗子，才有反映这些人物的文学，而不是相反。同样，也不是因为有文学，才有模范人物的。文学就是文学，作为艺术形式的一种，也不可能代替其他的艺术形式，如音乐、美术、戏曲等，来满足人们丰富多样的精神需要和审美趣味。文学有自己的特点，其功能只能在它本身的特点所可能产生影响的范围内发生。不能让文学担负那些超出自身功能范围和偏离其作用方式的社会重任，狭隘的艺术功利主义是违背艺术规律的。所以鲁迅说："文学其实并无扭转乾坤的力量。"又说："一首诗吓不走孙传芳，一炮就把孙传芳轰走了。"过分夸大文学的功能，势必影响文学审美性的正常发挥，束缚作家的创作。我们不能给文学加上它不能承担的任务，使它承受过重的负担。历史的教训是深刻的。

总之，文学的审美性不是孤立的存在，在这个系统中，任何一方面的意义都是以整体的存在为前提的，不能偏废。另外，文学功能的实现程度也因具体的个人、社会以及环境的不同而不同，要依具体情况而分析。

对于文学的审美性，我们应当很好地去研究和探讨，充分地认识其规律，由此更好地探索文学自身的发展规律，繁荣我国的文学艺术事业，为构建和谐社会服务。

第五章　现代文学审美理论的构建与发展

随着文学进入现代文学的发展时期，相应的文学审美理论也同样在朝着现代文学审美理论发展的方向前进。本章即以审美理论的发展过程为线索，从产生背景、初步构建、深入发展这三个过程对现代文学审美理论的构建与发展进行研究。

第一节　现代文学审美理论的产生

一、产生现代文学审美理论的西方思潮

19世纪末，哲学界的尼采宣告"上帝死了"，提出"永劫复归"的理念，柏格森藉直观展示"生命哲学"。在心理学界，弗洛伊德1900年写的《梦的解析》，奠立了精神分析的基础，文学界纷然杂呈出唯美和颓废色调的时候，艺术界世纪末的"美的盛宴"也鸣锣登场了。世纪末思潮肇因于一种观念和理论的彻底变革，它必然反映在社会生活中的诸多方面，扬弃以往的种种束缚，享受瞬间的美与生活，从而不可避免地带有目标含混的颓废与华丽。这是对16世纪以来逐渐僵硬或教条化的理性主义和科学主义的叛离和反抗。在艺术领域，自文艺复兴以来，由于理性主义与科学主义的发展，艺术的专业化分工日益明显，"人的万能"观念的消失导致艺术家们走向拟古或模拟自然的道路，创造的内在力量日趋枯竭，内在的生命力受到压抑，这埋藏下了反叛和宣泄的火种。另一方面，到19世纪中叶，工业革命在欧洲已基本完成，现代化的通信技术与交通方式已经把整个欧洲连为一体，艺术家之间的交流变得频繁起来，艺术流派不再仅仅局限于一国或一民族，而能迅速波及整个欧洲。这种现象在1894年2月在比利时首都布鲁塞尔举行的"自由美学"大展览会上，表现得非常明显。此次展览可谓是欧洲"世纪末"艺术的总出击。当时艺术家所标榜的是"现代"，是"新"，是"青春"，是"自由"，是"年轻"，单从字眼已透露出充满活

力的青春气息，求新求变成为 19 世纪末的时代要求。

作为一种精神现象，19 世纪末艺术与传统观念的断绝，集中表现在对美的憧憬，认为美超越了一切。唯美主义运动的主将王尔德也成为世纪末艺术运动的精神领袖。王尔德在 1890 年的《道林·格雷的画像》中借亨利爵士之口指出："美是一种天才的形式——实际上，是一种高于天才的形式。"王尔德的这些话是 20 世纪末唯美运动的宣言，同时也被新的艺术家们奉为圭臬。在王尔德的唯美论点中，"美"和"生"是结合在一起的；为了美，为了生，既有的道德和社会规范不用顾忌，如果艺术是体验的果实的话，就是艺术，甚至也可以牺牲。所以"生"似乎也可以置换体验，体验是不断"寻求新的感动"，这新的感动就是美；为了美，可以反抗社会的一切，在这种理念激发下，欧洲各地终于产生了所谓"愤怒的年轻人"一代。他们标榜"美"，公然反叛社会。可是，他们虽然标榜"美"，事实上都是为"美"而冒险，重点放在"冒险"上。对他们来说，美是燃烧生命的借口，而且是惟一可能的借口。他们不管体验会带来什么后果，只追求体验本身鲜明热烈的充实感，因此只要使体验丰沛，纵使是一般社会道德不允许的事物，在美的名义下他们也加以承认。甚至于凡是他们敏锐感受所触及而产生的一切都可以称为"美"。在这种情况下，他们所说的"美"决不是阿波罗式古典主义的均衡美，而是狄俄尼索斯式狂乱的美，亦即着重在带来官能陶醉的感觉刺激。也许正因为如此，这时代的"美"常潜藏着死亡的阴影，飘荡着罪的气息。能让刹那的生命燃烧，诱发官能的陶醉，就这一点而论，美跟鸦片相似。因此，他们才争相匍匐在美的祭坛前，这种为美燃烧生命、无所为而为的境界正显示 19 世纪末"颓废"的华丽梦幻。在美之沉醉相反的另一极端，乃是像尼采所反对的世俗——小市民社会的道德意识。这种道德重视既有秩序，享受资本主义带来的既有成果。此种道德支配下的小市民，已日益丧失人的内在生命力，自然排斥愤怒年轻人高标的美的绝对性，一概将其视为败坏风俗的"颓废者"，而无法看出其中所蕴积的力量。因此，19 世纪末也蕴含了美与市民道德的对立与冲突。19 世纪末艺术既强调与传统断绝，又倡导美的独立性，也综合了古今艺术形式，以此与现实发生关系。所以，在精神上，19 世纪末艺术是颓废与再生、梦幻与现实、独立与融合等因素混合、没有一定秩序的混沌时期。从另一层面来说，它打破了文艺复兴以来写实主义的路线，希望有所创新，并进行种种不同的尝试。因而许多人认同王尔德的说法，即 19 世纪末艺术是"第二次文艺复兴"。

19 世纪末艺术的出现不是偶然的，从历史发展的现实来看，欧洲自文艺复兴以来，自律的近代社会逐渐形成，以数理学科为基础的理性主义和科学主义日益发展，以市民为中心的资本主义也带来了近代社会的繁华。但是伴随着社会与思想的发展，有形无形中也产生种种排斥作用。比如在理性主义和科学主义的支配下，举凡无可实证的东西都受到排斥，由此反而只注意到外在的合理现象，而对内在非理性的生命欲求则加以压抑。因此，在近代社会形成的内在紧张时期，外在合理秩序的建立还能获得众人的支持。可是，社会一旦进入和平繁荣的阶段，内在紧张感逐渐消失，繁荣的成果成为一般市民享受的对象，内在的精神能量发泄在歌台舞榭中，颓废反而成为现在刹那的解放。而以往受到压制的内在欲求在繁荣所带来的宽松环境下蠢蠢欲动，摇摆不安，最后终于酿成反抗既成秩序的力量。另一方面，在和平繁荣的背后，两代人之争也是不争的事实。老一辈坚持理性主义并使之形成市民道德，新生代则反抗这一道德体系，想获取更大的自由与解放。这种现代之争其实已表现在 20 世纪末的艺术上。19 世纪末艺术强调感觉，呈现无序变形的世界，可能就是这种现象的表露。

另外，工业革命所带来的新材料、新技术和报章杂志的兴盛，为 19 世纪末艺术的产生和发展提供了无限可能性和广阔的前景。特别是后者，19 世纪中叶后，以一般大众为对象的报章杂志犹如雨后春笋般出现，而且这些报章杂志大都辟有美术批评栏目，成为艺术家和观众的媒介。在这些栏目上，倡导美的批评家应运而生。批评家不仅是市民的"趣味指导者"，同时也是向艺术家指陈正确方向的理论家。但美术批评初期，大抵以作品解说或评介为多，虽有时亦加以品评，但派系间的吹捧和宣扬色彩很浓，这样"独立批评"的呼声开始高涨起来，青年批评家波德莱尔在 1848 年发表《批评独立宣言》，对批评的性质和品格提出严格要求。后来，王尔德进一步继承了这种观念，他在《艺术论》中称批评为"创造中的创造"，并且断言意识不活动就不能产生美的艺术。意识活动和批评精神是同义语。所有艺术流派都产生于人的批评能力，创造的本能只是不断反复，不会创出新的东西。王尔德不只想确立批评的独立性，也想让批评的地位高于一切，而他提升批评的地位是跟 20 世纪末寻求新艺术理论灵感连在一起的。

批评的独立性的形成，是伴随着众多纯艺术杂志的出现而完成的。这些杂志几乎不带有商业目标，而以新艺术追求为己任。它们不仅是艺术理论发表的阵地，同时也是画家、版画家活动的舞台。许多杂志在封面、插图上获得特定画家的合作和评论配合，群策群力推动艺术运动。其中最具有象征性，也最富 19 世纪末特色的是杂志《黄面志》。年仅 25 岁即去世的比亚兹莱在这杂志的装帧和插图上展现了无与伦比的天赋。他不只是杂志的创办人之一，也是与文学编辑亨利·哈兰德同为杂志核心人物的人。这份杂志成为 19 世纪末在艺术方面最具代表性的重镇。

独立意味着自由，同时，在反传统中，为了新艺术理念，一如王尔德所云，要不停地寻求、冒险，意图有所变革，新艺术家的态度是开放的。世界各国包括非洲土著艺术都给予他们以艺术养分和灵感，其中，日本的浮世绘对 19 世纪末艺术影响最大。比亚兹莱为王尔德的《莎乐美》所画的插图和《黄面志》杂志所刊载的版画也因日本浮世绘阔达自在的线条而拥有了新的生命。除了域外艺术的影响外，19 世纪末艺术也受欧洲固有的传统艺术的影响。19 世纪末艺术虽然反传统，但所谓"反"并非排斥一切传统，而是反对僵硬化、形式化的写实传统。事实上，19 世纪末艺术的表现中含有北欧传统的哥特风格、中世纪基督教的歌德风格，以及文艺复兴形式、巴洛克形式等种种因素。

19 世纪末的艺术从整体看来似乎混沌无序，但仔细爬梳，仍可以理出如下一些特质。

首先，它是反写实主义与自然主义的。不论在文学或绘画上，19 世纪是写实主义最为盛行的时代。写实主义强调重视眼中所见的外界形相，主张忠实记录现实的形态。这种观点本来无可厚非，可是一旦推到极致，难免扼杀人的内在生命力。到自然主义，更要求精确和科学的描写，人的精神力因此受到条条框框的种种限制，无从表现。因此，当人的生命力和精神力要寻求出路时，反写实主义或反自然主义就应运而生，演化为价值逆转的现象。19 世纪末美学的旗手王尔德就极力反对艺术要模仿自然世界，主张艺术的自律效果。高更也曾经指出："决不能过分模写自然。所谓艺术只是一种抽象……必须从自然中引出抽象来。"这些主张为艺术的装饰性大开其门。

其次，从艺术特征而言，19 世纪末艺术有种种共同的特色：第一，暗示了细长线条的动态感。古典主义时代的线条是匀称的水平线和垂直线；20 世纪末的线条则是奔放自由的，其可以随意弯曲、扭动、起伏，富流动性，充分表达了自由奔放的精神状况。第二，在表现手法上，19 世纪末的艺术使用留白和变形的手法。比亚兹莱等人都承认线条在动感中具有丰富的表现力，因而在图画上除了线条之外部留白外，其余部分都呈现出线条乱舞的局面。

第三，以"表面艺术"来触及人的内在生命力。正如留白和变形所显示的那样，20 世纪末艺术走向表面艺术。王尔德说："所有的艺术是表现，同时也是象征。"换言之，19 世纪末艺术家不只想借华丽的造型表现来陶醉感官，还想进一步利用感觉手段来探索日常语言及形、色、线无法直接捕捉的人存在的不可思议处以及灵魂的神秘性。

第四，19世纪末艺术家喜欢借梦幻来表现人的内在心理。主题常倾注于圣经故事"莎乐美"，以及孔雀、睡莲、火焰、舞蹈等动作、意象。"莎乐美"的故事，福楼拜的短篇小说集《三个故事》中有相应描写；到19世纪末，除王尔德的戏剧《莎乐美》之外，比亚兹莱、克林特等都有与此相关的作品。由莎乐美所幻化的形象，大致如莫罗所云：她是为倦怠和幻想缠身的女人；是敢委身于逸乐的动物性女人；是见杀戮也无动于衷的残酷女人。总之，她是兼具命运、官能、逸乐、奢侈、残酷、罪与死的美女。莫罗说，他想表现的不在于他自己的主题，而在于"现实女人的本性"。这是人内在本质的表现。孔雀的主题大致含有华美与恶德结合的象征性；睡莲显示官能的喜悦；而火焰和舞蹈则表现出流丽的动和内蕴的力。这些主题大都与人的内在本质有所关联。

19世纪末艺术虽然常被认为是"颓废"和"恶俗趣味"的代表，但却蕴含有丰富的可能性。它和传统艺术诀别，打破种种窠臼，呈现出多彩的"美的盛宴"。那些认识到"新时代应有新艺术"的19世纪末艺术家都具有相当敏锐的感受性，其由此创出了新的造型美以及动植物形态的主题、动态的曲线美、装饰性和象征；更探索了人的内在生命，混沌之中蕴含力量，自由可促起再生。西方20世纪末艺术这种内在精神到了21世纪初，也飘洋过海感染了东方古国的一批正在探索艺术奥秘的艺术家和作家。

二、五四运动与文化转型

五四运动之前，传统中国文化以实用理性为本位，以人伦关系的秩序有度为基础，可以称之为"伦理本位文化"。所谓的伦理本位文化在世界性范围内属前工业文化，它的天然土壤是小农经济及其衍生物族类社会。族类意识是伦理本位文化的基本纽带，它的基本的规约是整个族类的群居点必须统一在一个一元的权力构架中，以对抗大自然的狂暴，因为族类群居的根源在于人类在整体上处于与大自然为敌的状态，生产力的低下使得族类劳动的收益极低，人们在青壮年时不能积蓄足够的财富来维持自己在年老力衰时的生活，这时人们生育子女是为了使自己的老年生活得到保障，这样整个族类群居点的关注焦点就放在了老人身上，对年老的恐惧成了社群的中心恐惧，这种恐惧使它们发明了整套制约方式，来制约青年人，使青年人对老年人俯首帖耳。

在这里，个人性特别是青年的个人性是不存在的，因为每个人首先不是作为个体而存在的，他必须首先是族类整体的一分子，服从族类的整体要求，这时他不得不以失去他的个性为他的个性或者更确切地说，为了成全一个人的个性就必须剥夺其他一切人的个性。如村落中的（族）长老（者）决定制，国家政治中的皇权专制，学术思想中的一元独尊，整体社会意识的重老、尚旧，历史观的倒退等。成全一个族长的个性就要消灭全族人的个性，成全一个皇帝的个性就要使全国人成为臣民，成全一个孔圣先师的个性就要剥夺所有知识分子的思想自由，使他成为注解者、释读者，成全一个"代理念"（尧、舜、禹）就要消灭后世人对于未来的所有的幻想力。

而这之中一个隐性的压迫就是老人对青年的压迫，青年人只能存活于在场之父的阴影中。"父"对"子"的压迫是伦理本位文化的最为本质的隐态结构。中国传统文化范式中几乎每一种主要关系都可以归结为这种父/子结构，如君/臣、官/民、师/徒、兄/弟等，整个社会都是这种父/子结构的衍生体，其表现形态就是以父/子结构的基本规约"孝"来结构社会。《论语》中就将整个社会的归化总括为"慎终追远"，意思是只要统治者使百姓慎重地对待父母的死丧，追念远代的祖宗，就可以使百姓的德行趋于忠厚老实，国家也就安定了，而所谓"孝"就是子对父的绝对服从，不仅父母在世时服从他们，即使是他们不在世了也要服从他们这个服从的基础——血缘——一种中国式原罪，他从"父"那里获得血缘，获得生便是一种罪，为了这个罪，他必须终身自赎，将自己的一切都奉献给"父"，不仅他的肉体是属"父"的，"父"有权随时收回，而且精神也是属"父"的，《论语·为政》中孔子多次讲道，所谓"孝"不仅是指"赡养父母"，更重要的是指精神上从属于父母，"孝"的中心意义是对长者的"无违"。中国式原罪与每个人现世之生相伴相随，他的救赎之途也是针对每一个具体的"父"而规划的，因此，救赎不仅不能导致一种超越群体性规约和此在生存的追求，相反它严格地限制于此生的伦理责任之中。所以说长老文化是不讲来世主义的，因为它要求人服膺于现世的此岸的具体的"父"，而不是彼岸的来世的乌托邦，它使中国人的心中根本就不可能建立上帝或乌托邦这样的超越性观念，所以它对人的个性和自由的限制性要比西方式宗教严厉得多。

中国传统文化范式无论从哪一个方面来讲，都是伦理本位文化的典范。中国传统文化的一个总的隐性的话语结构可称为《论语》式结构，《论语》是中国伦理本位文化元话语体系最主要的源头。《论语》中包含了一个严格的等级制度，处于顶端的是孔子（全部称"子"），其次是孔门一代弟予（除曾参外其余只偶尔用"子"或干脆用姓、字或名），再次是假想的隐身的"受教者"——听者，《论语》中包含了大量的对话，但这种对话不是建立在主体平等基础上的对等交流，而是一种问答关系，其实是一种一元话语的独语，其中最大的独语者是孔子，《论语》用得最多的句段就是"子曰：……"式的独语，独语使子路、公西华、冉有等成为问道者，降而为释解者，再降而为传道者，在《论语》构架中，只存在三种角色，一种是独语者，拥有无可置疑的权威，一种是问道者，位居于话语的边缘，但他们可以通过解释独语者的话语而进入次中心，第三是沉默的听者。没有明确的身份，是《论语》体系中缺席的出席者，对于《论语》体系来说，这种人是没有必要出席的，因为他们只是圣人思想的接受者，无权质疑圣人的思想，因而也无权参与元话语的建构，他们在《论语》之外背诵《论语》就行了，对于伦理本位文化来说，最典型也是最适宜的话语文本是语录，语录型文本在伦理本位文化中成了长老话语权力的直接体现。在语录体文本中只有一个话语中心，一个独语者，因此，伦理本位文化体系中是存在话语权力的分割问题的，整个社会的话语权力体系就是一个《论语》的翻版，话语权力集中在长老人物手中，长老人物的话语专制成为世俗权力专制的一个重要组成部分，这样伦理本位文化中其实只有一种话语，一个声音，其他人都只能是听众或传声筒。文化是人们在自身进行活动时形成的一种比较固定的结构，它是社会存在的反映。老年本位文化是和中国传统的农业型社会相连的，农业社会的特点是跟土地打交道，它对一个人的经验性的东西要求较高，而经验的积累和年龄有关，整个社会的知识的更新和换代几乎没有，所谓知识对于绝大多数人来说就是个人经验的同义语。在这种情况下，老年人由于他的经验而得到较高的地位就是极为正常的。长老型文化与中国传统社会相伴相随，一直是中国社会的显性文化，但是这个文化并不是铁板一块的。"五四"文化是一种感性本位文化，它诞生于中国传统伦理本位文化的对立面，它对伦理本位文化几乎构成了一次致命的冲击。

对于"五四"文化来说，其典型的文化母题可以概括为感性本位。感性本位文化在"五四"是作为伦理本位文化的对立物而产生的，但它不是伦理本位文化发表的一个必然结果，换句话说它不是从中国几千年伦理本位文化传统内部生长出来的，它是西方现代文化刺激下的一个结果，它一开始就是向着伦理本位文化开战的，它宣布与伦理本位文化势不两立。感性本位文化的代表人物陈独秀、胡适、李大钊等对传统文化的好战姿态就是对这一问题的最好注脚。

"五四"感性本位文化的每一方面的特征可以说都是冲着伦理本位文化而来的，都是从伦理本位文化的对立点起意的。伦理本位文化以实用理性为思维根基，一切都在理性面前俯首称臣，感情上是内敛的节制的，视情欲为大敌，而感性本位文化则正好相反，它是站在感情之维上、纷至沓来的人生感念，性的苦闷、灵的动荡、魂的骚动、体的感念都因它的激情倾向而成为这个文化范式的根基。如果说伦理本位文化以等级和秩序来维持这个世界的稳定和平安，在一切方面都以守成为目标，习惯性地以保守的旧事物畏惧新事物为思维模式，那么"五四"感性本位文化则是以求新求异反抗任何形式的外在束缚，要求在自由平等的基础上充分地实现人按照内心情感的真诚来生活的理想。换句话说，伦理本位文化的特点决定了它必以金字塔型等级为秩序，以老人、以群体为中心，而感性本位文化则以创新、求变，以青年、个体为中心。

《新青年》《新潮》《少年中国》《创造》《洪水》《猛进》《春潮》等期刊的名字中蕴含着一种内在的激情，这种激情是感性本位的，是感性本位文化的独特特征。

这也解释了《新青年》以"青年"为名且十分看重"青年问题"的原因。《青年杂志》一卷一号第一篇文章便是陈独秀的《敬告青年》，从某种意义上可以说《新青年》是五四新文化运动的开刃刊物，而《敬告青年》则是中国五四新文化运动的开刃文章，是新文化运动的总号角。

该文在历数当时中国社会之黑暗后宣布了六点政治和文化主张：一是自主的而非奴隶的；二是进步的而非保守的；三是进取的而非隐退的；四是世界的而非锁国的；五是实利的而非虚文的；六是科学的而非想象的。这些主张都是针对青年而讲的，都是对于感性本位文化的呼唤。

以青年还是以老年为社会的支柱？对这一问题的回答是伦理本位文化与感性本位文化的分水岭。《新青年》正是在这一点上一下子将自己放在了伦理本位文化的对立面，成了开启感性本位文化的先驱。李大钊在《青年与老人》中也对此进行了更为明确的叙述。

《新青年》以青年问题为中心主题之一，正体现了感性本位文化的一种自觉的依傍意识，以青年为依傍对于感性本位文化来说不仅是一种本位主义的要求，还是"五四"时期对抗伦理本位的一种策略性要求。它是向着颠覆伦理本位文化而来的一个斗争方针。争取青年是当时几乎所有新文化主将的一个共同意识。感性本位文化立足于青年本位，相关地也带来感情性特征。如果说伦理本位文化是虚文的、装饰的、以"理（礼）节"为重的，有"天、地、君、亲、师"而没有感性个体，只有"我们"而没有"我"的，那么感性本位文化则是"实用型的""真纯的"以"情感""生命"本原性的存在为中心的，它坚持个人性，以"我的感性存在"为价值尺度。伦理本位文化从本质上说是一种"父权文化"，而感性本位文化则是平权主义的。感性本位文化中，女性的敏感性、纯净性、美性受到尊崇和歌咏，女性之美是感性本位文化艺术的永久主题，而这种尊崇和歌咏同伦理本位文化中的悼亡诗，从色空理论发展而来的意淫型小说是完全不同的，女性不再仅仅是伦常中的母亲，不再是"哀哀父母，生我劬劳""慈母手中线，游子身上衣"中的古典妇女，也不再是空怨女、青楼思妇，而是与男性对等的感性个体，是那个"我的先生，爱我的恩人，/你教给我什么是生命，什么是爱，/你惊醒我的昏迷，偿还我的天真"的"人"，女性意识的觉醒成为"五四"感性本位文化成立的一个标志。妇女问题以及与之相关的婚姻问题、家庭问题、贞洁问题成为五四新文化运动的另一个关注点。

如果说"青年问题"是反抗伦理本位文化的"父"（象征理性与秩序），而追求无父的局面，是提坦神式的抗争方式，那么妇女问题则是针对"父"的衍生物"夫"而提出来的，在中国式长老文化中成年女性面前的在场之父就是"夫"（"在家从父，在外从夫"），由此对于女性来说青春性文化的抗争，不仅有抗父的一面，而且还有抗击父的变形"夫"的一面，这是一种美狄亚式的反抗，标志感性本位文化统治地位的逐步确立。感性本位文化从各个方面得到倚仗，并在各个方面深入与伦理本位文化进行斗争，中国"五四"文学的爱情题材的发达与此不无关系。

与女性意识的觉醒相联系的是整个社会"爱"的意识的觉醒，整个社会的主导性感情由对伦理本位文化的恐惧与服从变为"爱"，情感的地位得到了确立。这个"爱"不仅是"爱情"，还指亲子之爱、社会之爱等无数的方面，冰心的爱的哲学、王统照所钟情的纯爱等都是该观点的典型注脚。

伦理本位文化是现实的、平稳的，以和谐为理想的，所以崇尚中庸。但感性本位文化不是如此，它是以矛盾、冲突、动荡、反抗、幻想为特征的，反中庸、反守成，是激进主义的，乌托邦是感性本位文化的另一个特征，尽管伦理本位文化也有乌托邦性，如中国古代的大同理想、大同之治，但是这种乌托邦性是有限的、后视的，它不是鼓励人们面向未来而是鼓励人们面向过去，它告诉人们一切好的东西都在过去，我们的时代是一步又一步地向后退的，所以它很少能给人以浪漫的遐想和激情，而感性本位文化则是一种具有浓烈的浪漫气息的幻想型文化，它需要一条彼岸之索作为批判现实、寄托追求的精神支柱，理想主义神枝的抚慰是感性本位文化中不可缺少的，尤其是在中国的五四时期，生活在动荡之中的人们，如果心中没有理想的光后果是不可想象的。

综上所述，"五四"时期中国文化的转型也即伦理本位文化向感性本位文化的转型，而其显著的社会现象则是社会由老年本位向青年本位的转型。

三、现代文学审美的启蒙

中国现代文学的产生和发展，蜿蜒于中西方文化与文艺冲撞的边缘，这已是学界不争的事实。特别是对于刚刚挣脱传统文学羁绊的"五四"新文学来说，域外的艺术感发显得尤为重要。受传统文学浸染很深的中国文人，满脑子《诗经》《楚辞》、唐诗、宋词等的话语与意象，如果没有对西方文艺的借鉴，其所形成的可说是与生俱来的中国式的"表达方式"。要想寻找一种适合于现代精神的文学观照形式，中国现代作家必须从思想观念、艺术修养、文学话语（包括主题和意象）三个方面进行重新炼造。在这个过程中，被称为"新艺术"的西方 19 世纪末艺术思潮也扮演了十分重要的角色。同时，这种审美艺术趣味也必然或多或少地渗透到五四作家的艺术创作之中。

在西方，审美现代性是作为启蒙现代性的"反题"而出现的。启蒙现代性的核心是现代理性主义，它又被后现代的批判者（如阿多诺、马尔库塞、韦伯、哈贝马斯等）称为"技术理性主义""工具理性主义"，可见这种现代性的"祛魅"最终暴露出的异化人性、使人的主体性沦丧的弊端。从根本上说，现代理性主义秉持的是利益最大化原则，它的目标是社会财富的外部积累。这是由资本主义生产追求利润、追求资本增殖的特性决定的，因此它必然贯穿于资本主义社会的始终；它至今未变，美国总统竞选时提出的"奶乐文明"——充足的食品加充足的娱乐的社会理想，便是其经典表述形式。与这种利益最大化原则相伴随的还有两个最突出的特征：第一，空间向度上的同一性。阿多诺在《现代性与大屠杀》中指出现代工业流水线式的生产模式取消了个体在生产过程中的责任。它不仅不需要个人为生产的最终结果负责，甚至也禁止了个人的责任感，因为只有当个人被变成一个依照既定程序运行的、不负责任的零件的时候，才能保证流水线的最高效率。于是，现代性要求共性而排斥个性，要求同一性而排斥多元共存。这是现代社会个人主体性丧失的根源，因此现代性不仅是"同一性的哲学"，也是"死亡的哲学"。第二，时间向度上的前指性。在前现代社会也就是农业社会，人们的时间意识是后指性的，这根源于季节性循环的农业生产模式对经验的依赖——经验总要在历史时间中积累。因此，前现代社会对经验的拥有者——老人、祖先——多持敬重；前现代叙事也以"从前"为关键词；而前现代历史观是做"减法"的，通常假设过去的某个时间里存在着一个理想社会。现代社会即工业社会里情况则相反，扩大再生产带来的资本增殖、财富积累只有在未来时间里才能实现，因此，现代社会推崇的是青年、青春；现代性元叙事则以"发展""进步"为关键词，现代历史观是发展主义的、进化论的，认为理性主义的进军会带来一个美好的未来"黄金世界"。对未来的迷信是宏大叙事的基础。

审美现代性作为启蒙现代性的反题，首先要颠覆的当然是现代理性主义及其利益最大化原则。因此，审美现代性最突出的特征是非理性、体验性。从叔本华、尼采的意志主义开始，人类意识中的非理性因素便被提升到本体论的高度并加以强调，从意志、情感、直觉到无意识，以至涵盖更广的生存、存在，审美现代性认为人生存的价值便在于对这些非理性因素的体验。正由于其体验性，才使审美现代性所主张的理想境界在本质上与审美相通，成为一种"泛审美主义"，"审美现代性"也因此得名。

这是一种内指性的哲学，它消解了启蒙现代性追求的外部财富的意义，使利益原则沦为虚无，尼采将之概括为"凡是有卖价的都无价值"。同样与之相伴随的是两个与启蒙现代性相对立的突出特征：第一是空间向度上的个体性，这是对启蒙现代性同一性原则的反拨。从根源上说，体验的主体必然是个体的人，社会共同体无法代替个体完成对其生命过程的体验。这一点克尔凯郭尔表述得最明确，认为强调群体是个体推诿责任的借口，人本质上是必须做出自主选择的"孤独的个体"，而"群体就是虚无"。这是直指现代工业社会对人的主体性的剥夺。当然，审美现代性经常主张个体在生命体验中打破自身的现实时空局限，与宇宙生命整体达到虚拟性的同一，如叔本华认为解脱之道便是在审美中"自失"，尼采"酒神精神"的境界便是成为自然的"最高共同体"的一员，海德格尔则主张天、地、神、人共在的"诗意栖居"等。但是，这些与现代理性主义要求的同一性有质的差别，因为首先，审美现代性强调的"整体"并非是外在于个体的，而是构入了个体的生命体验；其次，审美现代性的"同一性"不是现实的同一性而只是一种对"同一"的体验，在这种体验中个人的主体性不但没有丧失，反而因为与外部世界的互构而更加丰富了。可以说，这种同一体验是为了丰富个人心灵而进行的，它使个体主义不至于沦为利己主义而丧失其体验性、超越性的特质。第二是时间向度上的当下性。审美现代性所推崇的体验是一种具有鲜明的当下性、现场性的活动，它不断变化、转瞬即逝，因此审美现代性的时间观必然是强调当下的，而反对发展主义的宏大叙事——因为不同于资本寄希望于未来增殖，体验是只会变化不会增殖的，对未来目标的过度关注只会错失当下的体验。柏格森的"心理时间"是这种时间观的典型代表，在柏格森看来，由于人的内心体验是瞬息万变、不可分割的"绵延"，人的"心理时间"也是由无数个当下汇合而成的"绵延"，而不像"物理时间"那样可以机械地分割。加缪提出的"穷尽每一刻"的生命主张，更直接地表达了对当下价值的珍视。而审美现代性的历史观，既不同于前现代的"退化论"，也不同于启蒙现代性的"进化论"，而是"变化论"。历史只是在变化，无所谓变好或变坏。尼采的"超人"哲学似乎是个例外，"超人"明显地比人类更符合他的价值理想。但是，他很快又用"永恒轮回"说打破了"进化"的神话，"人类的渺小也永远轮回"。

总之，非理性、体验性、个体性和当下性是审美现代性的基本精神品质。但是，五四知识分子在对舶来的审美现代性思潮进行本土化阐释的时候，却没有看到（或有意回避）它与启蒙现代性的差异。当然，五四知识分子的启蒙现代性阐释也是本土化了的。"理性"被化约为更能产生直接社会效益和经济效益的"科学"，"人权"被化约为更政治化、更便于现实操作的"民主"。后来的"救亡压倒启蒙"便是对其本土化过程的集中概括。的确，在民族危机严重、多数人面临着生存问题的五四时期，理论界急功近利的倾向是有其历史合理性与必然性的。但是，在这一本土化过程中，启蒙现代性的核心精神气质并没有被改变。科学、技术本就是现代理性主义的具体应用，民主也是现代工业社会秩序的一条重要原则。而发展、进步和对未来"黄金世界"的向往等现代性的前指时间观，更是被急于改变中国现状的五四知识分子所继承，只要看看"青年""未来""希望""进化"等现代性元叙事的关键词在五四中国的话语体系中承载着多大的情感能量、能唤起多大的狂热，就很清楚了。因此，五四知识分子的启蒙话语仍属于启蒙现代性的谱系，只是由于特殊的历史语境而与西方启蒙现代性呈现出一些非实质性的差异。

审美现代性的情况就不同了，五四知识分子对之进行了根本的改造。这也是有其历史合理性与必然性的，因为审美现代性的舶来在当时实在是一种历史的"提前量"。这一旨在批判和反思现代理性主义、功利主义、同一原则及发展主义的思潮，在西方产生于 19 世纪下半叶，当时工业文明的弊端已较充分地暴露，启蒙现代性"黄金世界"的幻想已破灭，资本主义的矛盾正在酝酿之中。然而，五四中国的历史语境中却找不到如此明显的批判和反思对象了，因为当时的中国社会还没有完全走出前现代，刚刚传播开来的启蒙现代性还是新鲜的元素，除了在上海这样的大都会，其他地方所谓"现代性的铁笼"并没有形成。因此，多数五四知识分子不会觉得打着反理性、个体性和穷尽当下的旗号来批判现代性有什么必要。在他们的阐释中，审美现代性不仅不是启蒙现代性的对立力量，反而是与后者站在同一条战线上的，并为其呐喊助阵，共同完成现代性"祛魅"的任务。而其根据便是，前现代是启蒙现代性与审美现代性共同的批判对象；尼采的"上帝死了"，针对的便是前现代的信仰主义模式。于是在批判前现代（具体在五四知识分子身上，便是反封建、反儒家思想）的基础上，中国知识分子对审美现代性进行了启蒙化解读。举例说，这种启蒙化解读在尼采研究中便很突出。由于尼采"上帝死了""重估一切价值"的口号十分切合

　　五四知识分子迫切要求推倒一个旧世界、建立一个新世界的心态，他们对尼采曾是极为推崇的：傅斯年在《新潮》杂志上号召"我们须提着灯笼沿街寻超人"，称尼采为"极端破坏偶像家"；沈雁冰在《解放与改造》中盛赞"尼采是大文豪，他的笔是锋快的。骇人的话，常见的。就他的《查拉图斯特拉如是说》看，又算是文学中少有的书"。郭沫若醉心于尼采到如此程度，以至于因为在一家外国书店没有找到尼采的《看哪，这人》而称这家书店为"破纸篓"。但是，他们是把尼采当作一个"祛魅"的启蒙思想家而非反启蒙的审美现代性思想家来肯定的，"重估一切价值"被赋予了反封建的含义："拿尼采的思想批评中国人的价值观念，就可以得到这样的结论：……中国所以老大瘠弱奄奄无生气，都是由于鬼气充塞之故，因为凡是幻影找崇拜者即是生命的诅咒者。"而这还有两个突出表征：一是滤去了尼采思想的体验性，而做出功利化解读。尼采推崇"强力意志"充溢的生命巅峰体验，这是他的"酒神精神"，而"超人"正是"强力意志""酒神精神"的集中体现者。但在五四知识分子的解读中，"超人"却是与开启民智、救亡图存的现代性任务联系在一起——"超人"成了把民族从旧制度的桎梏、异族的压迫中解放出来的"救星"。

　　五四作家的艺术志趣往往是很广泛的，早年单纯立志从事写作的人不多，其中相当一部分作家爱好或擅长美术创作，而当时的西方"世纪末"艺术是作为"新艺术"思潮涌进国门的，这种思潮对他们艺术观念的形成、主题和意象的选择都产生了或多或少的影响。而且"新艺术"思潮与19世纪末的文学思潮几乎都推崇王尔德，把他看成是自己的精神领袖，可以说有着相同的文化背景和美学基础。因此，西方"新艺术"思潮对五四文学的影响相当直接，隔膜甚少。西方世纪末艺术在中国的接受传播存在一个社会文化土壤的问题，这一方面是由于封建政体与礼教的崩坏所带来的道德伦理与文化秩序的失衡，造成人心漂浮，无所归依，一定程度上应合了西方19世纪末颓废享乐的情绪。另一方面社会的动荡所带来的混乱局面，使个人命运显得无足轻重，一种强烈的时不我与的寂寞感充斥青年人的心理，这就使他们狂躁的反叛情绪日渐浓烈。同样，这种心理势必影响到艺术趣味。西方19世纪末艺术那种美丽中潜藏死亡阴影、飘荡罪的气息，追求诱惑的官能陶醉和刺激的精神特征，很能投合五四艺术青年的口味，比亚兹莱艺术的风靡就充分说明了这一点。优秀的作家、艺术家总能从一切艺术中获取灵感，选择有益于艺术创造的积极因素，来完善和充实自己的艺术世界，在这方面鲁迅和冯至对世纪末艺术的借鉴对我们有很深刻的启示。

　　20年代初，冯至和他的朋友们曾经对西方世纪末文学思潮和艺术思潮有很高的热情。世纪末艺术家的作品是他们认真阅读、讨论、翻译的重要方面。这些文学活动和艺术趣味很快在创作中反映出来。冯至1926年创作的名诗《蛇》就是一个典型的产物。这首诗学术界曾一度认为是冯至"早期写实派"的代表作，显然大大背离了作者的原意，也有的学者认为《蛇》"是一首叙述爱情的浪漫诗——象征诗"。事实上，冯至这首诗是在西方世纪末文艺思潮、特别是"新艺术"美术影响下产生的作品。冯至在谈到这首诗的创作缘起时曾有过这样的表述，"1926年，我见到一幅黑白线条的画（我不记得是比亚兹莱本人的作品呢，还是在他影响下另一个画家画的），画上是一条蛇，尾部盘在地上，身躯直立，头部上仰，口中衔着一朵花。蛇，无论在中国，或是在西方，都不是可爱的生物，在西方它诱惑夏娃吃了智果，在中国，除了白娘娘，不给人以任何美感，可是这条直挺挺、身上有黑白花纹的蛇，我看不出什么阴毒险狠，却觉得秀丽无邪。它那沉默的神情，像是青年人感到的寂寞，而那一朵花呢，有如一个少女的梦境。于是我写了一首题为《蛇》的短诗，写出后没有发表，后来收在1927年出版的第一部诗集《昨日之歌》里……"。

显然，这首诗直接得益于19世纪末艺术的灵感触发，其艺术特征与"写实主义"风马牛不相及，也与浪漫主义关涉不大，虽然主题是"爱情"，但境界和内涵却相对高远丰富得多。

冯至对触发其灵感的美术作品的回忆和描述，让我们想到鲁迅。鲁迅的上海新寓所二楼卧室镜台上有一幅德国版画《夏娃与蛇》，其中"蛇"的形象与冯至的描述极为相似：尾部盘地，黑白花纹，口中含一朵花，不同的是这幅画中有一裸女，蛇口含花似乎是献给那位曲卧的裸女的。冯至所看到的画是哪一幅我们无法确定，但这两幅画都属19世纪末艺术的杰作当是无疑，而且都是比亚兹莱风格的。鲁迅曾称冯至是"中国现代最杰出的抒情诗人"，可谓相知很深，两人有相同的艺术趣味可能也是一个重要方面，这从他们同样都对比亚兹莱的艺术有过浓烈的兴趣中可见一斑。鲁迅是五四时代公认的美术运动的精神领袖，晚年更是竭力介绍西洋木刻和版画，德国的珂勒惠支、梅斐尔德和乔治·格罗斯以及比利时的麦绥莱勒等，都是他喜欢和赞扬过的重要画家。学界以往一般把注意力放在这些画家的政治倾向上，特别是鲁迅对一些苏俄艺术家的推崇，表明鲁迅确也有意提倡学习政治上有进步倾向的画家和艺术家。然而，必须引起注意的是，这些进步画家相当一部分是深受西方19世纪末"新艺术"运动浸染的，在艺术上与西方现代派艺术属于一种流派。珂勒惠支的作品现代感非常强，其中起伏、卷曲的流畅线条，黑白色的鲜明对照，富有官能感觉的梦幻主题及黑夜主题，明显带有浓重的"世纪末"情调。对于苏俄艺术而言，中国当时的文艺界在艺术上也是将其看作"新兴"文艺的一翼。施蛰存曾说："在 20 年代初期到 30 年代中期，全世界研究苏联文学的人，都把它当做 Modernist（现代主义）中间的一个 left wing（左翼）……所以左翼的苏联小说，也是现代派。"文学上的布莱希特、阿拉贡、李维金斯基，艺术上的华斯凯莱夫、法复尔斯基等人，基本上都是很典型的现代主义艺术家，与西方世纪末和现代主义艺术是一脉相承的，鲁迅对这些艺术家的推崇在很大程度上表明他对现代主义艺术的审美趣味和鉴赏力。

鲁迅对比亚兹莱带浓重 19 世纪末"唯美"和"颓废"色调的艺术也决不排斥，甚至颇为赞赏。审美趣味的爱好必定会或多或少地渗透到艺术创作里面，对鲁迅而言似乎也并不例外，鲁迅作品中的现实主义精神与现代主义技巧并行不悖，也堪称五四文学的一个重要现象。《野草》正是在这方面风格卓绝的作品。正如他在《野草·题辞》中所表述的"在明与暗，生与死，过去与未来之际，献于友与仇，人与兽，爱者与不爱者之前作证"，这又可以看作是《野草》主题的重要归宗。这些主题在相当程度上与西方"世纪末"艺术主题是相通的，即如"野草"意象而言，它"根本不深，花叶不美，然而吸取露，吸取水，吸取陈死人的血和肉，各各夺取它的生存"。也是西方 19 世纪末画家笔下常见的意象。野草丛中的裸女，常常成为 19 世纪末画家表现生与死、梦幻与现实、爱欲与文明主题的最普遍的形象。

我们不能说鲁迅《野草》创作是完全借鉴 19 世纪末艺术的主题和意象，但作为一种重要艺术养料，19 世纪末艺术的思维方式、艺术表现方式曾经触发了鲁迅的灵感，这应该是可以成立的。腐朽、恐怖、死亡、寂寞、虚妄主题如此集中地遍布于《野草》各篇之间，决非偶然现象，这里面除了波德莱尔的直接启示外，19 世纪末艺术的浸染恐怕也是一个重要方面。《野草》的艺术表现方式善用线条和色彩，如《死火》："有炎炎的形，但不摇动，全体冰结，像珊瑚枝；尖端还有凝固的黑烟，疑这才从火宅中出，所以枯焦。这样，映在冰的四壁，而且互相反映，化为无量数影，使这冰谷，成红珊瑚色。"稍有美术常识的人就可以知道，如果用美术作品将《野草》的意境表现出来，会是一幅幅什么色彩的图景。这里面不可能出现端正的工笔画，惟一适用的就是狂乱的线条和梦幻的色彩。梦幻与现实的交织是《野草》的第二个艺术特征。从《秋夜》《好的故事》到《失掉的好地狱》主题都是"梦幻的破灭"，而且其中的颓废色彩相当浓厚。鲁迅是借用这个主题来演绎他意识中"希望与绝望"的哲学辩证法的。"绝望"的哲学命题，在西方泛滥始于"世纪末"这一特定时代，希望与绝望的交织也正是一切新旧交替时代共有的哲学命题，西方世纪末艺术中普遍存在的"颓废与再生"主题具有长久的艺术生命力，至今仍然影响着西方现代主义艺术，鲁迅20世纪20年代所达到的思想和艺术高度，足以与世界现代思潮接轨。没有西方文化思潮的影响与熏陶，《野草》恐怕只能是一部中国古典语录式的作品。第三，《野草》在意象上大量选择诸如裸女、毒蛇、毒花、毒草、病叶、海藻、鱼鳞、荒野、地狱、冰谷、坟以及水中碎影等。这些意象在19世纪末艺术作品中相当普遍，诸如葡萄蔓、常春藤等植物，蛇、豹等有曲线的动物，孔雀等有异国情调的华丽的动物以及富有官能感的或在梦幻中的女人。其画人体最喜欢的是女人的长发，时间往往是夜间，而且有月亮。不同的是，西方19世纪末艺术表现的是对未来的绝望和信仰的缺失，要在颓废和官能感觉以及野性等东西中寻找新的价值，而鲁迅的语汇选择适应了他"咒语"式的复仇情结，其线条感和力度感给人的是一种内在精神的强度冲击，与19世纪末艺术家内心的衰弱已不可同日而语了。

当然，鲁迅是摈弃"为艺术而艺术"观念的，对现实的热切关注使他无法真正走入纯艺术的实验领地，险恶的政治形势与内心意识的极度痛苦是《野草》最直接的催生物，但这不排斥他借鉴西方艺术的表现形式。鲁迅的独特之处在于他创造性地转化了这种"绝望的艺术"，用极具现代感的艺术语言道出了中国先驱者的精神苦闷，这是鲁迅借鉴19世纪末文学艺术给我们的有益启示。

第二节　现代文学审美理论的初步构建

一、"五四"时期对文学本体的重建

"五四"时期国学衰微，西学东渐，从西方输入的科学理性精神和自由民主观念极大地促进了民族的觉醒。觉醒的一代深恶传统文化的"吃人"本性，仰慕西方文明的科学民主精神，"重新估价一切"就成了一代觉醒者的共同呐喊。重新估价意味着历史的重建。最早觉醒的"五四"先驱都是感时忧患、有着巨大历史使命感的文化哲人，他们自视为旧文化的破坏者，也自命是新文化的建设者。改造"吃人"的旧文化体系、重建科学和民主的新文化体系就成了觉醒的一代所面临的重大历史课题。

置身于"五四"文化革命浪潮中的文学开始了自身的重建。中国自进入近代以来，维新主义思想家已发起了一场重建文学的革命，像欧洲的文艺复兴运动一样，晚清资产阶级思想家也以自然人性观念反抗封建的宗法制和禁欲主义。他们倡导的自然人性、人生平等的启蒙思想也辐射到文学观念中，黄遵宪的"诗

界革命"和"我手写我口"的文学主张、梁启超的"小说界革命"和"笔锋常带感情"的"新民体"文学都直接冲击着"文以载道"的传统文学，使儒家思想对文学的维系功能出现了裂痕。

但是，如果我们承认文学本体的人学性质的话，就不难看出发生在近代的文学界革命并不是在本体意义上展开的。如果说传统文学的本体论是建筑在政治本体上的，那么，近代文学的本体论也只是对此的延续和变种，维新思想家之所以染指文学，发动"诗界革命""小说界革命"，完全是出于政治家的目光。

所谓的"文学界革命"，其目的不过是把文学当作推进政治改良的工具和手段，并没有重建文学之意。这种偏离文学本体的文学界革命，其结局只能是文学独立价值的丧失和文学革命实际的贫乏。不能不遗憾地指出，当文学界革命落下帷幕之时，允斥着文学领地的是"桐城谬种，选学妖孽"以及鸳鸯派小说和黑幕文学，近代文学界革命留下的只是一块猥琐淫靡的沼泽地。

"五四"文化哲人接过了近代先驱扯起的启蒙主义旗帜，以更为激进的文化批判激情和文化进取意识向传统文化发起了猛攻，也以更为先进的科学理性意识和自由民主精神开始了文学的重建。和近代的文学界革命不同，"五四"时代的文学重建是立足于本体——人学基石的，它抛弃近代文学以致整个传统文学对文学的非本体性思考，确立了文学是人本学的观念，"人的文学"不仅是"五四"文化先驱杀向传统的"鬼道""兽道"文学的一把利剑，也是重建新文学的奠基石，无论是文学工具的重建，还是文学内容的重建都是沿着"人"的轨迹延伸的。可以说，只有到了"五四"时期才真正使传统文学发生了"断裂"，进而从人本学这一角度完成了文学本体的现代重建。

（一）"五四"的进步文学观

"五四"文学革命的文化锋芒直指封建儒学。推翻非人的无价值的儒教文学、重建人的有价值的革命文学是"五四"先驱矢志不移的目标，以陈独秀的"文学革命论"为旗帜、胡适的"八不主义"为先导的"新文学运动"从一开始就把斗争的矛头指向了封建儒学。那么，如何从理论上、方法论上否定儒教文学，维护即将诞生的新文学，从文学史的趋势上承认新文学的正宗地位，重建中国文学的正统就成了最先要解决的问题。

"文以代变"的文学观念在我国文论中早已有之。胡适就说过，明朝"公安派"的袁氏三兄弟曾首倡过"文以代变"的观念，清朝的袁枚、赵翼也深明此理。但古人的"文以代变"的观念只是着眼于文学演变的表层现象，所谓的诗赋变而为词曲和词曲变而为戏剧、小说只限于对文学形式演变过程的描述，至于各种文学样式的内容则是万古不变的。

"五四"文学革命以白话正统取代古文正宗不是词取代诗、曲取代词的旧的"文以代变"观念的重演，它更注重有价值、有生命的新文学的重建。旧文学的弊端就在于骈偶用典、滥调套语、摹仿古人、雕琢阿谀、陈腐铺张、迂晦艰涩，此诸种弊端归结为一句话就是对作家人格的压抑和自我的泯灭，文学成了"圣贤立言"的传声筒。新文学则要以平易抒情、新鲜立诚、通俗明了来高扬作家的人格，实现个体自我的舒展，使文学成为"达意表情"的新工具，新文学（即白话文）正统地位的确立也意味着文学家个性的解放和自我实现的完成。显然，新文学工具的革命，在深层次上蕴含着文学本体的重建。

文学形式的演变可以靠文学发展的"自然趋势"来实现，传统文学正是靠这种"自然趋势"缓慢地走完了诗、词、戏曲、小说等演变历程。"五四"新文学工具的改良则涉及文学本体革命，它必然不满足文学发展的"自然趋势"，而要寻求一种推进文学变革的有效主张。因为"单靠自然趋势是不能够打倒文学的权威的，必须有一种自觉的有意的主张方才能够做到文学革命的效果"。"五四"文学革命先驱已经掌握了"进化论"，以历史进化观来为新文学的正统地位辩护就成了最有效的武器。

历史进化观念不承认孤立、静止，不崇拜旧日的偶像，它只认定适应和变化，任何事物都要随着时间的推移和环境的变化而进化，失去进化和变异功能的事物也就意味着倒退和死亡。以历史进化观来关照文学，文学也是进化和变异的，一个时代有一个时代的文学，那种不能因代而变的文学也就是死亡的文学、退化的文学，也是必须抛弃的文学。为此，从进化论的观点来证实新文学（即白话文）是文言的进化，而不是文言的退化就成了新文学革命的关键，可见，"五四"文学革命是以方法论的革命为先导的。

倡导"历史进化的文学观"最有力的是胡适。其说："我对旧文学宣战采用的作战方法就是历史进化观。"胡适把历史进化文学观的出现比喻为文学领域里的哥白尼的天文学革命，"哥白尼用太阳中心代替了地球中心说，此说一出，就使天地易位，宇宙变色"。历史进化的文学观用白话正统代替古文正统，使那"宇宙古今之至美"的古文从那七层宝座上倒撞下来，成了"桐城谬种，选学妖孽"。

从历史进化的文学观出发，胡适认为，文学发展史也体现着一种"双重进化"的历史走向，一种是进化的"活的文学"，一种是退化的"死的文学"。胡适提出，中国文学史也是沿着"两条路子"的文学走向进化的：一条是"贵族的""朝廷上的文学";另一条是"平民的""老百姓的文学"。胡适指出，"贵族的""朝廷上的文学"是摹仿的、无价值的、失去生命活力的退化文学，是应该抛弃的"死的文学";"平民的""老百姓的文学"则是创造的、有价值的、充满生命活力的进化文学，是值得倡扬的"活的文学"。

应该说胡适对传统文学"两条路子"的划分是失误的。其他把文人文学与"朝廷文学"、古典文学与"贵族文学"等同起来全部都斥之为"摹仿的""毫无价值的死文学"，抹杀了文学史上优秀文学家的自我创造力和其艺术成就，这显然是不符合文学发展规律和中国文学史的史实的。就文学发展的角度来说，它是一个由低级走向高级的演变过程。文学从民间走向文人正符合文学的进化过程。文学走向了文人，文学家以其特有的艺术感受力和职业敏感规范了文学形式，拓展了文学意蕴，强化了文学话语，使文学摆脱了早期（即民间时期）阶段的简单、粗放状态，真正走向了艺术殿堂。所以，文学的文人化不意味着文学的退化，相反，它标志着文学向更高层次的擢升，辉煌灿烂的传统文学正是由于一代代文学家的不懈努力才登上艺术巅峰的。显然，文人文学和"贵族文学""朝廷文学"是不能同日而语的。其二，他把"民间文学"和"朝廷文学"仅以白话文这一标准来区分，犯了"形式主义"的错误，进而也导致了人们对其文学革命功绩评价的误解。就是今天，通常也还是肯定胡适对文学形式革命的贡献，而把他对文学本体革命的贡献看成是不自觉的。

从一般意义上来讲，说胡适的新文学观是致力于文学形式的革命的，文学内容的革命具有不自觉的特征，这个论断是成立的，那么，这种文学形式的革命在多大意义上通向了文学本体呢？它是否也意味着文学本体的重建呢？

胡适新文学观最完整的表达就是："死文字不能产生出活文学。"胡适所谓的"活文学"是有其特定涵义的，也就是说，他是从文学形式意义和文学进化意义两个方面来界定"活的文学"的。从文学形式上来看，"活的文学"等同于可读、可听、可讲、可说的白话文，这是"活的文学"的形式的规定；从历史的进化观来看，"活的文学"是进化的文学，活文字的白话之所以能产生出"活的文学"，死文字的古文之所以不能产生出"活文学"，其症结就在于一个是进化的文学，一个是退化的文学。这里进化的文学与退化的文学之分野就在于自由自觉地创造本性这一点上，这则是"活的文学"的本质规定。

文学是人类活动的一种方式。人类活动的本质特征就在于它是一种有意识的活动，体现着自由自觉的创造精神。马克思说过动物和它的生命活动是直接同一的。动物不能把自己同自己的生命活动区别开来。它就是这种生命活动。所以，动物只能"在直接的肉体需要的支配下"，只能"按照它所属的那个种的尺度和需要"来生产，动物的生产就是片面的；而人的"生命活动是有意识的"，人"使自己的生命活动本身变成自己的意志和意识的对象"，为此，"人甚至不受肉体需要的支配也进行生产"，他"懂得按照任何一个种的尺度来进行生产，并且懂得怎样处处都把内在的尺度运用到对象上去"，人的生产活动就是全面的。

人类活动的自由自觉的特性决定了人的活动不能禁锢于僵化刻板的模式中，也不该迷失于外在的目的中，它应该是创造的、自由的、内在的、自我的。文学作为人类活动的方式之一，也要鲜明地体现人类活动自由自觉的特性。创造的、进化的白话文学正体现了文学活动的自由自觉的创造本性，在白话文学面前，文学家不恪守固定的思维定式，也不尊崇旧日的艺术偶像，以现实为模本，以自我的内在情感为动力，充分展示主体心灵的内宇宙和自然现实的外宇宙的冲突与搏击。文学家不为外在的目的牺牲文学本身，始终沿着"我手写我口，我口诉我情"的自由自在的路子发展，只有进化的"活的文学"才能确立文学家的主体地位，体现着文学活动的充分自由性和超越性。摹仿的、退化的古代文学则以雕琢铺陈为能事，以前人的审美理想为美学价值取向，以适应朝廷口味为文学的目的，文学丧失了其价值的多样性与丰富性，文学活动的自由自觉的本性失落了，甚至文学主体创造出来的对象（文学作品）成了和他相对立的存在物，文学活动成了一种异化的劳动。

"活的文学"体现了历史的进化，它的文学本体论价值就在于，它从自由自觉的创造性这一点上肯定了文学和人的联结，"活的文学"就是要重建一种适合于人的自然本性，蕴含着人的自由自觉创造本质的文学。正是这一点，"活的文学"的革命并不限于文学形式，而是通向了文学本体这一层面。

"文学这任务，本合文字和思想两者而成"，"五四"先驱所要推翻的是"荒谬的思想和晦涩的古文，几乎已融合为……"的传统文学。新文学革命的第一步就是要打碎旧的文学形式，为文学革命的实现提供新的工具和条件。因为"新小说与旧小说的区别，思想果然重要，形式也甚重要。旧小说的不自由的形式一定装不下新思想；正同旧诗旧词旧曲的形式，装不下诗的新思想一样"，新文学革命要想取得成功，必须从文学形式的革命开始。从西方的文艺复兴运动情况来看，思想启蒙也是以文学工具的变革为先导的。像但丁、薄伽丘、路德等"都是用素来不认为有文学价值的方言译述圣经，或撰著诗文，遂产生各国语的新文学"。胡适等倡导的"活的文学"，"以白话文为文学革命的条件，正与但丁等同一见解"。

"活的文学"为"五四"新文学革命提出了一个新鲜活泼、灵活自由的文体，文体的革命促发了新文学革命的高涨，"五四"文人、学子纷纷以新鲜自由的白话文向封建文化发起猛攻，迎来了一个科学与民主在中华大地驰骋的启蒙主义时代。

（二）科学理性精神与"人的文学"

"五四"新文学革命是沿着破坏和建设两条路线行进的，如果说胡适的"活的文学"着重是对旧文学的批判，那么，周作人的"人的文学"则偏执于新文学的重建。"五四"新文学革命的旨归是张扬人性，解放自我，重建起崭新的"有价值有生命"的新文学。文学工具的革命从一定意义上实现了这一目的，但"活的文学"的胜利更多地意味着文学进化的胜利，并没有真正完成文学革命的重建，仅仅文学工具的革命也并未达到推翻儒教文学这一文学革命的目的。传统文学长期浸泡在儒教的毒素中，它是"荒谬的思想与晦涩的古文"合二而一的，不是文学形式的变革就能将"荒谬的思想"一齐扫掉的。文学形式的革命胜利了，但用白话文写出来的"新文学""字里行间映出许多恶劣心理的斑点，来托在新思潮、新文艺的里边……刻薄、狂傲、狭隘、夸躁，种种气氛充塞满幅。长此相嘘以气，必致中干，种种运动，终于一空"，正鉴于此，李大钊认为，上述诸种弊病"是今日文学界、思想界莫大的危机，吾辈应速为一大反省"。李大钊这里说的反省实际上正是新文学革命要走的第二步，即从文学形式的革命转向文学本体的革命，从倡导"活的文学"转到高扬"人的文学"。

文学是什么？对于这一文学本体问题，传统文学理论考虑很少。沈雁冰就说过："中国向来文学作品，诗、词、小说等都很多，不过讲文学是什么东西，文学讲的是什么问题的一类书籍却很少。"实际上，传统文学理论中也不是没讲文学是什么这类问题，只不过是从文学本身来考虑的时候很少。传统的文学观通常是建筑在政治本体上的，从文学的教化功用意义来规定文学。为此，"中国虽然是自命为'文物之邦'，但是中国人的传统的文学观却是谬误的，而且是极为矛盾的"。这种谬误而矛盾的文学观可分为儒、道两家：儒家从政治本体出发，强调文学要"载道""贯道"；道家则是对儒家的反拨，道家强化了文学"无为"的特性和自娱的功用，这两种对立的文学观虽然都说了文学是什么，却又不知道文学的真正使命之所在。而且就中国文学发展的历史来看，儒、道两家文学观并未形成分庭抗礼之势，道家重审美特征的文学观通常只为失意文人和落魄骚客所尊崇，而儒家重教化功用的文学观则为官方接纳并占据着主导地位。传统的文学观实质上就形成了一种以儒家为核心与正统，以道家为支流与"邪端"的格局态势。毫无疑问，以"文以载道""存天理去人欲"为核心的传统文学观结出的果子，只能是"鬼道""兽道"的文学。

"五四"时期"有价值有生命"的"人的文学"自然不能建筑在旧的文学观念上，它要重建起新的人本的文学观。人文学观念的重建是和人的观念的确立密不可分的，不能不遗憾地指出，"世上生了人，便同时生了人道，无奈世人无知，偏不肯体人类的意志，走这正路，却迷入兽道鬼道里去"。欧洲直到15世纪，由于宗教改革和文艺复兴运动才发现了人，随后，经过启蒙主义运动，人的问题才回到人本身"却须从头做起，人的问题，从来未经解决"。传统文化的非人道性自不待说，到了近代，改良主义思想家也打起了西方资产阶级的天赋人权、人生而平等的启蒙旗帜，使汉民族文化透视出一道人道主义光辉，但这些从封建士大夫中分化出来的资产阶级代表人物又同封建思想有着千丝万缕的联系，因而，他们在宣传维新变法和人道主义时，总是将孔子的"托古改制"和儒家的不忍人之心相比附。

"五四"以前的资产阶级革命抛弃了维新派"托古改制"的形式，直接从西方资产阶级人道主义的人权、自由、平等、博爱等观念出发，抨击专制的封建文化，但当时革命民主派在理论上和实践上的革命对象都是清王朝，革命侧重于民族革命，人的问题在反清排满的喧嚣声浪里被淹没了。直至"五四"时期，本来应该属于人固有的人道主义在中国文化里却一直是游离的，人的问题成了一块空白地，"五四"文化先驱则要"辟人荒""发现人"，填补传统文化的"人学空场"。陈独秀就称民主为"人权"，鲁迅也视封建制度、礼教、观念为与人道对立的"鬼道""兽道"，胡适则倡导"健全的个人主义"，而周作人更直接地把"个人主义的人间本位主义"称作人道主义。人的发现也促成了文学家从人的角度来重建文学本体，文学的人学、"人的文学"就成为"五四"文学革命喊得最响亮、最富有革命意义的口号。

理性与蒙昧的根本区别就在于：它以合乎自然、适于人性为标准去衡量世间万物，以科学和人性为双重尺度，或者说以科学的高扬为手段，以人性的肯定为旨归。"五四"是一个理性的时代，它的文学革命也透着理性的光芒。最明确提出"人的文学"的周作人就是凭借着科学理性精神去评判传统文化，以求认识人自身，重建新文学的。周作人认为，在中国"大家都做着人，却几乎都不知道自己是人，或者自以为是'万物之灵'的人，却忘却了自己仍是一个生物。在这样的社会里，决不会发生真正的自己解放运动的。我相信必须个人对自己有了一种了解，才能立定主意去追求正当的人的生活。"

从科学理性精神的角度，周作人提出了他对人的理解："我们所说的人不是世间所'天地之性最贵'，或'圆颅方趾'的人。乃是说从动物进化的人类，其中有两个要点，一是'从动物'进化的，二是从动物'进化'的。"这也就是说，周作人的人学观是与把人当成道德载体，视为灵与肉对立的传统人学观截然相反的。传统的人学观是从道德角度出发的，它只认定人的道德本性，认为人只生活在一种道德化、伦理化的境界中，这种人学观是对人的扼杀，是使人不成其为人。周作人则从科学理性意义上来解释人，他的"人的文学"中的人是从动物进化的人类进化的人学观，承认人的灵与肉的双重性，认为人只有灵性与肉性、神性与兽性结合起来才可被称为真正的人。

　　这里，周作人全面接受了性心理学家和文化评论家蔼理斯的自然主义新性道德观。蔼理斯的道德生活原则认为，人类作为社会动物具有神性的一面，又有动物的一面，生活的艺术就在于充分发展与满足人的自然欲念和生活本能，又通过人的理性道德精神力量对自然本能加以适当的限制，而能够微妙地均衡和取舍纵欲与禁欲、自由与节制，并通过限制获得最适度的快乐。从自然主义新性道德观出发，周作人认为，人类要"革除一切人道以下或人力以上的因袭礼法，使人人能享自由真实的幸福生活"。要实现这幸福、理想的生活就要实行"个人主义的人间本位主义"，"先使自己有人的资格，占有人的位置"，进而"讲人道""爱人类"。但中国人向来就没有争到过人的资格，对人的解释也是偏颇的，为此周作人主张科学常识的普及，其目的也就是要求用科学理性精神去看待人的问题，并重建"人的文学"。

　　将这科学理性的人学观推广到文学领域并以此观照传统文学，可以看出，在中国文学中，从儒教道教出来的文章几乎都不合格，都不属于人的文学，它们或者是宣扬"超人间的道德"，描写"人力以上"的东西，教人禁欲殉节；或者是堕入人间兽道，热衷于"人道以下"的东西，让人放浪恣睢。周作人曾列举出属于上述内容的十类文学，前者包括奴隶书类等，后者则是诸如神妖色迷类，并说这十类文学都是妨碍"人性的生长，破坏人类的平和的东西，统应该抛弃"。至此，"五四"文学革命不只是用历史进化观从形式上否定了传统文学，也以科学理性精神从内容上否定了传统文学。

　　"五四"文学革命以人学本体观否定了传统文学，自然也就意味着它要用人学本体观去重建新的文学，"人的文学"的口号提出来了"人的文学"就是以"人道主义为本，对于人生诸问题加以记录研究的文字"。人的文学的核心是人道主义，也就是说，关键便在著作的态度，是以人的生活为是呢，非人的生活为是呢？"

　　而与文学采用的材料与方法并无关系。这里"人的生活"与"非人的生活"的界限，当然取决于不同的人生观。周作人的人生观包含两个层面：一方面，是进化论的人生观，他承认人的"生活现象"是"与别的动物并无不同"的，并肯定了人的一切生物本能都是美的善的。当然，人在"内面生活"方面又是远离动物的，它能达到更高的精神境地；另一方面，他又提倡一种"个人主义的人间本位主义"，把个人看成整个人类的一员，让人人都以欢己之心去爱他人。为此，周作人所说的"人的生活"就既包含着感性成分，又高扬了理性因素，是一种感性的理性化了的生活，对此种人的生活加以记录的文字也就是"人的文学"。"人的文学"具有普遍与真挚的特点，它把普通平民作为描写对象，以普遍与真挚的文体记载普遍与真挚的"思想与事实，既不坐在上面，自命为才子佳人，又不立在下风，颂扬英雄豪杰，只记载世间普通男女的悲欢成败"，反映着他们向往自由平等的呼声。"人的文学"第一次明确提出把文学从宫廷贵族手中夺过来，交给普通平民，不是作为游戏的、享乐的、修饰的摆设，不再成为"闲暇自得，风流自赏"之人的专利品，而是普通平民表达情感的一种人生需要，是"人类的情感所寄之处"。任何一种真正的文学都是人类情感的美妙表达，反之，任何一种人类情感的美妙表达也都是艺术作品，文学的属人性、人学本质就自不待说。至此，"五四"文学革命也开始了第二步——思想的革命，从而完成了文学本体的人学重建。

"五四"文学革命以科学与民主精神批判了旧的文学，重建了新的革命文学，从而完成了中国新文学的第一次转变——由封建主义旧文学向民主主义新文学的转变，这一转变在中国文学史甚至文化史上的意义和影响都是巨大的、深远的。它所取得的文学成就是以后包括今天的新文学都难以企及的历史丰碑。

二、现代"五四"文学的审美特征

（一）感性本位

"五四"文学以感性为本位，"五四"作家绝大多数是情感型的，他们的心中不是先有了一个理性的程式、一个理性的思想需要表达再去找文学作为表达的形式，而是在强大的现实力量的挤压下，他们的心灵承受了巨大的痛苦，他们的压抑需要发泄，他们的愤懑需要传达，他们是文学上的自我中心主义者，他们大都"意在表现自己"，所以"五四"文学作品在审美形式上也是以与此相适应的方便情感的表现而产生的自由的个性的文体为特征的。

"五四"文学不同于中国古代文学的那种以文体程式为中心，作家情感的表达受到诗、词、赋等艺术形式的严格制约的旧文学。中国古代文学家的文体创新意识是极为淡泊的，文学家在文学形式上的创造力是受到极大压抑的，因为中国古代的伦理本位文化是压抑创新、痛恨变化的，文化的守成性决定了文学的守成性，作家并不以文学本身在形式上的创新为自己的使命，相反他们总是习惯用旧的程式，这样的文学其审美价值也不是以形式创新为评价标准的。换句话说，中国古典文学的审美在伦理本位文化范式的压抑之下，作家的审美冲动是压抑的，而伦理本位文化对作家审美冲动的压抑是通过作家的创作、必须受诗词、曲、赋的格律的严格限制、体式的严格束缚来达到的。作家原始的鲜活的审美激情被导入了固定的死的格律之中，感情变成理智，冲动变成了智性，激情的蓬勃张扬成了对文体格式的机械的填充，写作与其说是一种生命意识的自然流露，不如说是一种利用智慧和理念同格律、体式作战的搏斗，这样下来，文学作品中最后作家的审美情感的原始性到底还有几分就是一个很令人怀疑的问题了。

而"五四"文学则不是这样，"五四"文学的情感中心主义使得"五四"作家根本就拒斥任何旧的文体程式，古典诗词那种严酷的格律要求被他们视为是一种根本就是不必要的禁锢，打破旧的文体程式成了他们进入文坛的第一件事，对于中国古典文学的那些固定死板的程式性规范而言，"五四"文学的审美的诞生无疑是一场摧枯拉朽的颠覆。可以说，"五四"作家在审美形式方面是最少束缚的，什么形式适合自己的情感风格，什么形式适合自己特殊情况之下表达的要求就用什么形式，所以"五四"文学在形式美方面是以自由创造为自己的特征的。例如庐隐就说她的创作是："激情于中，自然流露于外，不论是'阳春白雪'或'下里巴歌'，总而言之，心声而已。"她赞叹的是那些可以找出"作家不朽感情的作品"，她自己的作品正是以这种"不朽的感情"来冲击读者、感染读者的。

在这种情势之下，中国旧文学的一切方面都受到了挑战，这个挑战一直深入到文学的总根基处——语言，"五四"作家割断了中国旧文学的语言传统，抛弃了延续千年的文言文，改用白话文，这样中国传统文学的整体范式在"五四"就被彻底地颠覆了。应该说"五四"文学的这一方面的颠覆性以它在语言上的对于中国古典文学的文言文传统的扭断为最重。一种文学传统以它的语言特色为最主要的特征，对一种文学传统的扭断自然以扭断它的语言最为激烈，"五四"文学对于中国古典文学就是这样一场近乎全盘抛弃式的颠覆。"五四"文学的审美的诞生就是中国古典文学审美的终结，它的到来仿佛就是为了宣布中国古典文学的审美传统的死亡，它的到来仿佛就是为了完成一项对于中国传统的颠覆的，也因此它对于中国古典文学的审美形式几乎是一概的否定，一概的拒绝。

这样相对于中国文学的审美形式的传统，"五四"文学的审美形式的特征就是颠覆和创新。颠覆中国传统中已有的一切经验，创造属于自己的文学审美形式的"五四"新时代。

"五四"作家审美心理上感性的个体主义，在这里就转化成了审美形式上的叛逆情结，心理上的感性冲动变成了形式上的创造冲动，情感上的唯我转化成为形式上的唯我。"五四"作家是那种不以任何陈规戒律为信条的人，在他们意识中"我"的表达需求是第一位的，审美形式必须适应我的表达的要求，在这种认识的基础上他们对中国古典文学的审美经验几乎是一概否定而取一种自由主义的态度

所以，"五四"文学在审美形式上的特点针对中国古典文学传统来说，它首先是一种彻底的颠覆，这种颠覆是"五四"作家在审美心理上个体性特征在形式领域而产生的自然结果，从一个特定角度讲，审美形式的颠覆性是对中国文学形式美学上的既有秩序的挑战和瓦解，是对中国文学传统表达方式的批判与扬弃。换个角度说，"五四"文学在审美形式上的个体性特征，一方面是颠覆和破坏，另一方面是创造和建设，是青春的破坏性同时又是青春的创造力。而从创造和建设的角度说，"五四"文学的个体性特征又和他对于西方文学的借鉴与模仿分不开。

"五四"作家具有拓荒者的气度，但是，"五四"文学的创造却不是白地上的耕种，青年人的一个重要的特点就是善于摹仿，善于接受新事物，"五四"文学家的文体创造的个体性特征表现在文体上，一方面是对于中国古典文学传统的逆反和叛逆，另一方面是对于西洋文学的借鉴和摹仿，鲁迅的《狂人日记》有着果戈里《狂人日记》的影子，《药》里闪动着安特列夫式的清冷，胡适的新诗歌则与美国女诗人艾米·罗威尔的诗存在着一定的血缘联系，曹禹的戏剧多模仿尤金·奥尼尔，茅盾的小说多拟厄普敦·辛克莱，郁达夫的小说与葛道尔有师承关系，郭沫若的诗风脱胎于艾略特，冰心的小诗来源于泰戈尔……从一个特殊的角度讲，"五四"作家特别善于创造是和他们特别善于摹仿借鉴相联系的，摹仿是创造的基础，借鉴是创作的开端，对于"五四"作家来说，他们面对本国传统时的叛逆的勇气来自于他们更为开阔的世界性视野，他们从世界文学的宝库中得到了丰富营养的滋润，他们在世界文学的背景之上，其创造就是和世界文学的一种美学对话。"五四"作家对于外国文学的借鉴不是被动的，而是一个主动的对话的过程，"五四"作家从不满足于照搬他国的作品，而是结合中国的实际情况进行思考。

"五四"文学形式美的另一个特点是以世界文学为背景的借鉴和摹仿，但

是借鉴和摹仿丝毫无损于"五四"文学在形式上的审美价值，反而造就了"五四"文学独特的文体价值。

（二）个人主义和自由主义

"五四"是一个真正的美学上的个人主义和自由主义时代。中国古代文学作者几乎都是以习得性文体为自己的文体规约，自觉地以先在的文体规范为自己的文体规范，这种情况之下的文学是一种客体性的制约性的文学，其美学是程式中心的，不以个人性自由创造为文学的唯一天命的。这从中国古代文学的历史运动的轨迹中可以看出来，中国古代文学发展的历史轨迹是圈式的，是一种复古和反复古的交替与消长，古代文学家们的文体意识是后视的，一想到批评文学的现状就会不由自主地以先秦文学体式为标准，这种美学上的后视观念是和"自由"、和"个人"这样一些概念相左的。而"五四"作家却不是这样。"五四"作家几乎每一个人都是文体家，"五四"文体都带着"五四"文学家的个人的印迹，如"五四"小诗是和冰心、宗白华联系在一起的，"五四"小品文是和林语堂、周作人联系在一起的，"五四"抒情小说是和郁达夫联系在一起的，自由创新，使文体个人化是"五四"文学在美学上的第一大特征，"五四"人不怕摹仿，但是同时"五四"文学家又是最崇尚创新的，"五四"可以说是中国文学历史上最富于创新的文学时代，"五四"文学在文体上的创新，在思想上的创新，"五四"文学所创造的新的文学样式及文学价值是以往的任何时代都无法比拟的，"五四"是一个美学上的自由主义时代。这种美学上的自由主义又是和美学上的个人主义分不开的。

如果说"五四"作家有一个共同的美学追求的话，那就是自由地表现自己。"五四"文学家的自我主体意识极为强烈，他们是美学自由主义者同时也是美学上的唯我主义者，他们相信"我"的美学要求就是美学上的正确要求，在"我"的美学要求之外不存在一个高高在上的绝对正确的美学标准，所以"五四"作家是不相信什么美学的外在准则之类的说法的，他们只承认自己的内心的文体冲动，只对自己的内心的文体欲求负责，他们是一些由着内心的体验而写作的人，因而指认自己内在本体欲望为创作的指导。换句话说，就是他们在美学原则上是唯我主义的。

尽管"五四"文学也存在流派的区分，但是"五四"文学的流派又是最少约束性的，例如"五四"时期影响非常大的文学社团文学研究会基本上就是一个松散的文学家联合体，它的"宣言"是非约束性的，在美学上它并不以统一的理念来规范社员的美学追求，再比如创造社，过去我们的研究者一般认为它的成员的美学追求是极致的，现在看来这样的看法不足为训。这就是说在"五四"时代并没有统一的时代性的美学规范需要人们来遵守，"五四"，作为中国历史上唯一的启蒙时代，它的时代精神的中心就是自由，就是个人主义，每个人都可以自由地以他个人的美学兴趣为基点去自由地追求他的个人的美学女神。这样的美学时代在其后就再也不曾有过，"五四"以后的时代在美学上的这种局面就不存在了，从30年代起，美学经历了革命文学、战争文学、社会主义现实主义文学的统一的规范时代，上述连串的词汇不仅是社会对文学提出的主题上的要求同时还是对文学的美学上的统一要求。

在"五四"时期出现美学上的自由主义个人主义时代，是跟"五四"时代的文化革命有莫大关联的，"五四"时代的文化革命直接地切断了中国哲学的理性主义、伦理中心、社会中心，而以个体、感性、生命为中心，在文化上带来了一个由伦理本位文化向感性本位文化的转向，从这一点看"五四"美学上个人主义和自由主义就是极易理解的了。

"五四"存在一个以群体理性为中心的美学向着以个体感性为中心的美学的转型。这一转向的哲学基础来自于"五四"思想的反儒家传统，"五四"各种哲学社会思潮具有鲜明的反传统色彩，"五四"文学美学的基本潮流是反理性主义的感性主义、直觉主义、经验主义，在"五四"一代小说家中的尼采、叔本华、柏格森、弗洛伊德的名字要比任何中国传统的思想家响亮得多，人们将美的本质等同于"自我"的生命、心灵、意志、欲望、直觉、人格、情感等，这是一种与理性主义美学完全不同的美学思潮。"五四"作家都是以自由地表现感性自我为文学规范的，郭沫若以他特有的诗的声调说，"我要自由地表现我自己"（《湘累》），成仿吾说，"文学始终是以情感为生命的，情感便是它的终始"（《文学与同情》），朱自清也说，"我意在表现自己"（《背影》序）。从某个角度讲"五四"作家都是一些个人主义者、感情至上者，他们的文学创作首先是为了自己抒发内心情感解除心理紧张的需要，而不是为了听外部的将令，如郁达夫就将自己的创作归结为性的苦闷（郁达夫《关于小说的话》）。"五四"作家是很少束缚的，无论是在思想感情上还是在文学形式上都是如此，他们是一些率性而为以生命律动的形式作为文学创作的形式的人，"五四"文学文体的自由解放可以说原因正在于此。

用一句话来归结"五四"文学在审美形式上的革命性，我们可以说是群体性文学的消解和个体性文学的诞生。这首先是指作家在思维方式上的变化，过去我们一直强调的是世界，"我们在世界中"，首先关注的是世界的样态，这时建立的是一种客体思维，现在作家强调的是"我"在世界中，若"我"不在世界中那么"世界"就没有意义，强调的是"我"和"在"，这直接导致了小说叙述方式的革新，过去那种全知全能的客观型叙述人消亡了，叙述人不再是超脱于事件之外的冷观者、宣教者、审判者，而是事件的参与者、故事中的行动者，他不比故事中的其他人物更高明也不比故事中的其他人物更高尚，他是普通的，是一个"我"，个体的人，而不是站在个体之上的超人，他不代表小说中的其他人物说话，也不站在小说的叙事之外对小说中的一切做出评论，简单一些说，"五四"个体性文学时代的小说叙述人是角色化的。叙述人不再是超越叙述的而是叙述事件中的一个角色。例如郁达夫的《沉沦》，小说中只有"我"的视角，小说表现的首先是我，我对这个世界的感受，我眼里的世界，而不是无我的"他们"的世界。

　　"五四"个人主义自由主义的审美风格的诞生不仅以个体叙述人为主要特征，更本质的是这个个体的叙述人是感性的身体的人而不是伦理的灵魂的人。以"我"为视角以及第一人称进行叙述，这在过去的群体性文学中也有，不过在那里"我"只是观察世界的窗口，而不是本体意义上的世界之所以有意义的基础，这个"我"也常常是理念化的评判者，在这个"我"的后面隐现的是"我们"，也就是说，群体性文学中的"我"其实是隐身的"我们"。而个体性文学正是在这一点上构成了与群体性文学的又一个对立，个体性文学的一个特征就是感性的优先地位的确立，在感性世界和理念世界的对立中个体性文学的作家无一例外地选择感性世界，作家首先认定自己是独立个体，然后再把自己的个人的经验世界呈现出来，这是一种身体的哲学，它确认人的身体的经历的正当性，身体的法则是私人性的、非理性的、欲望化的，它同我们过去所重视的灵魂的法则是对立的，灵魂的法则是禁欲的、理性的、伦理的，过去的哲学基本上都是灵魂哲学，所以几乎都在终点上将自己归结为伦理学，而个体性文化时代的哲学是身体的哲学，是对以往一切灵魂哲学传统的一个颠覆，个体性写作的时代作家对自己的身体是肯定的，郁达夫有一篇小说的名字叫《胃病》，这种以身体的名义给小说起名的方式并不是随意的，它暗示了郁达夫作为"五四"作家对身体的意义的一种崭新的认识，是有相当深远的思考在的，尽管他没有明言提出"身体"的意义，但是依然可以说他的这一小说名蕴含着某种整体性的暗示。在这部小说中主人公不再是作为美和善的化身，也就是说不再是作为灵魂存在而是作为一个身体存在进入叙述的，作品中伸张的是人作为身体的存在的"孤冷与可怜"，小说中讲到："我呆呆地睡了一忽，总觉得孤冷和可怜。"不要以为这种孤冷和可怜是精神上的，因为作家是从身体上来讲述这种体验的。作品中写："那一天晚上我们又讲了许多将来的话，我觉得我的病立即地减轻了。"这里精神上的愉悦是用"病减轻了"这样的词汇来作形容词的，细读这篇小说，我们很容易地就会发现这是一种身体中心的叙述，整个小说都以主人公的身体的态势为中心，精神的孤冷、可怜、寂寞、愉快只是身体上的"疲倦""病发""病好些"的形容性说法。主人公是以身体的人的方式显身于小说的叙事中的。同样这种情况也出现在郁达夫的《银灰色的死》《沉沦》等作品中的，作品中的悲观主义是身体的悲观主义、作品中的痛苦是身体的痛苦、作品中的绝望是身体的绝望。鲁迅的小说同样有身体主义策略：在鲁迅的小说中国民性的批判首先是身体的批判，鲁迅笔下的阿Q、祥林嫂、孔乙己等人物难道不是首先作为残缺的颓败的失败了的身体形象进入我们的视野的吗？鲁迅的厌恶首先是这种身体上的对国人的厌恶，鲁迅的同情首先是对国人的这种身体上的同情，鲁迅小说给我们的记忆也首先是这种对身体的颓败形式的极端显现。

这种个人主义自由主义美学原则的确立使得"五四"文学在文学的表现内容方面超越了群体性文学对于公共经验、群体意识的重视，将过去为社会道德、伦理理性所遮蔽的私人经验，那种特别个人化的体验，特别是同性恋、自恋等理性视角中被视为"异常"而遭到压抑、排斥的经验、心理展示了出来。这无疑是丰富了文学的表现领域的。而且由于作者并不是用一种过去我们所熟知的大叙事来写作，"五四"文学的叙述在模式上与传统的群体性文学的叙述是不一样的，群体性文学的叙述依赖的是作者对于世界的客观的信念，在此信念下的作者对于自己的角色是肯定的，他指认自己为大众在道德上的导师、社会良知、群体代言人，表现在小说叙述上叙述人往往是超越了小说中人物的，其语气是固定的，其叙述人和叙述行为的距离是固定的，视角是固定的。个体文学的叙述则是犹疑的、散点的、分拆的，叙述者和叙述行为之间的距离是变动不拘的。它是对中国伦理理性传统的颠覆。它肯定人的身体对于人的本质性，以前的文学总是将人的物欲看成是恶魔，将有物欲的人看成是禽兽，可是没有物质欲望的人是不存在的。人作为身体没有物欲的支撑就不可能存在，个体的身体的存在是人作为人存在的前提，而个体的身体的存在又是以物质的支撑为前提的。"五四"文学的这种个人主义自由主义观念改变了一代国人的审美传统，过去我们习惯了要在文学本文中看到一个牧师型作者在对着大众布道，看到一个诊断型作者在为社会提供药方，我们没有了面对平等个体语言的能力，当我们在文学作品中看不到超越于我们的作者对我们的教导时我们就失措，我们已经丧失了将文学作品看成另一个与我们等同的个体的一次语言行为的心理力量。如果说我们的传统作家是诊断型的（为社会提供药方）、宣教型的（为他人提供生活准则）、灵魂型的（为时代提供道德和思想的典范），那么"五四"

时代则多有自恋型的（非群体性）、身体型的（非道德性）、自语型的（非宣教性）的作家，这样的文学自然在审美上要求阅读者做到以平等个体的身份去面对另一个平等个体在语言中所展示的他个人的经验世界。也正是在这样的意义上我说，"五四"文学的作家们培养了"五四"时代的个体性的读者，一种个人主义的自由主义的审美者。

（三）审美现代性的庄禅化

启蒙化是五四知识分子解读审美现代性的主流模式，然而在这一主流模式之外还有一种解读模式，它虽不似"启蒙化"那样突出、那样声势浩大，却也独具特征而不可忽视。这是一小部分对严峻现实持相对冷静、超脱态度的知识分子的解读模式，他们并不像大多数五四知识分子那样唯西方文化马首是瞻，而更倾向于坚守中国传统文化，尤其是推崇庄禅精神，并使之与审美现代性互为诠释。

正如审美现代性思想可以被做出启蒙化解读是根源于二者在批判前现代方面的一致一样，审美现代性能够与庄禅精神互为诠释，也必然根源于二者精神气质层面上的某些相通之处。概括起来，二者有以下三方面的共性。

一是都重视生命体验，强调人的内在价值而非外部价值。庄禅精神在一定程度上是对上古时代便开始确立的、并由儒家使之经典化的社会功利主义、伦理主义传统的反动，所谓"五色令人目盲，五音令人耳聋，五味令人口爽，驰骋田猎令人心发狂，难得之货令人行妨"，所谓"盗亦有道""圣人不死，大盗不止"，都是明确反对儒家重视人为贬低天然的原则。由此出发，它否定外在价值（包括外部财富、社会地位和外加于人的伦理原则和社会评价等）的意义，提出"至人无己，神人无功，圣人无名"。庄子"乘云气，御飞龙，而游乎四海之外""独与天地精神相往来"的"逍遥游"境界，陶渊明"死去何所似，托体同山阿""聊乘化以归尽，乐夫天命复奚疑"的"达生"情怀，苏轼"唯江上之清风，与山间之明月，耳听之而为声，目遇之而成色，取之无禁，用之不竭，是造物者之无尽藏也"的超脱心境，以至禅宗追求的"明心见性"的"空"的体悟，归根结底都是摆脱外界事物干扰的自由心灵对生存本真的体验。这正与审美现代性摒弃启蒙现代性对社会财富外部积累的追求而转向人类心灵世界的开掘相通。

二是都具有反理性、反知识的倾向。在道家看来，儒家提倡的理性知识会遮蔽人们对"道"的认识——"道"是生成宇宙万物的本源，也是蕴于万物之中的法则，由"道"贯注了生机的宇宙是一个生生不息的有机整体，而以对事物进行分类并概括其类特征为基础的理性、知识是不能把握这样的整体的，它只能是"此亦一是非，彼亦一是非"的"偏"，而不能是"全"。只有"绝圣弃智"，在不受任何成见干扰的"心斋""坐忘"境界中，人才能超越其时空局限性而使宇宙生命整体在意识中呈现，并达于"天地与我并生，而万物与我为一"，融入这一整体。而审美现代性也多把理性、知识当作对存在体验的干扰因素，如柏格森认为体验内心"绵延"的途径便是排除理性知识、社会伦理道德、欲念等的干扰。

三是都不同程度地具有个体性的特征。当然，庄禅精神强调的是超越个体局限性而与道融合，"以天应天"，表面似乎反对个人的主体性，但正与我们前文对审美现代性的个体性的分析相通，庄禅精神的"以天应天"并不是"存天理，灭人欲"，因为这里的"天"不是外在于体验着的个人的"天"，而是构入了个人的体验，它是属人的，归根结底是个人体验的对象化。因此，庄禅精神不仅没有被取消，反而是丰富了个体的主体性，它在中国文化精神的发展史上起到的也通常是解放个性的作用，魏晋"人的觉醒"、晚明从欲张扬，都打出了庄禅精神的旗号。庄禅精神对个体价值的一致，也正与审美现代性反抗启蒙现代性同一原则的个体主义相一致。

中国知识分子正是从以上三点出发对审美现代性做出庄禅化诠释的。我们仍可用尼采的研究作个案分析。如徐梵澄将尼采消解一切终极实体的"重估一切价值"诠释为佛家"破执"的"彻悟"："这伟大底思想家，颇识一切法虚妄，空无所有；也意识地或不意识地体会着不生不灭义，却在空茫无际里，将世界、历史、人类、权威、需要，碎为微尘，因大超悟，孤往，绝诣，独自沉酣于无上底寂寞中，以庄矜底法度，统驭着整个底生活，思想之动静，使圆者中规，方者中矩。"并且把尼采原本属于内心要素的"强力意志"诠释为佛家"业力轮回"之"力"："思索出超人，以'力'解释一切，远之假借希腊狄阿立修斯，更远假借波斯教主苏鲁支之名，以诗情之浩瀚，现示出一种生命的典型，他的希望，亦即整个的悲苦与欣愉的寄托。"林同济则将尼采与庄子、柏拉图并列而谈："人间三部书，我百读不厌：庄子的《南华经》，柏拉图的《共和国》，尼采的《萨拉图斯达》。庄子谈自然，柏拉图谈正义，尼采谈最高度生命力的追求。"指出三者都是"妙用命运"，把艺术与哲学结合而"产生出一套头等艺术"，并用道家艺术论的形神观、言意论来诠释尼采文章的艺术特征："形永远不是意，透过了艺术家微妙的手法却宛然取得了'暗示'及意的作用。这就叫做象征——艺术家变意为形，借形示意的办法。所谓透过艺术氛围求认识者，也就是要如何而会领这暗示。如何而可呢？曰：领受暗示，须要'猜射'

工夫，从具体猜射到空灵，从殊相猜射到共相，——从有限猜射到无穷那边！读尼采最忌具体即着于具体。尼采的艺术才情使他特别喜欢象征法，喜欢以具体假装空灵。"这段文字表述的正是道家文艺观的基本特征：认识到语言的局限性，重视发挥语言及语言所能描绘出的具体可感的艺术形象的暗示、象征作用，创造"象外之象，景外之景"，读者留下再创造空间，让他们自己去体悟其中的深层意蕴，收获"言有尽而意无穷"的艺术效果。顺便提及，这种把尼采道家化的倾向在五四的一部分知识分子中已经形成了共识：郁达夫在《沉沦》中写到主人公在田野上散步，此时他把自己想象成一位隐士，又想象成尼采的查拉图斯特拉，他想拦住随便哪位农夫向他说话……在这里，"行到水穷处，坐看云起时，偶然值林叟，谈笑无还斯"的旷达超脱的东方隐士形象与尼采那孤傲的、执著于充盈生命体验的"超人"召唤者形象显然重合了。冰心的《超人》里信奉尼采哲学的何彬，消极、冷漠中也有一副"形如槁木，心如死灰"，厌恶世俗，睡起来"至人无梦"的老庄脾性。

可以看出，庄禅化的解读模式比起启蒙化来，对审美现代性的精神品质把握得更准确些，至少它充分肯定了审美现代性反理性、体验性、个体性等核心特征。但这是否意味着所有这些庄禅化解读就可以列入审美现代性思潮的发展谱系，可以算做中国本土化的审美现代性思想呢？问题并没有这样简单。并非只要具有反理性、体验性、个体性的特质便是审美现代性，现代社会及其意识形态——启蒙现代性，是审美现代性的发生基础。它是现代工业文明的"反题"，它的出现和传播是为了把现代人从主体性沦丧的焦虑与困惑中救赎出来；它针对的是工具理性主义、同一模式、发展主义、元叙事等现代性问题，具有或显在或隐藏的当下性。而庄禅精神——尽管许多学者津津乐道其后现代特质——毕竟是前现代文明的产物，它反对的是儒家把个体生存伦理化、社会功利化。不可否认庄禅精神的内在品质使它可以被用作反思现代性的重要文化资源，但也不能因此便认为它与审美现代性是等同的。

五四时代的中国并没有完全走出前现代社会（农业社会、封建社会），因此，前现代话语的存在并没有什么不合理。中国知识分子对审美现代性的庄禅化解读并不一定都具有当下性——这种解读如果只是一种书斋式的、对前现代文化传统的研究，而没有把当时中国刚刚萌芽的现代性纳入反思，那么它充其量只是对中国传统诗性文化精神的玩味，归根结底仍是前现代话语的遗留。

中国知识分子对于审美现代性还有一种阐释，那就是儒家化。如谢无量的《德国大哲学者尼采略传及其它》竟塑造了一个儒家化的尼采，开头便引孔子的话说："不得中行而与之，必也狂狷乎！狂者进取，狷者有所不为也。"并以"狂"定位尼采的人格及其学说品质，称他与托尔斯泰（狷者）"皆疾夫当世之不仁不义，发为奋迅激烈之辞，大声疾呼，以自暴其志，而不顾人之是非"。这完全是以儒家"发愤著书"的传统来阐释尼采的现代性批判了，大有"削足适履"之嫌。我们实在无法找出审美现代性与儒家文化精神之间的共同基础，因此，这种阐释只能理解为当时备受攻击、摇摇欲坠的儒家文化传统无奈的自我辩护：他们无力动摇五四知识分子对西方的盲目迷信，只好"证明"这些西方理论如何符合中国传统文化，试图使儒家文化"借尸还魂"。

中国究竟有没有本土化的审美现代性？当然有的，并且其出现也有着历史的合理性与必然性。首先，五四中国知识界整体沉浸于现代性的狂热之中，根本上缺少辩证和反思的精神。这种狂热必然唤起一部分冷静、清醒的知识分子的警惕。其次，西方工业社会的种种弊端，尤其是第一次世界大战的爆发，也打破了一部分中国知识分子心中的现代性神话，让他们看到"民主""科学"并不是无所不能的。还有，即使在中国，现代性的异化也已在上海等少数大都市里初露端倪，夏衍的《包身工》中追求利润所造成的人性底线的瓦解，也已到了令人触目惊心的地步。所以，反思和批判现代性在当时的中国虽然仍是一个历史的"提前量"，却也不是毫无根据的。虽然还不足以形成思潮，但必然零星地存在着。

三、"五四"文学审美的内涵

具体说来"五四"文学在文体上的颠覆性主要表现在这样几个方面。

（一）由传统叙事型向现代抒情型转变

"五四"文学在文体上的首要贡献是抒情者身份的重新确定。中国传统文学要么是士大夫颐情养性、相互唱和的工具，要么是酒馆茶肆有闲市民打发时光的方法，对于前者来说文学是一种生存姿态，对于后者来说，文学是一种消闲的手段，概而言之，中国传统文学少见那种将自己的整个生存的感念都寄托于创作，将文学当作生命，从而将创作当作生命的一种完成形式来看待的文学者的。中国传统文学的作者是讲述型的作者，他们写东西是为了给人看和听，而不首先是写给自己心灵的。所以他们在小说这种文学形式上的角色是说书人，在诗词曲赋这些形式上是唱和者，无论是说书人还是唱和者，中国文学的古典传统在文体上都是讲述型的，理性味较重。而"五四"文学在这方面的突破表现为感性个体的抒情人的诞生无论是"五四"诗歌还是"五四"散文小说都是如此。"五四"文学的重要的美学原则就是表现自我，这个自我特指情感的"我"，而不是理念的"我"。1917年2月陈独秀在《新青年》上发表的《文学革命论》正式举起了标有"三大主义"的文学革命大旗，其中第一条就是推倒"雕琢的阿谀的贵族文学，建立平易的抒情的国民文学"，要求作家反对陈腐艰涩、以雕章琢句为能事的封建文学，反对"文以载道"的封建文学观，要求作家以真诚的态度，"赤裸裸的抒情写世"。"五四"作家是把一个赤裸裸的"我"放到他的创作中的，"五四"文学对第一人称的使用最为普遍，这使得"五四"文学在整体上具有一种抒情的特征。从郭沫若《女神》式自我抒情，到郁达夫《沉沦》的自叙传抒写到周作人式的ESSAY……"五四"文学的内里无不是由一个感性的个体的"我"在支撑着的。这种感性的抒情的"我"的出现使"五四"文学在文体上表现出彻底的革命性。

这就相应地导致了"五四"文学作品在文体上由讲述主导型向现代抒情主导型的转变，中国传统的文学观念是事件主导型的，这是客体唯心主义的文学，文学所着力关注的对象不是人自己而是外物，现代文学却是以人为中心的，所谓的文学上的人道主义在本质上讲就是这样一种由客体向主体的转化。客体中心主义的文学是一种诊断型的文学，写作者要么是为了自我诊断将自己从一种负面情绪中解救出来，要么是为了为整个社会提供诊断，而现代型的文学是以抒情为动机的，是一种自慰型的文学，文学的写作是在一种没有动机的动机之下的抒情。

从这一点出发，可以认为"五四"文学是一种抒情的文学，是一种主观的文学，这是对于中国古典文学的讲述型文学的一种反动，是对客观主义的一次逆反，正是在这一意义上，我们说"五四"文学是"人的文学"，因为它是以现代人的情感为中心的。

（二）由传统的时间型文体向现代的空间型文体转化

由传统的时间型文体向现代的空间型文体转化，这一点尤其表现在小说方面。中国传统小说基本是以时间为线索，取纵向结构来组织小说的叙述，用一种有头有尾的方式，从头到尾地一步一步地讲来，非常重视故事在时间上的顺序性和完整性，将事件的过程性叙述看成是小说叙述中心，这样时间在中国传统小说中就占据了极为重要的地位，故事时间的顺序决定小说叙述时间的顺序，所以说中国传统的小说是时间型的。而"五四"小说在文体上则对之构成了突破，"五四"小说不再重视事件的完整性，特别是事件在时间上的完整性，而是重视事件在空间上的某个特定节点的富于意义的展开，选取事件在某一个时间上的横段面，这种横段面一般是空间性的，如鲁迅的《示众》《离婚》，王统照的《湖畔儿语》，凌叔华的《酒后》《绣枕》等这些受到推赞的小说都是截取事件的纵向的时间之流中的一个特殊的空间性展开，在时间上小说只是展示了这一事件的一个小小的段落，所以从时间的角度说它是不完整的，但是也正是在这里体现了"五四"小说作为现代小说的空间型叙述的转化。"五四"小说不再是以事件为叙述的目的了，而是以对存在的本真的经济的展示为目标，这时"五四"小说所重视的就是如何以"经济的手段，描写事实最精彩的一段"（《论短篇小说》），"将人物及事件写出其片段"这种"一段""片段"实际上是要求作家以空间来结构小说，放弃古典小说文体在时间上的完全和整一的要求，如王鲁彦的《秋夜》、林如稷的《将过去》等就将时间线索彻底地打破了而代之以心绪和梦境的非时间的空间性线索。从这个角度我们就比较容易理解"五四"小说对场景的重视了，例如鲁迅的《孔乙己》就只以咸亨酒店门前为小说中心，叶绍钧的《隔膜》就是在非时间性的三个场景的交替中完成整个小说的叙述的。

这种由时间型向空间型的转化在更为本质的方面显小了一种深层的思维的转化。从一般的意义上讲，时间就等于必然，一切事物都无脱时间的挤兑和威压，事物在时间中经历的历程是固定的"生""长""亡"的过程，任何事物都无法回避这一节奏，我们可以说因果、必然、规律、逻辑借助时间而得到演绎，反过来我们也可以说因果、必然、规律、逻辑、时间的性质，古典哲学正是在这一点上特别重视时间，黑格尔哲学被称为历史（时间）哲学的意义也在这里。而现代哲学却是反时间的，柏格森的生命哲学、弗洛伊德的精神分析哲学、尼采的超人哲学等无不如此。这些现代哲学之所以要反对时间哲学其目的在于突破时间哲学对人的存在的自由性、自我选择性、偶然性、非理性的盲视，将视野由客体的必然、规律、逻辑、因果性中解放出来，而重视人的存在的主体向度的偶然、主观、冲动、情绪性。于此相对应的是现代文体的由黑格尔式的时间性文体向现代的非时间性文体的转化，以叔本华、尼采为代表的唯意志主义美学，以立普斯、谷鲁斯为代表的心理主义美学、以弗洛伊德为代表的精神分析美学等就体现了这种转化。"五四"文学美学的"时间型到空间型"的转化是适应这种世界性的古典美学向现代美学的转化在中国的情况的，体现了一种美学趣味上的现代性生成。由此引申出"五四"文学美学的现代性生成的第二方面的特征。

（三）由语言中心到言语中心的文体转化

语言是人的标志，也是民族的标志，语言的存在标志了人的存在的特性，也标志了民族存在的特性。汉语语言标志了汉民族的文化以及思想传统，它代表了一种文化，一种思想方式，一种存在的理念。语言是民族共通的，是一种习得性的文化遗产，一个人，一个作家他是不可能改变一种语言的，语言是一张大网，任何一个人只能生活在这张大网之中，成为网中的一份子。而言语则不一样，它是个人性的，是个人在对自我表达时创立的个人性表意方式，它体现了个人对于世界的能动，如果说语言是一个民族的说话方式，是"我们"说，那么言语则是个人的说话方式，是"我"说。

从这一认识出发，我的一个观点是中国传统文学的文体中心是语言，文体立足于一种非个人性的因而也是非生活性的文言，这种文言只存在于书本之中，而不是活生生地存在于真实的生活之中，这种语言的典型范本是四书五经，当一个作家准备用这种语言写作时，他便首先进入了文言的"书""经"传统，又由于文言与生活语言的巨大距离，作家必须克服在生活中获得的新鲜生动的生活感受，将这种生活感受压制下来，使得自己在一种比较冷静的状态中思考如何用文言表达它们的技术性问题，对于中国古典文学的作家们来说，"写作"一词是极不合适的，在中国古汉语中不见有"写作"一词，因为中国古代的文言文学作品的作者们实在是太艰难了，他们在语言面前所花费的功夫使他们创作成了一种痛苦的"推敲"，相比较而言，现代作家们的创作是太轻松了，所以现代作家的创作可以称为"写作"而古代作家的创作只能称为"推敲"了。之所以如此，是因为"五四"以来，中国文学的文体就不以文言这种语言为基础了，而是以个人性的言语为基础，言语是生活化的，是个人化的，作为一种生活中的日用它就是个人口语，"五四"作家用这种言语写作在文体上就直接亲近了生活，亲近了生活中的原生态的感受，因而也亲近了存在，接近了生命的本源。中国传统文学因为以语言为文体基础，而语言先在地就积淀着文化思想的因子的，所以传统文学的结构一般都是以理念性思想构架为中心，小说叙述结构中有一条思想的脉络，中国古典小说、散文、戏剧都是如此，这样的文学在文体又是以思想为中心的，文体的意义就是思想的意义，因为文体本身并不是第一位的，而是思想的附属之物。这时文体的意义就是有限的了，因而中国古代的文学家并不将文体创新看成是一件很重要的事情，从现象上看来就表现为中国古代文学的文体创新意识是不发达的，两千年以来的文学发展、文体的创新是非常有限的，这一点尤其表现在中国古代文学的诗歌主体上，诗歌体式只经历了散体、律体、绝句等有限的变化和发展，从这个意义上说中国古代文学的文体是以继承性的文体为主导的，作家们非常自觉地以历史流传下来的文体规范为自己的文体规范，作家的创造性从来就不表现在文体的自由创新上，中国古典文学的文体是约束性的，而"五四"文学的文体是自由的，因为"五四"文学以个人性的感情性为基础，"怎么说就怎么写"（胡适语），"怎么写"的要求让位给了"怎么说"的要求，这时文体的约束性意味就变得淡了，文体必须适应作家感情表达的需要，如果已有的文体不能适应作家的个性需要、感情需要，作家就会毫不犹豫地放弃那种文体程式而自由地创造一种新的文体。对于"五四"作家来说，文体不再是一种约束性力量，相反它是一种体现着作家创造性力量的载体，是作家创造性的一部分，因而"五四"文学的文体是创造的、自由的、个人化的，而不是像中国古典文学所表现的那样是继承的、约束的、程式的，因为"五四"作家是以感情的表达为文学的第一要义，是以个性化的方式表现"我"自己为中心旨归的。换句话说，"五四"文体以个人性的言语为基础，文学家们首先考虑的是如何使文体以一种更为个人化的方式表达自己，这种文体是情感型构架的，充分体现个人性和感情性。"五四"小说中的心理小说（如鲁迅的《肥皂》）、抒情小说（如郁达夫的《沉沦》）、意境小说（如废名的《菱荡》）等特别繁荣就是一个例证，"五四"小说在文体上出现了散文体、书信体、随笔体、日记体……这些小说新文体的创造无一例外地都是指向更自由更直接地抒发作者的感情的这个目的的。当然"五四"小说并不是铁板一块，其中也有着以中国传统的理念型结构为中心的小说的存在，但是"五四"文学中影响最大的是抒情小说，创造社的抒情文体的影响在当时是最大的，"'五四'是一个启蒙的时代，同时也是一个抒情的时代"，从这个意义上说"五四"文体是以情感为基轴的，这个论断应该说是可以成立的。

（四）新文体的解放

"五四"文学颠覆了中国宣教型、灵魂型、诊断型文学传统，开创了非群体性非道德性文学审美新范式，带来了一个审美上的个人主义自由主义时代。"五四"作家的文体意识特别重。如胡适，新文学以胡适的《文学改良刍议》为引子，其中就断言"白话文学之为中国文学之正宗，又为将来文学必用之利器"，这就是主要从文体方面讲文学的革新。胡适认为文学革新的唯一宗旨就是建设"国语的文学，文学的国语"，其在1919年8月《尝试集》自序中明确指出："先要做到文字体裁的大解放，方才可以来做新思想新精神的运输品。"后来他又在《谈新诗》中说："有许多人曾问我做新诗的方法，我说，做新诗的方法根本上就是做一切诗的方法；新诗除了'新体的解放'一项之外，别无他种特别的做法。"对于胡适的理论主张刘半农、钱玄同等都是一致赞成的，"五四"新文学的倡导者们对新文学建设基本一致的看法可能就在文体上了。

在这种认识的基础上文体上的突破和创新成了"五四"文学的时代性潮流，新文体层出不穷，给"五四"文学带来了无尽的活力，"五四"文学的青春气息不仅表现在其审美的内核上，而且也表现在"五四"文学在审美形式上的无尽的创造力上。

第三节　现代审美理论的深入发展

一、五四文学向左翼文学的转向

1928 年起，新文学进入了发展的第二期。这年 1 月，出现了无产阶级文学的倡导运动。无产阶级文学，当时亦称普罗列塔利亚文学，或普罗文学。经过一段时间关于无产阶级文学的论争后，以建设无产阶级文学为宗旨的中国左翼作家联盟（简称"左联"）成立起来。

"左联"并不是一个纯粹文学意义上的社团组织，而是中国无产阶级在文学领域中传播自己政治意识形态的一个"斗争机关"。当它的成员初步完成了思想意识的规范整合之后，"左联"内部在涉及文学与政治之间关系的几乎所有重大问题上，都达成了基本一致的思想共识。"左联"组织以鲜明的政治态度，向社会公开宣称自己政治功利主义的文学主张："我们——普罗列塔利亚——的队伍正向着万恶的资本主义社会进攻！我们要从资产阶级手里夺取政权，我们要从资产阶级手里夺取生产机关！我们更要把这些实际的斗争和我们阶级的意识反映到艺术上去，摧毁资产阶级的艺术！"当然，"左联"成员也清醒地意识到："我们的斗争，是流血的斗争。我们的生命，是冒着极大的危险。"从这些铿锵有力且火药味十足的文字词汇中，我们所感受到的不仅是左翼革命作家对于无产阶级政治革命理想的虔诚信念，而且也十分直率地表露出了他们渴求参与现实"战斗"的主观愿望和创作冲动。如果我们以平和的阅读心态进入 30 年代左翼革命文学的话语体系，仅凭直观感觉便能发现在文学从属于政治观念的支配下，左翼作家所使用的关键性词语都发生了观念上的明显变化："阶级性"淘汰了"人性"，"我们"取代了"我"个体形象的阶级群体化特征和艺术典型化意义，直接构成了左翼革命文学与"五四"新文学完全不同的审美价值取向。正是从关注社会大多数人的人性立场出发，左翼作家坚信"阶级性"是"人性"的合理发展，是"人性"的最高体现与千古永恒的价值准则，因此他们以前所未有的政治激情与极度亢奋的精神状态，由衷地表达了他们"与人奋斗"的政治理想和奋发向上的乐观情绪。为了实现这一崇高的政治信仰，

"左联"还要求它的成员，必须以深刻的政治眼光和正确的阶级立场，去真实地反映中国现实社会生活的本质特征——不但要揭示"资本主义的崩溃"与"地主阶级的崩溃"的历史必然趋势，同时还"必须描写农村经济的动摇和变化"以及工农革命运动的兴起；不仅要生动而艺术地再现现实生活中"人"与"人"之间的阶级对立与阶级斗争，而且还要形象化地描述无产阶级政治革命的未来美好前景。在左翼革命作家的艺术思维中，文学的社会价值只有经过现实阶级斗争"血与火"的洗礼才会得以实现，艺术创作的生命乐趣也只有在充满着政治理想主义的青春激情中才会具有实际的意义。正是基于这样一种艺术思维方式，30年代的中国现代文学渐渐褪去了个人主义的喜怒哀乐情调，逐渐加重了它时代政治使命感的主观战斗色彩。从此以后，中国现代作家已不再是作为文学创作上独立自为的个体存在，而是集体转变成了被剥削者、被压迫者的意识形态代表以及无产阶级革命的先锋战士。

左翼革命作家主观战斗精神的获得，使他们以高度的政治警觉性，随时准备去应付各种各样自由主义文学思想的公然挑战。在中国现代文学发展史上，"左联"时期发生的文艺论战次数最多，既有外部的，也有内部的，论争的焦点则都是所谓的文学自由问题。由于左翼革命作家思想的规范整合刚刚完成，"左联"的基础还比较脆弱，再加上国民党执政当局的政治绞杀，因此，左翼革命文学运动所面临的形势也非常严峻。这不能不使左翼革命作家以极其强硬甚至于有些武断的态度，去面对一切危及自身生存的社会异己力量。尤其是当"新月派""第三种人"和"自由人"试图用个性自由意识同"左联"所倡导的集体主义精神相抗衡，并对其进行纯粹文学意义上的理论解构时，"左联"文学阵营为了维护自己价值观念的正确性和权威性，势必要以思想斗争的强硬姿态做出群体的回应。一场大规模的理论交锋也就因此而在所难免。

综观这几次大的思想论战，左翼革命作家几乎是以前所未有的思想一致性，向"左联"组织内外的一切资产阶级自由化的文学观念发起了猛烈的攻击。他们的共同理论见解：每个人都不可能脱离他所客观隶属的阶级群体而独立存在，个人只不过是不同阶级群体中的一分子。强调抽象的个体"人性"，无非就是要将作家个人的狭隘利益凌驾于人民大众的根本利益之上，这无疑是同无产阶级集体主义价值观相对立的。因此，他们主张"批判一切个人主义、人道主义和自由主义等类的腐化的意识"，牢固树立无产阶级革命的人生观与价值观；并要求广大作家充分认识到民族群体的全面解放乃是个人获得解放的首要条件，民族现代意识的全面确立乃是独立人格健康发展的必要保障。如果仅仅关注个人的精神痛苦而忽略了社会群体的公众利益，那是典型的没落腐朽的资产阶级世界观。在这一次次的思想论争过程中，左翼革命作家向社会显示了一种不可抗拒的话语霸权意识：无产阶级革命文学"所要的是全般，不是一角的地位"。由此可以看出，"左联"正是以其外向扩张的战斗姿态，不仅捍卫了自己政治理想的神圣尊严，而且也扩大了自己的政治影响。毫无疑问，"左联"时期所有文艺论战的层面意义，都直接体现为无产阶级集体主义精神对于"五四"人文精神的批判和取代。但是也必须承认这样一个事实——由于批判与取代者（如鲁迅等人）大多都曾是"五四"人文精神的传播者或信仰者，所以论战的本质意义又间接地体现为"五四"人文精神的传播载体，在新的历史形势下对"五四"人文精神的自我否定。"左联"以其强烈的主观战斗精神，全面压倒了一切反对者的微弱呼声，并在进一步巩固了"革命文学"口号之争已取得的胜利成果的基础上，为中国现代文学的全面无产阶级意识化，扫清了最后的思想障碍。

左翼革命作家思想的规范与整合，使得他们对无产阶级革命文学的创作主题与创作方法，也形成了相对统一的看法。从服务于无产阶级政治革命大局的前提出发，"左联"在其组织决议中，明确要求它的成员应以广阔的艺术视角去反映大的革命时代背景：既要表现"帝国主义统治下的旧世界，因为内部矛盾日益发展，经济危机加速深化，现在无处不是饥饿、杀戮、镣铐，无处没有斗争、愤懑、革命，一切惨淡残酷黑暗的光景证实资本主义第三时期的腐败崩溃的特质"；同时也应表现"社会主义建设的成果日益显著，广大劳苦群众的生活，日益向上改善，充满着和平、建设、协力、幸福、热心和一切光明的要素"。

"左联"对其成员所提出的具体创作要求，无论是描写现实斗争还是展示未来理想，字里行间都充斥着强烈的主观战斗精神。而左翼革命作家也以高度自觉的组织原则，忠实地执行了"左联"关于革命文学创作的组织决议：他们以"无产阶级的观点，从无产阶级的世界观"出发，"在文艺上表现中国社会关系和阶级关系"，深刻地反映了中国民族资产阶级的软弱性和妥协性，以及他们与西方资本主义和中国封建势力千丝万缕的错综复杂关系（如茅盾的《子夜》）。以"一个纯粹农民的眼光来看中国的农村"，揭示"那边郁积着要爆发的感情"，真实而艺术地生动再现了中国工农民众阶级意识的空前觉醒和奋起反抗（如蒋光慈的《短裤党》、胡也频的《光明在我们的前面》、茅盾的《春蚕》、叶紫的《丰收》、洪深的"农村三部曲"等）；以"辩证法为工具，去从繁复的社会现象中分析出它的动律和动向"，并"从这些现象中指示出未来的途径"，用革命的理想主义去教育和鼓舞人民大众的革命斗志以及增强他们的革命信心（如胡也频的《同居》、华汉的《尘影》、洪灵菲的《前线》、欧阳山的《竹尺与铁锤》等）。左翼革命文学的创作实践，以乐观向上的革命浪漫主义情调，强劲支撑着左翼革命文学的政治理想，并由此开创了中国现代文学革命英雄主义的红色经典时代。

二、左翼文学审美

左翼文学运动的政治精英意识，在其审美原则上直接体现为革命理想主义与革命浪漫主义。从"普罗文学运动"开始，左翼文学作家就以一种红色激情主义的主观战斗精神，去刻意营造主体个性意识超越客观现实条件的崇高而完美的艺术审美境界。这些政治思维与艺术思维都十分敏感的时代精灵，他们在从事具体的文学创作之前，因其在思想上已经对于无产阶级革命的政治理念都有所承载，所以他们才会公然声称："我们并不抽象地理解历史的进行和社会发展的真相。我们知道帝国主义的资本主义制度已经变成人类进化的桎梏，而其'掘墓人'的无产阶级负起其历史的使命，在这'必然的王国'中做人类最后的同胞战争——阶级斗争，以求人类彻底的解放。"正是由于这种先入之见的主观理念，使他们的文学创作明显带有强烈的乐观主义虚幻性。比如蒋光慈的《短裤党》《咆哮了的土地》，华汉的《马林英》《女囚》《地泉》三部曲，洪灵菲的《流亡》《前线》《大海》，胡也频的《光明在我们的前面》《到莫斯科去》，欧阳山的《七年祭》《鬼巢》，以及魏金枝的《奶妈》和丁玲的《一颗未出枪膛的子弹》等作品，都是以极度浪漫的政治理想主义色彩，借助于作品中主人公之口直接反映了创作主体反抗叛逆的时代情绪，并以马克思主义的阶级斗争人生哲学，精心营造了一种属于纯粹精神理念的主观创作模式。这些作品中慷慨激昂的鼓动性语言，虽然都是出自于作品第三人称叙述主人公之口，但实际上却无一不是创作主体当时思想认识的真实传达。无论我们出于何种目的去评价"普罗文学"作家那高度纯真的政治信仰，他们对于中国社会历史发展的前瞻性预言，以及他们用生命为代价去献身自己人生理想的主观浪漫主义艺术追求，都是令后人敬仰的。它不仅是以鲜红的血色装点了黑暗恐怖的夜空，同时更是以一种超越现实的主观想象力，为沉闷压抑的中国现代文学增添了一道亮丽的艺术风景线。

左翼文学运动的政治精英意识，不仅认同阶级斗争的人生哲学，而且还崇拜革命的英雄主义。早在"左联"时代，革命作家就被赋予了这样的历史使命感：书写"英雄主义，伟业，对革命的不自私的献身精神，现实的梦想的实现——这一切正是这个时代的非常特征的本质的特点"。不过左翼文学运动时期的英雄主义理想，在很大程度上还只是个人主义的英雄崇拜，而不是无产阶级政治意志的完美体现。比如蒋光慈的《少年飘泊者》不仅在篇首节录了《怀拜伦》的诗句为序："拜伦呵！你是黑暗的反抗者；你是上帝的不肖子；你是自由的歌者；你是强暴的劲敌。飘零呵，毁谤呵——这是你的命运罢，抑是社会对于天才的敬礼？"而且还把主人公汪中塑造成了一个虽然浪迹江湖，但却不惜与命运抗争的"拜伦式"的个人英雄。实际上《到莫斯科去》中的施洵白、《女囚》中的赵琴绮、《流亡》中的沈之菲、《奶妈》中的奶妈、《竹尺与铁锤》中的阿菊等知识分子革命者的英雄形象，或多或少都带有"拜伦式"的个人英雄气质。他们的共同性格特点是：人生坎坷居无定所，不满现实敢于抗争，追求自由却无目的，参加革命找到归宿。作者在塑造这类艺术形象时，尽管有意识地在他们的身上主观地附加了明确的无产阶级政治身份，且或明或暗地让他们操持着马克思主义的革命理论语汇，但是这些艺术形象过分鲜明的个性主义人格魅力，使读者很难从他们激进的社会行为当中，真正感受到他们与无产阶级政治革命使命之间的共性关系。其他如茅盾《春蚕》三部曲中的多多头、叶紫《丰收》中的立秋和赖大哥、魏金枝《白旗手》中的乌狗等农民革命者的英雄形象则更像是民间文学中的草莽英雄——他们杀富济贫、除暴安良、性格刚烈、视死如归。我们并不否认左翼革命作家的主观立意，是要充分地展示革命英雄过人的智慧与优秀的品质，可脱离具体革命实践的抽象幻想，必然会导致他们对革命英雄的任意曲解和无限泛化。

政治精英意识使左翼文学创作，在处理"情"与"理"的关系上，显得过于简单且十分粗糙，无论是叙事还是描写，"情"与"理"都是以直白的语言直接呈现在读者面前，缺乏应有的艺术内涵和审美张力。如早期的"普罗革命文学"作品，几乎都是以两人对话的空间世界或以主人公的内心独白，在静态的描写中去表现革命者的人格品质。为了避免故事情节的枯燥平淡，作者只好借助于爱情的浪漫抒写去间接地传达无产阶级革命的政治理想。这就是人们常说的"革命＋恋爱"小说的一个最显著的美学特征。尽管"左联"对于这种创作倾向有所纠正，作家的视角也转向了社会现实生活的本身，使作品的艺术表现空间有所扩大，但是左翼革命文学仍未完全摆脱创作主体政治情感的主观直叙性，这无疑使作品文本过分张扬了政治革命的理想色彩而缺少艺术审美的厚度与张力。如华汉的《深入》和《女囚》、欧阳山的《鬼巢》、胡也频的《同居》等作品，都是比较典型的范例。《深入》不仅描写了老罗伯父子率领农民武装同反动警察浴血奋战的英雄壮举，并且还让负了伤的老罗伯在庆功祝捷大会的主席台上，用政治家的口吻畅快淋漓地抒发了革命者共同的人生奋斗理想："为了我们自己的衣食住，为了我们大家的衣食住，为了我们大家的子子孙孙的衣食住，为了我们将来的全人类的衣食住，我们用不着怕用不着哭，我们只有拿我们这一点一滴的热血去拼啊！"《女囚》则在描写了女性革命者赵琴绮在遭受凌辱殊死反抗的同时，作者更是让其以主观抒情的方式在监狱中展开丰富的联想，并用幻觉意识的漂浮性去直接投影工农革命武装砸开反动派的牢门，以片片血霞"把满天渲染成新鲜的赤色"的革命暴动场面。欧阳山的《鬼巢》，其本意是想以象征隐喻艺术表现的形式，通过主人公高刚的三个奇异的"梦"，去表现大革命前后中国社会革命运动的波澜起伏，但由于创作主体过分宣泄张扬了自己强烈的主观情绪，从而使主题的"隐喻"性变成了"理念"的直叙性。胡也频的《同居》，则更是以绝对主观化的艺术想象力，为人们虚构了一幅未来美好家园的理想蓝图。

左翼文学运动的政治精英意识，正是以这种极度浪漫主义的社会革命理想，向读者传达着知识分子精英群体对于中国无产阶级革命政治使命与美好前景的主观理解。

三、现代审美理论的特点

总体上说，20世纪中国的文学审美论虽也深受西方文学审美论的影响，但在强调文学自律，处理文学的用与无用、审美与道德、内容与形式等方面并不那么极端，而是从中国当时的实际和新文学发展的需要出发，采取了相对温和的审美论立场。这种中国特色的理论主要表现在以下几个方面。

（一）注重文学与人生的联系

虽然当时文学艺术界有所谓"为人生"和"为艺术"的争论，但"为艺术论者并不抹杀文学与人生的紧密关系，他们更倾向于在人本主义的意义上阐释文学与人生的关系，把文学作为人生的表现甚至实现。在他们心目中，文学不是一种工具，而是人生的一部分，而且只有在文学艺术中他们理想的人生才能实现，所以他们倡导一种"艺术化的人生"或"人生的艺术化"。如果说"为人生"论者主要从社会学角度看文学的话，那么"为艺术"论者主要从哲学、美学角度看文学；前者偏于入世，后者偏于出世；前者较实用，后者则较深刻；前者对文学的理解较广阔，后者对文学的理解却较狭窄。

因此，如果把文学审美论简单地视为主张脱离现实那是一种误解。文学与现实的关系是复杂而广泛的，并非只有强调直接服务于现实的文学主张才是惟一正确的。事实上，五四以来，持文学审美论观点的知识分子基本上都关心中国的社会现实，只不过他们在文学主张上表现出对人的问题更注重，更倾向于把人的改造、提高人的素质作为社会改造的核心。

（二）突出文学的功能

由于当时政治社会、文化都处于变革时期，加上内乱和外国入侵，更由于传统的实用理性的影响，文学（甚至包括艺术）往往被从功能论的角度来审视，由此形成了文学审美论与功能论兼容的独特形态，这与现代西方的文学审美论形成鲜明对照。反观中国现代文学理论，用与无用的问题一直占有重要位置，文学审美论也不可能绕开这个问题。这一时期的文学作者们一方面提出审美论的主张，另一方面又反复阐发文学的功用；一方面强调审美无利害性，另一方面又把这种无利害性引向功能论，突出文学在人生的艺术化、人格完善、提高精神境界、文化传播，甚至与道德相辅佐等方面的积极作用。这恰恰是五四以来一部分新时代知识分子既要保持人格独立又不能忘记现实变革的心态的真实写照。

（三）理论上具有针对性

文学审美论的提出有着特殊的背景，在理论上有具体针对性，那就是在文学上反对旧文学，因此审美论的提出以及对无利害性的肯定具有破除旧文学观（如"文以载道"）的意义；同时又要在理论观念上引导和健全新文学，因此对文学形式的重视也不是单纯模仿西方的结果，而是针对新文学在文学的形式技巧上的不完善，其主旨是要求新文学在内容和形式的完美结合上下工夫。

第六章 文学审美的主客体与审美场

在文学审美中，审美主客体和审美场是最常见的概念。审美活动是发生在主客体之间的，审美的发生标志着审美主客体关系的确立。审美场则指的是审美主体的心境、情趣、意向等与审美客体发生关系的物境之间所构成的审美场境。文学审美离不开审美主客体，文学审美也离不开审美场，研究审美主客体与审美场对我们了解文学审美能起到一定的帮助作用。因此，本章将对文学审美中的主客体与审美场进行详细的剖析，共分为三个部分：文学审美中的主体、文学审美中的客体、文学审美中的审美场。

第一节 文学审美中的主体

一、审美主体的概念

审美主体并不是一个固定的存在，它与审美客体共同存在于审美活动中。所谓的审美主体，就是在审美活动中处于主导地位，并与审美客体发生关系的人，具有一定的审美能力。审美主体是审美活动的发出者，也是审美活动的承担者。

审美主体相当于一个"自由的公民"，在他身上体现着一种自由自觉的审美意识，因此，审美主体始终处于主导地位。审美主体必须具有审美能力，审美能力是审美主体内在结构的决定因素。一个没有审美能力的主体既不能对审美客体做出特殊的反应，也不能创造出具有审美欣赏功能的审美形象，因此，不能称之为审美主体。审美能力包含许多种，比如审美想象力、审美理解力、审美感受力、审美情感等，这些都是审美主体需要具备的能力。

二、审美主体的特征

（一）自由自觉的主体

人是一个类存在物，通俗来讲就是说人是被自己塑造、自己认可的类，而其他事物则是被人所规定的从属某一类型的物。人的自我认可和他人认可使人以一种社会联合的方式改造世界，把世界变成人这一类的所属物。由于人的类特性，决定了人的本质特征是自由的。但作为主体的人，自由经常受到限制，这是由于在实践过程中，人的认识活动经常把事物作为功利性的对象来看待，一旦有了目的性，必然会失去一些自由。但是在审美活动中，人将全部的精神感觉全部用作"占用"对象，因此，作为审美主体的人是有着更大自由的。

此外，审美主体除了是自由的主体外，还是自觉的主体，这里的自觉主要是指主体的能动作用。世间万物之所以有美丑、胖瘦、高矮之分，就是由审美主体在审美活动中发挥着能动作用造成的。正如那句话所说，美是无处不在的，之所以我们没有发现它，是因为我们缺少发现美的眼睛。世间万物充满了美的因素和美的规律，唯有通过审美主体的能动选择和确认，才可以达成最后的审美关系。

（二）情感活动的主体

在审美活动中，审美主体进行的既不是逻辑判断也不是求知认识，而是一种审美判断，简单来说就是主观感知。这种感知得到的是主观上的快感，因此，也可以说审美活动是以情感为主线的活动，如果失去了情感，那么审美活动也就失去了它本身的特质。需要特别注意的是，这里所提到的审美主体的情感是一种自由的审美情感，与功利性的私人情感无关。既不是纯感官的生理愉快，也不是理性的认知愉快，更不是行为上的伦理愉快，而是一种基于对审美对象自由观照的审美情感。

（三）感性观照的主体

审美活动作为人的一种高级精神活动，与认知活动不同，它具有明显的感性色彩。即使审美主体的活动同认知、判断、推理等存在着一定的内在联系，但这种联系是潜在的，而"审美意象"则始终占据着审美主体心理意识活动的主要地位。

从审美对象的角度来说，审美对象是集感性与意义于一体的统一体。审美活动发生需要审美主体和审美对象的共同作用。而审美主体要想成功地进行审美活动，就必须接收到审美对象所发出的审美信息，这就是审美主体的感性能力在发挥作用，即感性观照。感性观照拥有巨大的能力，它可以透过事物表象看到事物的本质，因此可以说审美主体是一种超感性的存在。

三、关于创作主体的审美把握

现实的审美价值不会自动性地转化为文学作品，它需要创作主体也就是作家将现实生活转化为文学作品。既然客观现实的价值是由主、客体相互作用形成的，那么现实的审美价值也只有在作为创作主体的作家对现实的积极评价中才能发现。因此，没有作家对现实生活的把握，文学创作活动也就不能发生。这是显而易见的，无须多说。问题在于，作家是作为一般的认识主体逻辑地认识生活，还是作为审美主体诗意地把握生活。作家对生活的掌握方式，毫无疑问应该归入这一类掌握方式中。根据能动的反映论的原则，主体对生活的反映是能动的反映。然而，作为认识主体的能动性和审美主体的能动性是否有区别呢？这是我们着重要回答的问题。

可以肯定的是，审美主体对生活诗意的把握过程，就是对生活的认识过程，需要调动主体的感觉、知觉、诗意、记忆、表象、想象、理解等心理机能。因此，就这一点来看，审美主体和认识主体的心理过程是有共同之处的。但是，审美主体对生活的诗意把握过程，又不仅仅是认识过程，它与认识主体的心理过程又有相异之处。与认识主体的认识过程不同，审美主体在把握生活的一系列心理过程中，始终存在着情感的积极的介入。对于一般认识主体来说，其所感知、思考的事物，在情绪上是趋于平静，甚至是无所谓的，并不是现实中每一种对象都能引起他对它的情感态度。但对于审美主体来说，他的对象不是事物的纯生物的、物理的自然属性，而是主客体交流中形成的现实的审美价值属性，这就不能不引起主体的情感态度。因此，我们认识到了审美主体的能动性和一般认识主体的能动性的基本区别就是情感是否介入其他心理过程。

作家作为创造艺术美的主体是否需要特殊才能，这个回答是否定的。当我们仅从认识论的观点去考察，只能得出这样的结论。但从审美的观点考察，这个问题是完全可以提出来的。创作作为一种最高形式的审美活动，是需要特殊才能的，即创作主题活跃的美学情感。当然，喜悦、愤怒、悲哀、欢乐、爱憎、忧郁、颓丧本身不就是文学。情感活跃的人不一定是作家，但作家必定是情感特别活跃的人，因为作家特殊才能的基本标志就是情感是否经常处于活跃的状态。我们强调创作须有情感，这并不是说文学创作是"使情成体"，作品仅仅是作家主观情感的表现，而是说文学创作是一个创造美的过程，如果作家的情感活跃程度不够，作家就不能从活生生的现实中发现美、把握美，甚至创造美。

　　文学创作活动是创作主体的多种心理机能协调运动的过程，其中主要是感知、表象、想象、情感和理解五种心理机能综合的和谐的运动过程。而创作主体的感知、表象、想象、理解等心理过程无一不灌注了情感因素，于是出现了情感与感知、表象的融合，情感与想象的融合，情感与理解的融合。创作主体正是在这"三融合"中发现并把握了生活的美，进而创造了艺术的美。情感在创作过程中不但是一种推动力、组合力，而且是一种发现力和创造力，发现生活的美和创造艺术的美的力量。下面就"三融合"如何发现美、创造美的问题作一点说明。

　　关于情感与感知、表象的融合。感知和表象是文学创作主体不可缺少的心理过程。作家通过感觉和知觉而获得客体的印象，通过表象重新在脑海里唤起被感知过的印象。但是，一般的印象，例如书桌是长方形的、木制之类的问题，虽是作家必须知道的，但不是作家特别需要的。作家特别需要的是通过感知、表象获得诗意的印象，即"以诗的方式获得现实的印象"。那么，怎样才能通过感知、表象获得现实的诗意的印象呢？这就要作家美学情感的积极介入。心理学原理告诉我们，人的知觉、表象具有一种选择性，可以把对象的各种属性区分开来，即对象的某种属性得到了强调，但其余的属性就被完全或部分地淡化。当然，这种选择性与客体本身的特点比如强度、动性、对比等也有一定的关系，但与主体在感知、表象客体时加入情感态度的关系最为密切。例如，有一位作家来到蒋筑英生前所在的单位，他在一个办公室里，看见了一些长方形的、木制的书桌，这没有引起他的特别注意，他并没有寻找到诗意的东西。可是当别人指着一张书桌告诉他：你面前这张旧书桌，就是蒋筑英生前使用过的书桌，上面沾有他的汗水，他趴在这张桌上写完了他最后一篇论文……这时作家就会含着一种深情凝视这张书桌，于是他的知觉立刻出现了选择性，长方形的、木制的特点淡化，"这张桌子是蒋筑英辛勤劳动的证明"这一点被强调出来，大脑皮层中的一个兴奋中心占优势，皮层的其他部分则受抑制，作家终于在这知觉的选择性中，发现了诗意的东西。而这种知觉的选择性的发生是由作家对桌子抱着的情感态度导致的。这就是说，蒋筑英的书桌本身存在着诗意的因素，但作家情感的积极的介入，才使他发现了诗意的因素。如果主体在感知客体时，对客体无动于衷，那么即使主体面对着的是最富有诗意的对象，也不会有任何诗意的发现。当然，如果主体在感知客体时，投入的情感不是美学的情感，那么主体同样也不能发现对象的审美属性。

　　美学情感介入感知和表象，并使它们融合在一起，这是作为审美主体的作家把握生活的一个特征。古人有"情以物兴，物以情观""情中景，景中情""景以情合，情以景生"等观点。从辩证法的角度来看，这些观点是辩证的，他们一方面强调"情以物兴""景中情""情以景生"，说明客观的物对主观的情的制约作用，另一方面又强调"物以情观""情中景""景以情合"，说明主观的情对客观的物的反作用。

关于情感与想象的融合。文学创作不能离开想象。真正的创造就是艺术想象活动。但是，想象并非作家所专有。科学家在进行科学研究时也需要通过一定的想象帮助自己达成目标。

艺术创作主体的艺术想象的独特之处，主要是情感的积极介入。情感对艺术想象的介入包含两种意思。第一层意思是情感的介入，给艺术想象以推动力，使艺术想象装上了翅膀，能够虚构出艺术形象来；第二层意思也是最为重要的，即情感的介入是情感移入艺术想象中的对象，出现了想象和情感的高度融合，从而创造了美。

"移情"现象在审美活动中是存在的，用"移情论"来解释"美"的本质比较勉强，因为美并不是什么"心借物表现情趣"。但用"感情的移入"来解释文学创作中的艺术想象活动，却是有意义的。文学创作中的艺术想象活动，实际上是一种模拟性的实践活动，就如同现实生活中真正的实践活动一般，它需要作家把自己的情感完全地移入到所写的对象中，使自己的感受、情感与对象的感受、情感达到同步的状态，甚至与所写的对象仿佛融为一体。作家的艺术想象只有达到极致，才能使艺术想象活动沿着生活的必然逻辑的轨道发展，艺术美才能在这情感与想象的高度融合中被孕育和创造出来。许多作家都谈到创作的想象活动中情感移入、沉入所出现的物我同一、"神与物游"的情况。乔治·桑在谈到自己情感沉入所写对象时说："我觉得自己是草是飞马，是树顶，是云，是流水，是天地相接的那一条地平线……"高尔基也谈到，文学家要写一头公羊，也要把自己的情感移入，把自己想象成公羊。这些情况充分说明了创作主体的情感沉入所写的对象，实现情感与想象的高度融合，的确是创造艺术美的一个必要条件。

一个作家很难在创作的中途检验自己的作品是否达到真善美的境界，但可以通过一个间接检查的方法，即在艺术想象过程中，看自己的情感是否移入对象或者说自己的情感与所写对象的情感是否达到了同步的状态。当然，我们在强调主体情感对艺术想象的引导作用时，也不应忘记理智因素对艺术想象的制约作用。如果创作主体在艺术想象活动中，只有情感的引导，没有理智的制约，那么形象就会失去分寸，甚至引起创作的中断。据说，过去杭州有个女演员叫商小玲，以演杜丽娘能进入角色而闻名。有一次，演到剧中的"寻梦"一折，当她唱到"待打拼香魂一片，阴雨梅天，守得个梅根相见"时，由于自己与角色完全融为一体，过于情真，忘记了自己在演戏，竟随声倒在台上，等到春香上场，"小姐"已经真的"归天"了。可见在艺术创造中，丧失理智也是不行的，甚至是危险的，理智是艺术创造中不可缺少的因素之一。

在情感与理解的融合问题中，理解也是创作主体不可缺少的心理因素。因为合规律性是艺术美的一个重要品质，而理解这种心理机能在作家的思维活动中，就主要担负了揭示所写对象的本质和规律的任务。作家审美的理解与科学家一般的理解是有明显区别的，科学家的理解一般是阐明事物某种逻辑依据，揭示事物的本质和规律，在理解的过程和结论中一般都没有情感的灌注，而作家的审美的理解则始终有情感的介入，不但在理解的过程中有情感的参与，在理解的结果中也有情感的融入。作家在创作过程中对其笔下生活的理解与他的作品的思想是直接相连的，甚至可以说他的作品的思想就是他创作过程审美理解的物态化。正是由于作家的理解过程有情感的参与，理解的结果有情感的融入，所以文学作品的思想，就不是一般干巴巴的议论或是纯粹的社会学结论，它带有理性的品格，又被情感所浸润，是思想与情感的合一，或者说是蕴含了情感的思想，是蘸满了情感液汁的思想。文学创作的事实表明，文学史上优秀的文学作品的思想是很丰富的，常常是只可意会不可言传的，因而是耐人寻味的。《红楼梦》已诞生两百多年了，"红学热"历久不衰，可是对于《红楼梦》的主题思想，至今似乎仍没有令人满意的"解味人"。因为它的思想是极其丰富的思想，人们可以逐渐领悟它，但却无法用简单的言辞限定它。列夫·托尔斯泰认为自己的长篇小说的思想与主题很难用语言表达出来："假如我想用语言说出我原来打算用一个长篇去表现的那一切思想，那么，我应当从头去写我已经写完的那部小说。"如果说后来的人不能完全"解出"《红楼梦》的"味"可以被人理解，那么歌德、托尔斯泰连自己作品的主题都说不清楚，岂不太奇怪了。其实不然，单纯的思想是易于用言辞来表达的，可当思想与情感艺术地合一时，就难以言传了。人们可以用各种方法去阐述它，说明一个大概，但不可能将其因情感的融入而形成的多义性、丰富性完全地解释清楚。优秀作品思想内涵的这种多义性、丰富性不但不削弱作品的美，反而塑造了作品的含蓄美、韵味美、意境美。而这，正是创作主体的情感与理解相融合的心理过程物态化的结果。

从以上说明，我们可以看到，所谓创作主体的审美把握，就是创作主体的感知、表象、想象、理解和情感的自由融合的心理过程。对于美的创造来说，感知、表象是出发点，想象是基本途径，理解是透视力，而情感作为一种自由的元素与上述各种心理功能的融合，是美的发现力。因此，情感的介入与否和介入的程度，是创作主体审美把握的关键。从一定意义上看，我们可以这样说，创作主体的审美把握，就是情感把握。

既然文学所反映的对象、内容是现实的审美价值属性，作家把握现实的方式又是审美的方式，文学就是对现实生活审美价值属性的审美把握的结果，那么其特质就不能不是审美。诚然，文学作为一种意识形态包括了巨大的认识因素，但构成文学之所以为文学的充分而必要的条件，则不是认识而是审美。文学作品中的认识因素是重要的，但它只有融入审美因素，化为审美因素，才有存在的权利。文学区别于非文学的关键，就是它的审美特质。

第二节　文学审美中的客体

一、审美客体的概念

审美客体，又可称为审美对象，是在审美活动中处于基础地位，并于审美主体发生关系的对象。审美客体可以是生活中各种具有审美属性的事物，有自然属性的，如山水、花鸟、鱼虫；也有社会属性的，如人物、建筑、商品等。在艺术文学领域中，文学艺术作品就是典型的审美客体。

审美客体不等于物质世界中存在的所有客观的东西，只有与审美主体发生现实联系的，才能被称之为审美客体。例如巴金先生的《随想录》，当我们没有开始对其欣赏时，它是不能成为我们的审美客体的。

二、审美客体的特征

（一）形象性

审美活动作为一种创造审美价值的实践性活动，其审美客体必须是具有直观性和具体性的客观感性存在物，需要让审美主体直接感受到，因此，审美客体是具有形象性的对象。即使这个对象再完美、再客观，只要它是抽象的，例如思想、概念、真理等，也不能成为审美客体。

（二）形式的完整性

格式塔心理学认为，人在感受事物时，会自觉地对事物进行组织和建构，通过一些"形式美"的原则，对事物进行对称性、平衡性、秩序性等一些系列的表象分析，进而构成一个完整的客体形象。前面我们提到，审美主体具有自觉性，也就是能动性，这使得审美主体在审美活动发生时会优先选择形式完美的对象作为审美客体，从侧面证明了审美客体具有形式的完整性。

（三）感染性

审美客体是形式和内容的统一体，它之所以能被审美主体选为审美客体，除了具有形象性、形式的完整性，还因其具有一定的感染性。这种感染性来源于客体本身所承载的价值和意义。仅仅拥有形象而无感染力的对象是不能成为审美客体的，就像没有人会欣赏人体骨骼图一样，它缺乏了人的生活和情趣，不能引起人的共鸣。

三、关于创作客体的审美属性

文学和社会科学虽然都同样地面对着客观的社会生活，但它们从客观社会生活中撷取的东西是不同的。要想弄清楚文学从客观现实中撷取了哪些属性的东西，需要先从"价值"观念来解读。

众所周知，多年来苏联学者运用政治经济学中的价值学说的方法论去研究美的本质和艺术的本质，已获得了可喜的成果，而且用价值观念研究美和艺术已成为一种国际现象。的确，我们在研究文学的本质问题时，只有把哲学认识论的观点和价值论的观点结合起来，才可能比较科学地抓住问题的实质。在现实事物的多种属性中，有一对比较特殊的属性：价值属性和非价值属性。现实事物的非价值属性和价值属性是不同的。以玫瑰花为例，当我们形容玫瑰花的颜色是红色的时，我们说的是它的自然属性，因为在人类出现之前玫瑰花是红色的，在人类出现之后，玫瑰花依然是红色的，红色是玫瑰花的客观品质。也就是说，非价值属性与人的存在无任何关系。但如果换一种，比如表达"这朵玫瑰花可以做香料""这朵玫瑰花很美"的时候，其实是在说明玫瑰花的实用属性和审美属性，这种属性是以人和人类的存在为前提条件的，它表现出了人类对玫瑰花的评价关系。在这种情况下，"可以做香料"和"很美"是玫瑰花的价值属性，它一方面反映了客体的品质，另一方面又表达了跟主体的关系。这就是说，没有玫瑰花这个客体本身的价值性，主体不能对它做出评价，但离开了主体，也不可能有这种评价。

由此可见，价值是客观事物所具有的一种属性，这种属性因对人们具有意义而被后者认为对他们有价值。正是因为价值是由主体和客体相互作用而形成的，所以运用价值这个概念在包含着客体与主体相互作用的审美关系中具有非常重要的作用。

在有了以上这些说明之后，便可回答"文学究竟从客观现实中撷取具有什么属性的东西"这个问题了。对于客观现实事物来说，除了具有生物的或物理的自然属性外，还包含一个在人类社会历史实践中形成的价值系统，其中包括实用价值、认识价值、道德价值、政治价值、宗教价值和审美价值等，这些不同形式的价值是在长期的社会历史过程中由不同性质、不同形式的主、客体关系形成的。

艺术（包括文学）面对着客观事物的自然属性和价值系统，它的对象必须而且只能是客体的审美价值。换句通俗话说，文学艺术的对象必须而且只能是社会生活中具有诗意的属性。

审美价值与其他价值是矛盾的统一。一方面，审美价值不同于其他价值；另一方面，审美价值又和其他价值互相渗透。现实的审美价值和现实的其他价值并不是相互隔绝的，它们之间不存在鸿沟。我们应该看到，现实的审美价值具有一种溶解和综合的特性，它就像有溶解力的水一样，可以把认识价值、道德价值、政治价值、宗教价值等都溶解于其中，并综合于其中。因此，文学艺术撷取现实的审美因素，不但不排斥非审美因素，相反，总是把非审美因素的认识因素、道德因素、政治因素，甚至自然属性交融到审美因素中去。

在审美价值与认识、道德、政治等价值的关系问题上，一方面，我们反对唯美主义，因为唯美主义仅仅把文学作品的美丽形式看成审美因素，排斥文学对社会的认识、道德、政治等因素的反映，把艺术和生活割裂开来，对立起来，为美而美；另一方面，我们也不同意单一的认识论观点，因为这种观点孤立地强调文学作品的认识、道德、政治等因素，或者是把作品的审美因素看成是次要的东西，或者是把审美因素夹杂在认识、道德、政治等因素中，这就不能不助长创作的公式化、概念化、图解化的倾向。

以上两种观点都是不可取的，文学艺术的对象和内容只能是交融了认识、道德、政治等价值的现实的审美价值。一个作家、艺术家，如果没有在现实中找到诗意的东西或可以加工成诗意的东西，那他就没有找到可反映的对象。人们平时常说，某人某事具有艺术条件，意思是说某人某事具有不同寻常的审美价值，因此可以成为文学艺术的对象，文学的特质首先根源于现实的审美价值中。文学既然是现实的审美价值的凝聚化和物态化，那么它的特质就是审美，文学区别于非文学的关键之一就在这里。

题材指的是文学作品写什么的问题，按照"认识本质论"的观点，最佳的题材自然是包含了深广的认识、教育、政治意义的题材，因为选择这种题材最能体现文学是认识的观点。长期以来，我们的理论在提倡写"重大题材"和"题材多样化"上兜圈子，时而强调写重大题材，时而又说题材应当广阔，在题材问题上这样摇摆，就是因为对文学的审美本质认识不清。

从审美的观点看，一个材料能不能成为作品的题材，起决定作用的是作家有没有在这个材料里发现比较浓郁的诗意。如果作家没有从这个材料里发现浓郁的诗意因素，那么这个材料再重大，也不具备艺术条件，也不能成为作品的题材，如果硬要去写，结果只能成为历史大事记式的作品，丝毫不能打动人，最多只能给读者提供点很不精确的历史或现实的知识而已。如果作家面对的是个小材料，却在这里发现了新鲜浓郁的诗意，那么根据这个题材写成的作品也许就是一篇传世之作了。另外，从审美的观点看，把题材分成大题材小题材，并没有多少意义，把题材分成富有诗意因素的题材和不具有诗意因素的题材，才是有意义的。列夫·托尔斯泰这样谈到自己的体会："写作的主弦之一便是感受到诗意跟感受不到诗意之间的对照……"文学史上有一种文学现象值得我们思考：那些取材于政治、军事等历史斗争事件的作品，经过事件的沉淀，早已没有了当年的影响力，人们宁愿去翻历史书，也不再理睬这些带有政治历史知识的却不具有诗意的作品；但是，那些以自然为题材的作品却经久不衰，直到现在还受人追捧。所以，我们需要思考的是，发生这样的变化，起决定作用的因素是什么，是认识因素还是政治因素，又或者是审美因素。针对这个问题，不同人有不同人的看法，尽管有部分人认为是认识因素起着主导作用，但支持审美因素观点的人仍占绝大多数。对于一些重大题材来说，审美因素应是作家决定创作的关键点，如果题材并不含有审美因素，或者作者没有发现题材中的审美因素，这样的创作是失败的。但如果某个重大题材本身就含有浓郁的诗意，而作家又恰巧发现了它，那无疑是个理想的题材，作家自然要全力抓住不放。因为在反映时代风貌这一点上，这种题材有着比较突出的优势，要特别予以重视。

关于真实性。持"认识本质论"的学者认为，文学是一种认识，认识就应是真实的，所以文学的基本任务就是通过形象揭示生活的本质。而按照"审美本质论"的观点来解释，文学是认识，但又不仅仅是认识，文学揭示生活本质是重要的，但又不是唯一的，文学需要有比揭示生活本质更丰富的东西。文学首先是美的领域，它要凝聚生活中富有诗意的东西，让人感情激荡、心旷神怡。它要求真实性，要求揭示生活的本质，但它所揭示的生活本质，不是客观事物的生物的或物理的自然性本质，也不是事物的单纯哲学、政治、道德意义上的本质，而是审美意义上的本质，即诗意的本质。李白的《静夜思》（"床前明月光"）和苏轼的《水调歌头》（"明月几时有"），都是描写月亮的名篇，它们描写的真实性，至今没有人提出异议。然而，李白、苏轼笔下的月亮，其真实性和本质其实是：月亮是地球的卫星，围绕着地球转动，它和地球相距384千米到401千米，它本身并不发光，因反射太阳光才被我们看见……然而很遗憾，无论是李白还是苏轼，都没有揭示出月亮的这种物理学的真实和本质，他们在作品中所揭示的只是月亮（客体）和诗人（主体）交互作用而形成的一种诗意的真实和本质。当然，我们这样来理解文学的真实性，并不是要把客观现实的物理学的真实、政治学的真实、社会学的真实、伦理学的真实跟诗意的真实对立起来或隔绝开来。物理学的、政治学的、社会学的、伦理学的真实跟诗意的真实，既有联系又有区别，看不到它们之间的联系，会把诗意的真实孤立起来，就可能引导作家在生活的实体之外去找诗意的真实，陷入形式主义的泥潭；但看不到它们之间的区别，把诗意的真实和其他真实等同起来，就不能不导致作家不重视生活真实的审美特性，而把单纯的社会学的、政治学的、伦理学的真实当作文学的真实。作家所写的真实，不能也不应回避政治学的、社会学的、伦理学的真实，但这些真实必须交融到诗意的真实中。交融了社会历史内容的诗意的真实，才是作家追求的真实。因此，对于作家来说，他应尽一切力量去发现生活中的真、善、美的交切点，因为只有在真、善、美的交切点上，才能找到诗意的真实。

关于典型性。"认识本质论"认为典型就是个别与一般的统一，或者说是个性与共性的统一。这个定义可以说非常正确，但又丝毫不能说明问题。说其定义正确，是因为按辩证唯物主义的原理："个别一定与一般相联而存在。一般只能在个别中存在，只能通过个别而存在。"文学的典型的确就是通过个别表现一般，典型是个别与一般的统一。这个结论是不容怀疑的。说其不能说明任何问题，是因为文学的典型是个别与一般的统一，而世界上万事万物也都是个别与一般相统一的，例如桌子、椅子、台灯、房子、汽车等，在客观世界中，任何东西都是个别与一般的统一。所以，人们所谓的典型是个别与一般的统一，只道出了文学典型与世界上万事万物的最一般的共同的特征，并没有指明文学典型之所以是文学典型的特质，这样，即使我们把"典型是个性与共性的统一"这句话重复和解释一千遍一万遍，也丝毫不能帮助人们了解文学典型到底是什么。

用现成的哲学概念简单地去套文学理论问题，已成为我们学习文学理论的一种痼疾。当然，不是强调不要用哲学的原理去分析文学问题，哲学的前提是十分必要的，问题在于仅仅把文学问题局限在哲学的范畴里是不够的，就像典型问题仅仅局限在哲学的圈子里，就不能说明什么问题。我们应该把文学理论问题从哲学的台阶提到美学的台阶上，应该提出文学中的个别与一般的统一（典型）与其他领域中的个别与一般的统一有何区别，文学的个别与一般的统一本身有什么内在的特征。有人也觉得用个别与一般的统一来界定典型不能说明问题，于是他们（笔者自己也这样做过）就在"个性"一词前加上"独特的""鲜明的""丰富的"等附加语，在"共性"一词的前面加上"显著的""充分的""深刻的"等附加语。其实这样做也无济于事。不但因为这些附加语都太抽象，根本不可能表示具体的规定性，而且对于非文学的事物，也同样可以在"个性"和"共性"的前面加上同样的或更多的附加语。所以问题的症结还是要探讨作为文学的个性与共性的统一所具有的特征。在这里，关键还要用审美的观点去考察。文学的个别与一般相统一与其他领域的个别与一般相统一的基本区别在于，文学的典型浓缩了现实的审美价值属性。

这就是说，文学的典型不仅在于它是个别与一般的统一，而且更重要的在于它本身属于诗意的范畴，在典型的身上总是体现着美或丑、崇高或卑下、悲剧性或喜剧性等诗意的内容。

这也是区别文学典型与非文学典型的关键。就阿Q这个典型人物来说，他具有鲜明的独特个性，并体现了那个时期社会生活的某些本质，这是阿Q这个人物成为典型人物的前提条件，但构成阿Q的典型性的基础，是他身上所体现的社会历史条件所造成的悲与喜的诗意因素。在阿Q的性格和命运中那些使人含泪的笑和含笑的悲的因素，使阿Q这个人物与那个时期历史的生活一起搏动，使阿Q成为了一个永远激动人心的文学典型。鲁迅为什么不写一个属于地主阶级的阿Q，而要写一个作为雇农的阿Q，因为在作为雇农的阿Q身上能最充分地容纳特定现实所构成的令人动容、发人深省的悲剧性和喜剧性。

第三节　文学审美中的审美场

一、文学的艺术特性

（一）格式塔质

"格式塔质"来源于"格式塔"，是从格式塔心理学概念引申出来的。"格式塔质"的定义是：来自于各部分、同时又超越各部分之和的整体一种新质，这种新质被称为"格式塔质"。"格式塔质"不属于任何一部分，但对部分起着统领和制约作用；部分服务于"格式塔质"，促进"格式塔质"的形成，使"格式塔质"呈现出独一无二的特征。

关于"格式塔质"的概念解释，它的提出者也就是格式塔心理学代表人之一的厄伦费斯用了这样一个例子来说明：如果将一首大家比较熟悉的、由六个音调组成的乐曲做出改变，比如把音调的节奏加快或变慢，或者改变演奏的乐器，都不会影响观众对这首曲子的判断。出现这种情况的原因是，在对曲子做出改变的情况下产生了一种新的东西，我们称之为"第七因素"。"第七因素"能使我们感知到曲子发生了变化，但是我们依然熟悉它。可见，"格式塔质"就是各个部分作为一个整体时所呈现的一种新的特质。"格式塔质"不属于任何一部分，它只存在于各个部分构成的关系中。在文学中，任何题材的文学作品都存在着这种"格式塔质"。可以这样说，"格式塔质"就是文学的艺术特质，它将艺术与非艺术、文学与非文学进行了区分。

（二）"格式塔质"与"审美场"

在文学中，也有"格式塔质"的出现，也就是我们经常所说的"审美场"。

文学中的"审美场"与其他艺术表现形式不同，可以根据人们的心理、语言、评价等因素表现出来，文学中的"审美场"是通过文字的整体性结构关系，生成的一种新质，这种新质不是文学结构的一部分，但却能影响文学的整体感觉，有了它的制约，每一部分的文字才会显示出应有的意义。

用一个例子来说明。人们形容普希金是第一个偷到"维纳斯腰带"的俄国人。他所创作的每一种情绪、每一个思想、每一幅画面都充满了难以言说的诗。

这段话说得很好，但什么是"维纳斯腰带"呢？什么是"诗"呢？人们似乎并未说清楚。其实，"审美场"就是"维纳斯腰带"，只有偷到"维纳斯腰带"（"审美场"）的作家才是真正的作家，而只有这种作家才能创造出真正的文学艺术作品。

二、文学"审美场"的内涵和实现

（一）"审美场"的含义

"审美场"的含义及其实现的条件需要有明晰的说明。对作家和读者来说，文学"审美场"的实现是一种创造，是多层次的创造。

首先，需要先解释审美一词中关于"审"的含义。"审"是人作为主体的一种行为，即观照—感悟—判断。在这一过程中，人们通过心理器官对现实事物或文学进行内容的审查、感悟、判断，也就是所谓的信息接受、储存与加工。在这一过程中，人的注意、感知、回忆、表象、联想、情感、想象、理解等一切心理机制都处在极端的活跃状态。从这个意义上说，"审美场"创造的第一个层面是主体心理层。

其次，审美的"美"指的是现实事物或文学中所呈现的事物，也就是说"美"是"审"的对象。这个对象包含的范围很广，不仅包括外在的美与丑，还包括一些表达内在心理感受的情感。因此，审美的"美"是一个辽阔的领域，这里所说的"美"是既包括美丽的美、壮美的美、秀美的美，也包括"丑""卑下""悲""喜"等，这些可以统称为"美"的因素。当"审"现实中或文学中这一切时，引起了人的心理的回响性反应。审美，引起我们的美感；审丑，引起我们的厌恶；审崇高，引起我们的赞叹；审卑下，引起我们的蔑视；审悲，引起我们的怜悯；审喜，引起我们的嘲笑等。尽管我们的这些感受是不同的，如美感、厌恶感、赞叹感、蔑视感、怜悯感、幽默感难道是一样的吗？它们的类型实际上是一致的。这就是说我们热爱美、厌恶丑、赞叹崇高、蔑视卑下、怜悯悲、嘲笑喜的时候，我们都是以情感（从广义来说，包括感知、想象、感情、理解等）来评价事物的。客体的"美"是审美的对象。没有对象，审美活动也不能实现。例如，我们欣赏《长城谣》，必须有这首歌谣的文字的形体、语言的声音、节奏的快慢、声律的特点等，以及这些因素的复合，我们才有可面对、可欣赏的客体。从这个意义上说，文学"审美场"创造的第二个层面是客体物质层。

再次，"审美场"中的"场"是指审美活动展开所必须有的特定的时空组合和人的心境的关系。"场"本来是从物理学中引进的一个概念，格式塔心理学家认为，像电场、磁场、引力场一样，人类的心理活动也有一个场，即"心理场"。"心理场"是人类生命的体验赖以存在的时间和空间，或者说"心理场"是人的生命体验的载体。例如，你不能抽象地问《长城谣》美不美，这要看对谁，是什么时间和空间，在审美者何种的心境下。这就如同我们不能抽象地问"白云美不美"的问题一样，这也要取决于特定时空和心境所组成的语境。离开这个语境，就是一般人认为最美的事物，对一个审美者来说，都是毫无意义的。从这个意义上看，文学"心理场"创造的第三个层面是生活时空层。

最后，"审美场"的实现还必须有历史文化的参与。因为"审美场"不是孤立的存在，它的每一次实现都必然渗透人类的、民族的历史文化传统。同时历史文化传统又渗透、积淀到每一次"审美场"的实现中。人们总是感觉到"审美场"的呈现让他们联想起过去的历史与文化，是文化传统凝结的成果。这就是因为人是社会关系的总和。人无法离开历史文化而独立。人的活动也无法离开历史文化而独立，人的审美活动也无法离开历史文化而独立。恰恰相反，历史文化参与了人的审美活动的整个进程。所谓纯粹的与历史文化无关的审美活动，少之又少。历史文化作为一个因素总是要参与到人的审美活动中来。例如，我们欣赏《长城谣》，就会联想起我们民族的悠久历史文化，联想到我们的祖先如何众志成城抵御外寇的侵犯，联想到先人是以怎样的勇气和意志战胜所有的艰难险阻，联想到中华民族是多么地伟大坚强和让人钦佩……从这个意义上说，文学"审美场"创造的第四个层面是历史文化层。

概而言之，"审美场"指在特定的心境、时空条件下，审美者的心理处于极度活跃的状态，又有历史文化的渗透与参与，实现对客体事物的观照、感悟、判断的一种审美氛围。

（二）"审美场"与体验

然而，我们对"审美场"的这种解释仍然太过片面。接下来，我们可以从不同的角度来阐释"审美场"。心理学认为，审美是人们的一种体验，这种体验不同于其它体验，像男欢女爱间的生理体验，因坠入爱河所引起的爱情体验，当了父母所获得的亲情体验，做了好事所获得的精神满足，攻克一个科学难题后所获得的求知愉快等，都可以叫做"高峰体验"，它们有共同的或相似的心理特征，在心理机制方面还达不到完全的贯通，心理器官之间还是存在着这样的或那样的障碍。例如，在性体验一类的生理快感中，人的生理欲望几乎压倒一切，人的注意一再被动物性的东西所吸引，满足并局限于感官上的快感。在道德判断所获得的精神满足中，"良心"的呼唤压倒一切，为了实现道德的完善，必须压抑人的动物性欲望甚至正常的快乐，因为"道德绝不是主要地关心获得快乐的"。在以探求真理为目的的求知愉快中，理智的心理因素压倒一切，对于以探求真理为目的的科学研究来说，情感、印象等都有助于真理的锤炼，然而，科学家必须严格控制自己的感情与印象，因为真理本身要求客观，不许掺杂任何心理因素。但是，科学家的心理经验也不是以心理器官无障碍为标志的。无障碍标志是指在审美体验中，人的各种心理器官得到了完全的疏通，一切以感情为中心的激励机制被充分地调动，并在一个恰当的时间点达到和谐的状态。

审美活动是一种精神上的放松，使人忘掉现实世界的烦恼，沉醉于美的境界中。因此，人们将审美形容成是自由的短暂实现，是大多数黑暗日子里照进生活的一米阳光。人们通过审美，将自己所有的心理感受释放出来，使得那些理智、回忆、想象等都变成了最舒适的状态。不仅如此，人的心灵还得到了净化，进入一个更加自由的世界。

清代戏剧家和戏剧理论家李渔在《闲情偶寄》中也谈到这种心理状况：

我欲做官，则顷刻之间便臻荣贵；我欲致仕，则转盼之际又入山林；我欲作人间才子，即为杜甫、李白之后身；我欲娶绝代佳人，即作王嫱、西施之元配；我欲成仙作佛，则西天蓬岛，即在砚池笔架之前……言者，心之声也，欲代此一人立言，先宜代此一人立心，若非梦往神游，何谓设身处地？无论立心端正者，我当设身处地，代生端正之想；即遇立心邪辟者，我亦当舍经从权，暂为邪辟之思。务使心曲隐微，随口唾出，说一人，肖一人，勿使雷同，弗使浮泛，若《水浒传》之叙事，吴道子之写生，斯称此道中之绝技。

从以上的例子我们可以知道，审美就是将人的情感完全地释放出来，并且达到一种相对和谐的状态。审美可以将现实中不可能存在的东西变成可能，将现实中存在瑕疵的地方变得完美。审美因为人和社会的理想而存在，可以说它的存在是必要的，其原因有两点。一是因为审美能够让人性更加符合规律的发展，二是因为审美体验是人不可或缺的潜能和体验。人性有无数的潜能，审美体验就是其中一种，人只有将它完全发挥出来，才能尽可能地展现人性。此外，审美体验对于个人和社会来说也是一个必要选项。就个人而言，可以增添活力，调节精神，丰富生活；就社会而言，可以提供感情沟通的渠道，维系社会的稳定。还必须说明的是，我们说审美以人的心理器官无障碍为标志，并不是说审美就是脱离客观外界事物的毫无目的、毫无规律地去随意感知和胡思乱想。实际上审美是以现实为对象的，这一点我们在前面已作了说明。这样看来，对作家而言，审美就是他心灵的自由的表现，审美场则是他的心灵自由表现所构建起来的艺术体验心理的时空，他能否构建起这种心理时空，是衡量他是否能作为一个真正的作家的基本标志。

第七章　文学经验与文学体验中的审美

文学经验与文学体验，在我国文学理论术语中并没有得到非常清晰准确的界限，很多时候二者是混用的。这主要因为，在英语中"经验"和"体验"两个中心词，对应的是同一个单词"experience"，但在汉语中，这两个词的实际运用语境却存在差异。总体而言，"经验"在某种语境下的确可与"体验"通用，但在另外一些语境下则包含历史性、知识性、积累性、普遍性等语素；而"体验"的含义与英文单词"experience"更为接近，有对即刻的、感官的、个体的等语素的强调，与"经验"相区别。鉴于此，在本章"经验"和"体验"取不同的语境定位，使其有各自的审美理论阐释范围。

第一节　文学经验中的审美

一、文学经验的结构质态

与文学有关的教育及知识积累是文学经验建构中相当重要的层面，它们关系到文学经验的厚度和份量，是文学经验在维持稳定性方面最强有力的支撑。在前文中曾从特性方面论及文学经验的历史性和习得性，并将其作为与文学体验相区别的特征予以强调。而此处将要考察的是文学经验中这两种特性的主要载体，即与文学相关的教育及知识和文学经验的相对固化之间的关系。

与文学相关的教育及知识（以下简称教育及知识）透露着特定社会文化中主流意识形态的规范意图，虽然同时也给个体对这种规范的遵循和游离留有余地，但它主要呈现为公共空间向私人空间拓展领地的格局。很明显这不是一个讨论纯审美的范畴，甚至不是一个只与文学有关的话题，但文学经验的建构乃至从理论上对文学本质的界说正是在比这更芜杂的语境中逐渐浮现轮廓并隆起标识的，因此探寻这一语境又是必要的。严格来说，教育及知识并不直接是文学经验本身，这个范畴为文学经验在想象性散漫状态与实存性聚结状态之间的活动提供相对固化的空间，并最终以语言文字的形式记录和传递文学经验。教育及知识为文学经验的相对固化所提供的空间主要分为以下三个层面：对掌握基础语言文学类知识的训练，文学专业及课程的设置，文学经典条目的编修等。

对掌握基础语言文学类知识的训练是教育及知识为文学经验的相对固化所提供的空间中最外围的层面。这方面的训练包括民族语言文字的规范化拼读、书写和创造性运用，以及在此过程中对基本文体文类知识的掌握等。在我国当代的教育体系中，这种训练主要集中于初等教育阶段内进行。开始于初等教育阶段的现代标准汉语教学过程，对文学经验相对固化起到的作用不仅在于使个体在掌握语言文字工具的基础上具备参与文学活动当然也包括建构文学经验的基本能力，更深刻的作用在于现代标准汉语其"标准"地位确立的本身就是文学经验建构历史上的大事件，因为语言的变革与思想的变革交织在一起，文学经验在其中被引导、调整和规定。"现代标准汉语"在我国指的是"以北京语音为标准音，以北方话为基础方言、以典范的现代白话文著作为语法规范"的普通话。学习、掌握和使用现代标准汉语的水平和能力在我国初等教育阶段中有一定的量化标准，它主要体现为语文课程教学内容和教学要求中对识字拼读的数量及准确度、听话说话的基本能力、阅读作文的基本能力等方面的规定，并经由标准化的测试系统对其加以评判。因此可以说，完成了初等教育阶段中语文课程的学习，起码具备了参与文学活动的最基本条件。需要说明的一点是，虽然语文课程中学习和训练的主要目的在于培养听说读写能力，但由于在训练过程中所借助的语言文字材料多取自"典范的现代白话文著作"，这使得个体学习掌握现代标准汉语的过程同时也是一个与典范性文学作品相处的过程，在这一过程中个体的文学经验（包括学会对小说、散文、诗歌等体裁的区分，对语言形式的初步鉴赏，对文学活动价值关怀的朦胧体认，等等）在语文课程教学的引导下开始建构，并开始进入民族文化历史的文学经验之中。

以上是现代标准汉语对文学经验影响的较浅层面，而更深刻的层面在于：在对现代标准汉语的学习和掌握过程中，随着对语言规范认同的发生，文学经验也按照某种思想变革的偏好将自身编织进与之相应的格局；在这一层面上，现代标准汉语不只呈现为一种媒介工具、文化载体，更显现为一种具有现实影响力和操控力的文化场域。现代标准汉语的"标准"地位的加冕虽是发生在20世纪50年代的历史事件，但"标准"地位的确立却历经了一段不短的历史，而且这段历史伴随着现代标准汉语内外的各种变迁还将一直延续下去。整个20世纪语言文化的发展变革潮起潮落，从20世纪之初的白话文运动，到20世纪中叶由"现代白话"至"革命白话"的转变，再到20世纪末叶"革命白话"

的分崩离析乃至各种语言形式的漂浮，语言文化上的种种变更其实都映射入文学经验中，并在相当程度上影响着文学经验的积累方式与方向。

单纯从语言学角度来看，20世纪80年代之后的现代标准汉语与此前三四十年中使用的汉语并没有显著差异，除了某些词汇在使用频率上发生些许变更之外，大部分语音、语法、词汇的变化远没有达到从文言文到白话文转变的那种剧烈程度。但语言又的确发生了变化，栖身于语言中的人和他们的知识在时间刻度上见出这种变化。举例来说，其中比较核心和关键的对于"人"这个词汇（或概念）的理解呈现阶段性差异：① 70年代末至80年代中期，现代汉语中的"人"，重提人道主义作为内涵结构，以决绝于此前过度政治化的畸形"人"。与这种语言现象相伴随的文学经验的变化是，在文学理论领域"文学是人学"的命题成为研究者关注的焦点之一。然而"人学"几乎是个无边的范畴，以此提炼文学经验，除了突出"人"在理论抽象意义上的主体地位之外，文学经验的历史性特质基本没能在"文学是人学"的命题中得以体现。② 80年代中后期至90年代中期，现代汉语中的"人"的内涵结构再次发生调整，大写的、集体的"人"重心逐渐转移，过渡到小写的、个体的"人"。发生在1993—1996年的那场关于"人文精神"的讨论，在某种程度上则可看作是对"人"的内涵参差变位现象的一次集中感受和审视。在这次讨论中，有些意见是对丧失深度、过度内在体验化世俗化的文学和现实中的"人"的形象的批判，有些则是对秉持人文精神的"人"之叙事动机的拆解，还有一些是对"人"应坚守的精神价值维度的呼唤。这次讨论没有结论性的定调，讨论本身给出现代汉语语境中"人"的多层次景观。③ 90年代后期至今，"人"的概念被突出强调其"建构"的特性，凌驾于历史、政治、阶级、种族、性别等文化圈之上的"真空人"被普遍否弃，与之相对照的则是各种"文化人"的赋形过程在"文化研究"的视野中浮现。与此同时，受到消费文化影响而"无法深化的自我与现实"阻碍了对"人"的表现深度与力度。现代汉语在深层次上与文学经验之间构成相互指涉的关系，这种关系隐含在教育及知识之中并参与建构文学经验。

除了对掌握基础语言文学类知识的训练之外，教育及知识的第二层面是文学专业及课程设置。这一层面主要针对我国高等教育中的文学类学科而言，并认为在文学经验从文史哲学知识背景上明确自身独立性的过程中，文学专业及课程的设置起到了不小的强化作用。专业科目一旦设立，对于这个科目所涉及的对象而言具有在主流文化中占据一席之地的意义，同时也获得更细致、更深入研究的充裕空间。

20世纪初期，"新文学"课程作为中文系专业科目的地位得到确立，与之相应的是旧有文学观念受到冲击，不得不面临修正或革新。因此，更换思路对文学史重新加以编纂就成为顺理成章的要求。文学史对于文学的意义，绝不仅仅是史料的无限制堆砌和简单的编年史笔法，而是用当下眼光来叙述历史并给予历史新貌的新旧话语权之争。新文学的价值期待与它所理解的对立面"旧文学"处于近乎"断裂"的状态，因此，新文学史的编纂不可能沿着原有文学史的编纂思路做一段"续尾"，而应该是遵循新文学自身的品格"新"人耳目。对当时的中文专业学生而言，新文学史的编纂成果是对刚刚发生和正在发生的文学事件的分类、提炼和评论。而对后世而言，历史（文学史）正是在它们的叙述中获得形貌的，它们本身也参与了文学经验的建构。文学史的编纂及相关著述的写作在整个20世纪延绵不断，直至而今。我们今天所认知的文学历史、所积累的文学经验无不是在这种不断的修订和叙述中接续着，我们也在以当下的眼光注视历史，因而重写文学史不只是一部分人提出的一个口号，它其实一直就是在被不断践行着的历史本身。文学观念的革新除了依靠文学史的叙述以线性推进的方式完成之外，文学理论的抽象思辨的研究方式是促使其展开深度自省从而获得推进的又一方式。据相关资料显示，新时期各高校编写的文学理论教材有200多种，这表明我国学界在文学研究的理论积累方面已具备一定厚度的土殖层，对"文学是什么"的思考在这些理论著述中被从不同角度和立场以不同的形式表述出来，并用理论思辨特有的穿透力和相对稳定性构成文学经验中具有一定硬度的内核。高等教育体系中文学类专业课程设置的层层关隘体现出我国文学研究专门化、细化的程度。文学经验在这些被细致分类的关隘中获得精细的提炼、验证、储藏和传递。同时，在精细分工的学院式研究中，文学经验与文学类学科之外的知识的接触面日益缩小，活动力逐渐减弱，这种趋势构成近年来"文艺学扩界"呼声出现的刺激源之一。

教育及知识为文学经验的相对固化所提供的空间的第三个层面，是文学经典的编修。前文中曾以经典为例，解析文学经验中的成分构成。而这里，要着重谈论教育及知识通过经典编修的方式对文学经验施加的影响。经典的编修当然不是教育体制所能单独完成的课题，将它放在教育及知识这个空间内加以论述，是因为后者是在体制层面发挥维护其稳定性的作用。此外，教育及知识在维护经典条目的稳定性时，受教育者对文学规范的认同或采取的进一步行动是文学经验的实现形态。仅以上两层关系，已使文学经验、经典的编修和教育及知识之间搭建起了难以拆解的勾连。

文学经典的编修一般在文学史领域内操作，文学史类（教材）的著述是这种操作在教育体制内的主要落实方式。一般而言，文学史的核心内容是"阐释文学作品的演变历程"，或"以作品本身的演化为依据"描述文学的历史。但面对浩如烟海的文学作品，作为"史在"呈现于有限篇幅中的只能是史家遴选的结果，这种结果就是文学经典的条目。文学史可以以不同的史观为著述立场，于是文学的经典条目也就在不同的史观眼光下，历经程度不一的编修过程。在封闭循环的历史观中，元典是被不断返回的起点，文学经典的编修以与元典的吻合度（包括思想内容、价值取向、形式风格等各方面）为遴选标准；在线性递进的历史观中，"凡一代有一代之文学"，文学经典条目由一个时代中具有代表性的作家作品构成，是走线串珠的模式，不同时代的文学经典不具可比性；在"一切历史都是当代史"的历史观中，文学经典条目的编修是由现实的文学经验引发、按照现实的文学经验来思考和理解并在现实的文学经验中被叙述为"经典"的活动；在"文本的历史性和历史的文本性"的历史观中，文学作品（文本）是特定历史文化和政治经济等具体历史环境中的产物，在将文学经典返回到原有语境中考察时，会发现经典条目的编修其实是一个主流文化遮蔽非主流文化的权力支配活动。不同的历史观烛照下的文学史著述，并非完全由所谓文学发展的自身规律贯穿，诸多与"审美"关系不那么密切的作品跻身经典条目之中，"究竟选择何种文学作品作为研究对象，进入'文学史'，是个首先遇到的问题。尽管'文学性'（或'审美性'）的含义难以确定，但是，'审美尺度'，……仍首先应被考虑。但本书又不一贯地坚持这种尺度。某些'生成'于当代的重要的文学现象、艺术形态、理论模式，虽然在'审美性'上存在不可否认的阙失，但也会得到应有的关注"，应该说，这种考虑在当代文学史家遴选文学经典条目时所秉持的尺度中具有一定代表性。

　　既然文学经典条目不全是由"审美"的文学作品组成的历史详单，那么，在文学经典条目基础上建构的文学经验就不可能只是以"审美"为唯一标尺或终极目标的单纯体，而是复合体，是在多种给定条件下，历经文化的权衡与选择、针对能代表这种权衡与选择结果的作品做密集阐释，并对阐释加以提炼和赋形的复合体。现有文学史类的著述所列举、详解、介绍的作品对经典条目的混杂程度做了最直观的展示，"轴心时代"的典籍、中古时期的宗教性作品或政治性作品、近两三百年来的文学作品，如此种种，都杂陈于文学史的叙述中。这些作品位列文学经典的具体原因可能各有出处且无法穷尽，关键是它们已经占据了文学史的要位并成为思考"文学是什么"的前提（躲避／顺从／反抗的前提）。有学者曾对文学经验有过这样的总结：它以复杂和困难为必需品质，是人面对世界和自身时所遭遇的复杂与困难在文学中的呈现。如果用文学经验的复杂和困难来审度文学史遴选出的文学经典条目的话，这些作品的确有杂处一处的理由。但需要明了的是，"复杂和困难"并不是对文学经验所做的本质性说明，因为这个复合体确实难以用某一种或几种品质来界定，无论是"求真""向善"还是"审美"，抑或是三者的集合，都不能保证就是对文学经验的性质所做的全面说明。一部《论语》，用现代的文学经验来衡量，大概不会把它称作文学作品，但却不能否认现代的文学经验中不可避免地带有着《论语》的影响，比如从对诗歌的"兴、观、群、怨"功能说到对小说的"熏、提、浸、刺"功能说，再到对文学批判现实、完善人性的功能说，这之间的关系很难厘得清。一部《史记》，用现代的文学经验来衡量，将它划归到历史类著述的可能性高过划归为文学作品的可能性，但将《史记》当作文学经典来学习的情况时有发生，对《史记》的文学性的研究一直不绝于学术界，这说明在《史记》中见得到现代意义上属于"文学"的品性，反过来也说明在现代意义的"文学"中见得到《史记》的影子。文学经典条目中混杂着文学的和非文学的多种作品，文学经验中杂糅着来自文学作品的或非文学作品的诸多影响，这就是建构文学经验置身其中的事实和状态。

文学经典条目的编修除了为建构文学经验提供切实的依据和维系相对的稳定性之外，在教育体制内还承担着使文学经验以文学规范的形式付诸实践的责任。在后一层意义上，个体与经典发生实质性的交汇：从个体的文学创作来讲，选择文体、措辞用字、语法习惯、选取主题、创立风格等细节，都与对经典作品中对应部分的模仿或反叛有关；从个体的文学接受来讲，调整对待不同文体作品的阅读期待，掌握将文字符号向意义转化的方法和技巧，领会作品语言文字的魅力，填充作品有意无意留出的空白等与文学作品相处的方式，与在阅读经典作品过程中受到的训练有关。以上这些都属于文学规范的涵盖范围。

文学规范是个体获准进入文学世界的通行证，它先于个体而存在，对于个体而言具有强制性。这意味着文学规范并非均质地建立在个体的文学体验的基础上：在个体学习如何与文学建立联系的阶段，文学规范往往以律令的姿态规定个体对具体文学作品的体验形态，或者说像生成机制一样制造个体的文学体验——文学规范的这种强制性力量在语文课程教学的阅读、作文训练及水平测试中常以"标准答案"或"评分标准"的面貌出现。虽不能完全否认个体在文学规范的强制性力量下也有对文学作品个性体验的发挥空间，但在这个阶段中大多数个体的文学体验与文学规范之间的关系是协从的。在个体基本掌握与文学建立联系的方式方法的阶段，文学规范的强制性力量出现松动的可能。在这一阶段中和之后，一部分个体在文学体验中较明显地表现出对经典作品施加于自身的影响的焦虑，在对待文学规范的态度上则表现为对规范的违反、突破和企图建立新的规范等，文学史上不少"新"经典文学作品的诞生与此有关，比如在王国维看来，以关汉卿、高文秀、郑廷玉、白朴等具体作家作品为代表的元曲，正是因为从"形式"和"材质"两方面实现了对此前文学规范的突破与创新，才获得"大成"地位并得以列入其文学经典条目中。由此可见，文学规范与个体的文学体验之间是一种"博弈"关系，文学规范的强制性力量在这种关系中会呈现强势的或弱势的变化，而力量的强弱变化正是文学规范的内容在坚守、调整或纳新的表征。但文学规范绝不仅仅因为与个体的文学体验博弈而发生变化，即文学规范强制性力量的消长绝不仅仅是以经典文学作品为中轴展开的波峰波谷状运动；所谓强制性力量，就意味着对所强制的对象而言存在非己的且不容易抗拒的力量，如果这股力量与体制性层面挂钩，那么力量的"强制性"的来源就更为复杂。所以，即便是从文学作品史的角度已经摸索到文学规范吐故纳新的清晰脉络，也不能断言这就是发现了文学自律运转的永动机制，必须充分意识到外来动力的注入对"博弈"局面的影响。正如元曲的发展分期应当考虑到时代政治环境的阶段性变化对它的影响一样，语文课程教学对一部分文学经典作品所做的标准解析也应当考虑到教育体制的强制力量。必须承认，以文学规范为实践形态的文学经验中，本来就混杂着与文学的关系不那么直接的部分，这正是文学经验的常态。

文学经验之结构质态的第三种成分是意见及评价。如果把与文学相关的教育及知识看作主要在历时维度上维系文学经验的稳定性的成分，那么，可以将意见及评价看作主要在共时维度上为文学经验的变化和发展提供备选方向的成分，这两种成分之间相互关联而又各有偏重。意见及评价直接面对文学作品，但它对文学作品做出的反应有别于文学体验的直接性和随意性，同时它也与某一个人针对具体文学作品而发的文学批评有区别。它的运转必须有相当数量、不同群类的文学接受者作为必要条件，不同群类的文学接受者对文学作品的反应构成它的主要内容。他们之间的差异保证了意见及评价不可能成为"一言堂"或"专制王国"，而是不同群体在彼此之间不断地争论中共同建构文学经验的"共和国"。意见及评价由于主体身份的差异性而显出丰富的层次。

自发的意见及评价来自常识意义上的文学接受者——读者，这是一个不以发表意见及评价为职业谋生的群体。群体不等于整体，在"读者群体"这一称呼之下并没有其他整齐划一的身份和声音，而是杂多喧闹、零碎片段的言谈与判断。读者群体是一个不固定的群体，一方面群体中的大部分个体只在相当狭窄的圈子内交流他们的反应心得并形成零散的意见及评价，另一方面在传统媒介中几乎没有读者群体专属的发言平台，主要是这两方面的因素导致这个群体的声音在相当长的一段历史时间内很难直接被倾听，因此对他们的意见及评价做全貌考察的设想从现实条件上来说是不可能实现的。从中外历次文艺思潮运动的情况来看，读者群体大多时候也不是站在风口浪尖、引领文学狂飙突进的力量。

不过，在电子网络通讯技术越来越向各种文化活动渗透的当下，文学也毫无悬念地在网络平台上与读者群体相遇。网络给予其较传统媒介更大的公开度和自由度，从技术层面保证这个群体能够享有与其他群体同等的发言权，并且使群体内部以及群体之间的交流更为便捷和即时。但网络与读者群体的结合至今还未让人看到可以显著改变这个群体的意见及评价在质地上的零散性和片段性，而且部分地由于网络文学的文化快餐性质以及读者群体年龄结构的相对单一，他们的意见及评价反而时常流露出简单化的倾向。

第二种意见及评价，即职业群体的意见及评价，这个群体不同于一般的读者群体，它有比较清晰的群体轮廓，大致能够用专业范围来圈定。专业人员一般拥有专业知识并受过文学研究技能方面的专门训练，是就文学作品发表意见及评价最活跃的一个群体。这个群体还拥有比较固定的发言平台，诸如各级文学研究刊物、哲学社会科学类学报、主流文艺类报刊、各类文学研究学术会议、会议论文集、各种文学研究的著述，等等。保证自己发出声音并被倾听是这个群体的职业要求，这一点使得他们对文学作品发表意见及评价的活动极为活跃，其中的变动也就显得较为频繁。

职业群体的意见及评价在三个群体（读者群体、职业群体、作家群体）之中所占份额最大，总体来看与对文学本质的理论概括最为接近。这个群体在为我国近三十年来的文学研究注入理论意识方面功不可没，它为积累文学经验补充密集的学术资源，并在重大敏感的文学话题上参与制造相关的讨论方向，以专业知识为文学经验提供意见及评价是划分这个群体的意之所指。

就以专业知识为文学经验提供密集的学术资源而言，职业群体的意见及评价显示出高度自觉的反思性和前瞻性。反思眼光使职业群体面对文学作品发表意见及评价时表达出相当程度的历史感，具体的文学作品总在与"文学"的对照中被鉴赏、思考和评价。而这种占据文学史叙事制高点的学术自觉又给予这个群体观望文学经验未来发展方向的便利条件，使得他们在意见及评价中勇于、乐于和善于做出预测与推断，为"文学"下一步的定位出谋划策。尽管从20世纪90年代以后文学创作与职业群体的意见及评价的关系日渐隔膜，后者的预测与推断对文学经验的发展愈显隔靴搔痒，但文学经验在后者的努力中并非没有任何推进。文学经验在几经逃离政治、语言实验、躲避崇高、书写个人等形态的转换中，不离不弃的话题仍旧是职业群体用较为理论性的表述方式所热衷论争的，人们对文学作品中的审美因素、人性维度、社会现实、价值追求等话题的讨论为文学经验的自明亦提供了层次丰富的背景。

职业群体的意见及评价在为文学经验的发展方向贡献备选方案的同时，也存在这样或那样的弊端。职业群体的意见及评价在具备足够充分的语料基础上脱离对文学作品的发言而进行自我演绎，这种现象被这个群体中的一部分人冠以"理论过剩"的称谓。职业群体的意见及评价部分地丧失了面对文学作品的基底，而显现出在职业思维的自我陶醉过程中涉足争夺与抢占话语权的倾向。这已与为文学经验的发展提供备选方向的初衷偏离很远，然而对于文学经验的建构而言，这些偏离的印迹也同样留在建构的过程中，成为文学经验的一部分。近些年来在文化研究与文学批评之间徘徊游荡的各种以"后"为名的主义学说，已经在很大程度上削弱了职业群体对文学作品发表意见及评价的能力，反倒是增强了这个群体探秘文学作品背后的权力机制的兴趣。被职业群体中的一部分人冷落的文学经验也是文学经验建构的备选方向之一，这可看作是这个群体对文学经验的独特贡献。

提供意见及评价的第三种群体是作家群体，他们与文学作品的距离最近，但从现状来看却并非是声音最响亮的。作家批评往往被指责"没有理论性"，虽然这不是所有作家批评的通病，但的确道出了这个群体的发言在与职业群体相比时的弱势所在。一般而言，作家群体面对文学作品给出的意见及评价具有感受力、领悟力和描述性较强的特点，而且作为文学作品的主要生产者，他们的发言具有相当的可信度。可以大致以 20 世纪 90 年代为分水岭，在这之前文学类刊物上作家坦言自身的创作心路和对"文学"的见解的一些言论还较为常见，而在这之后，作家发言的积极性似乎受到某种程度的抑制，声音渐次低弱。声音的强弱变化可以看作是作家群体的意见及评价在文学经验建构中地位高下、影响力重轻变化的表征。分水岭之后作家群体声音低弱的原因很复杂，但他们的意见及评价发生的某些质变肯定是原因之一。当文学"失却轰动效应之后"，作家群体在体制上向市场靠拢，使得原本看来是钟情于"审美性""个性"的文学宣言或评价标准在市场的运作中倒有"贴标签"的炒作嫌疑，而一些直接以市场化姿态显身的"写手"的宣言，则直接冲击了文学经验的底限。"作家"与"写手"，并非只是称谓的模糊和替换，更是在对待文学作品态度上的根本分歧——"作品"还是"产品"，这影响着文学经验建构中主体的活动是在"人"还是"物"的层级上展开。当然，这里不排除针对"产品"也能发表意见及评价，但首先对于文学经验的建构而言，"产品"是从量上还是从质上对其有所助益就是个问题，其次针对"产品"的意见及评价可能更多地是从社会学的角度而不是从评价文学作品的角度发言。

从三个群体在面对文学作品发表意见及评价的状况来看，意见及评价的成分都相当驳杂，且并非完全围绕文学作品运作。文学经验与文学作品之间从意见及评价部分呈现的这种复杂联系再次印证它与文学体验的不可混同。

文学经验之结构质态的第四种成分是时间（包括空间）因素。时间因素是文学经验中全部历史感的来源，尤其是时间因素更是文学经验的灵魂。不论是文学体验、教育及知识还是意见及评价，这些成分都在时间因素中被贯串和整合起来，从而得以进入文学经验的建构过程。但文学经验中的时间因素并不能等同于物理学意义上的时间概念，也就是说，并不能简单地把现在意义上的线性时间观嵌入文学经验的结构质态中。对于文学经验而言，时间因素有线性轴排序的功用，它可以穿过结构质态中的其他三种主要成分而依旧保持自身的清爽无挂碍，这是物理时间的典型特性，很多文学史叙事和专题研究就是在这种时间轴上展开的。时间因素更深刻地显现为内在于文学经验建构的解释性，而解释从某种意义上来说就是文学经验建构本身，因此，时间因素对于文学经验而言又是原发性和介入性的。时间因素的解释性在文学体验中表现为体验的连续性。个体面对文学作品时，即便是将其作为纯粹的艺术品来看待，用静观的态度集中注意力于作品的形式，由此体验到语言之美和结构之美，这种审美体验也绝非孤立地、原子式地、一点一滴地从"这个"文学作品中吸收而来，而是"进入一个传统"去"了解它、关心它，并对它的历史和它正在进行的发展感兴趣"。文学体验的连续性由个体实现，在每一次与"这个"文学作品的遭遇中联系起无数次与其他文学作品遭遇的体验，"这一次"的文学体验由此得到此前文学体验的解释。教育及知识原本就是文学经验中与时间延绵关系最密切的部分，它的解释性主要体现在知识的积累上。但在知识积累中时间的延绵并非均质铺展，而是厚薄不均甚至迂回盘旋的，这与教育及知识的解释意图相关：其中，一部分获得密集解释的知识使得与这部分知识相关的时间被拉长，而一部分获得稀薄解释的知识则使得与之相关的时间被缩短。解释意图关系到教育及知识的结构走向，它与物理时间之外的诸多因素相关。意见及评价本身具有极为突出的解释性，在这里表面上更为突出的不是时间因素而是空间因素。三个不同群体需要在并置的空间中发表各自面对文学作品的言论，而且根据群体在文学经验建构中能量级别的差异，这些言论还会在不同空间流动和被挪用。然而，呈现在并置空间中的不同言论实际上有时间因素贯穿其中，它们站在不同的时间序列中解释文学作品。

文学体验与审美体验的差异表现在它不牵绊于形式维度的多维度性，二者之间不能等同，但实际上二者在理论表述中存在一定的混淆状况。而在我国近三十年的文学本质研究中，由于在一定程度上缺漏了文学经验对文学体验的必要过滤和筛选环节，文学本质界说有发生过直接从审美体验中提取思维材料的情况。审美体验向文学本质的直接跨越使得文学本质界说呈现出在心理主义和形式主义两种路向上推进并走向极端的倾向。文学经验作为向文学本质研究直接提供思维材料的环节不应该被忽略，它有着与文学体验（审美体验）相比更复杂的结构质态，正是这种结构质态成为文学本质研究可靠的事实基础，其糅合了解释性和审美性两大要素的特质为避免文学本质界说走向极端和偏颇提供了一定的保障。

发生在文学本质界说环节中的文学经验向审美体验的滑动现象，在很大程度上造成了"审美"概念的复义含混。同时，这种现象的出现伴随着审美主体力量在文学艺术领域内的膨胀过程，也可以说后者的膨胀过程是这种现象出现的深层动因。

二、文学经验的特点

文学体验是且仅是文学活动的一个层面，即便是作为轴心层面，它也无法代言"文学"。在由文学体验到"文学"的过程中，文学经验是其中的关键环节。文学经验是一个很笼统的概念，从字面上讲，这个概念几乎可以涵盖与文学相关的所有知识和技能的积累。它是人们对"文学"的记忆和理解，这种记忆和理解是在人们的头脑中沉淀下来的，还没有被完全地系统化，它是对从这个概念中衍生出来的文学与之相处方式的掌握和理解。在此要着重讨论文学经验的两个特点：历史性与习得性。

（一）历史性

何谓历史性？历史性是指文学经验的纵向深度。从传播方式来看，文学有口头与书面之别。由于后者具有很高的可识别性和可重复性，在文学史乃至文明史上都比前者有更高的地位。因此，文学经验主要是基于与书面文学有关的各种知识和技能。在各种文字符号记载的文献中，"文学"实际上是一个逐渐突出的概念，同时因作为其承载媒介的文字符号在文明史上与少数人阶级挂钩的身份，"文学"观念的建构过程在很大程度上外显为少数人阶级对"经典"表单条目的增删添减工作。而文学经验作为熔炼"文学"观念的原料之一，主要产生于对"经典"文本的解读过程中。它们被融合成一个国家的文化记忆中的"经典"。可以说这部分文学经验已然成为文学经验的脊髓，并不断地确认着"经典"，同时制造者"新经典"，在"新经典"创作的历史进程中，选择性地复制、强化和巩固自己。文学经验的积累需要从多方面吸收经验和"营养"。尽管文学经验是一种可以直接吸收的重要营养物质，但它绝不是文学经验的唯一营养来源。文学经验的历史性以"经典"的认定过程为例，非常直观地说明了这一点。

实事求是地讲，经典建构论在现阶段的学术研究中处于主流位置，后现代主义的各色理论予以学术人在思维方式上的洗礼，已使得理论的语言表述变得小心翼翼，现在几乎没有人会斩钉截铁地定义一件事物，因为任何定义或界说在共时维度上都会被认为是含有特定意识形态的潜台词，或者在历时维度上会被认为是只具有相对有效性的历时概念、范畴、命题等。经典建构论的核心除了形而上的历史主义方法论，更多的是形而下的相对主义操作手段，而后者是经典建构论被简单化、庸俗化甚至虚无化的主要原因。有此种经典建构论，才有对"文学研究疆域的扩展""经典的重构"等一类理论陈述的浅表理解和过度渲染，从而让文学理论研究者一头扎进古希腊诡辩家克拉底鲁所设的"人连一次也不能踏进同条河流"的雾障之中。据此，经典建构论的声音总是在提醒人们要更多地注意"经典"与文学作品之外的因素挂钩这事实，提醒人们对"经典"和与"经典"有关的文学经验的"天成"地位保持警惕与反思。

经典建构论者批评以"DWEMS"（已死去的、白种欧洲男性们）的文学作品为平台建立起来的西方"经典"文学史或倡导多元文化对"经典"的介入，或倡导文学批评家以公共知识分子的身份"走出象牙塔"。这一理论立场对传统意义上的"经典"提出了重新洗牌并适当增删添减原有条目的要求，且关键在于要运用一套有别于建立传统"经典"名单的规则或手法。经典建构论强化了社会政治文化现实作为参与文学经验积累的直接因素的身份，而不是仅仅将这些意识形态、文化生态、社会阶层等的事实当作文学经验积累的背景来看待。因此，文学经验在建构论的视域中往往与上述因素混杂在一起，甚至被后者所替代。这也是欧美文学批评界在文化研究盛行三十年之际会出现所谓"新审美批评"的一个很重要的原因，"新"就新在不同于三十年前以形式主义思维方式、语言学理论为主导的文学审美批评，正如"新审美批评"的积极倡导者之一哈罗德·布鲁姆所申明的，他评判作品的标准是"审美卓越、知性力量和智慧"而不是单一的形式尺度。在"新审美批评"者看来，在与"经典"文学作品相处积累而来的文学经验中，最重要的一点是对"文学"审美特性的确信无疑，所谓经典本质论也正是对"经典"以审美为核心追求的"美、真、识"的永恒品质的理论信念。在此我们能够看出经典本质论的确有在形式主义美学研究成果的基础上向"大"审美"回归"的倾向。这一点，既是"新审美批评"对被庸俗化运用了的经典建构论的纠偏，也是经过科学主义研究方法洗礼后的文学批评可能纠结的地方。因为如果承认文学以及文学批评所依据的是"大"审美标准（美、真、识），就在很大程度上重新将美拉回到与真、善合一的状态，而这恰恰是20世纪以来文学研究中的审美批评一派曾极力想挣脱的"暧昧"关系。

从上述西方关于"经典"的两大分支理论来看，观点之间的论辩与观点的自辩表明与"经典"有关的文学经验成分的丰富多样，几乎涉及人类重要活动的方方面面：社会、历史、经济、文化、政治、种族、性别等要素均在文学经验中有不同程度的渗透。在经典本质论与建构论的两个极端之间，与"经典"有关的文学经验应当在流动性与稳定性之间寻找适当的配合比例，而不是各执一端。实际上对"文学是什么"的常识性回答，也正是在这种多成分混合、两种极性并存的文学经验的基础上从不同角度、不同侧重面予以提炼的。

就我国近30年的文学史而言，与一个不太长的时期相比，文学经验中各成分要素的变更相对于一段并不算太长的时间来说不可谓不频繁。因此，文学经验的两个极性的流动性得到了一个非常生动的展示机会：文学是社会生活的反映，文学是主体的一种特殊的自由活动，文学通过象征手段将人类精神引导到一个自由的境界，文学是一种艺术生产活动，文学是一种审美的意识形态，等等。应当这样理解，这些通过突出文学经验的某些要素来回答"什么是文学"的尝试，是社会科学院等理论工作者在过去30年的历史中对同一时期的文学创作成果和文学理论水平进行全面考察后提出的理论观点，也有理论工作者的文学经验提炼，以及探讨文学接近阶段成果的基本目标。既然是阶段性成果，就极有可能存在不可避免的历史局限性。同时，在承担共同历史任务的内在驱动力下，理论界在理论建构方式上也可能呈现出趋同趋势。

（二）习得性

理论建构过程中的很大一部分历程揭示了一定程度的"二元对立"的思维惯性。其中包含着政治影响与文学理论回归之间存在着斗争；西方各式现代文学理论"东渐"的话语霸权；中国文学理论对"失语"的恐慌心理之间的龃龉；文论传统断裂与转型之间的犹疑立场；大众文化与精英趣味之间选择的两难困境；经典与跨界之争等。这些"二元对立"反映了文学理论发展中文学经验的复杂局面。同时，在这些"二元对立"中，至少可以看到一个挥之不去的"鬼魂"在徘徊，它被想象为"美学"。

究其原因，是文学理论的建设征程从发轫到界碑初立，从理论工作者对文学经验以"审美"为标志的重组开始。当时，理论研究者认同文学是审美的观点，主要是针对以往的文学经验是用工具性来概括的观点。因此，可以说，"审美"的对立面主要是"工具"或操纵工具的力量，而"审美"的开放面是不确定的，因此相对于对立面的范围来说是它是宽广的。因此，出现了一种特殊情况，即中国文学理论工作者们在背对"工具"和操纵工具力量时，可以以"审美"为名，但在面对"审美"时，他们有不同的看法。

在新的象征下，文学经验获得了积极而独立的生命力，但对于当时乃至今天的文学理论家来说，要回答生命力向哪个方向冲刺，是一个困难的问题。"审美"理论敞开面悬而未决，形形色色的文学体验一直在发生。文学经验试图融入到一个可以解释国内外文学活动的知识储备中，但很难跟上文学体验的变化和更新的步伐。文学经验在面对新兴文学现象时很难找到一个可供借鉴的事实依据来作为界定文学本质的初步环节，它处于半"失职"状态。这种情况给文学经验直接提供了对文学本质发表意见的机会，但并不意味着文学体验可以取代文学经验的地位。文学经验的历史性是文学体验难以替代的部分。

习得性是文学经验的另一重要特性，与文学经验的历史性一样，它也是与文学体验得以衔接的重要原因。文学经验的习得性主要指的是在一定的文化环境中，能够学习和掌握与文学有关的知识和技能的特征，其大致可分为有意识和无意识两种方式。一种典型的有意识的方法是在教育体系中教授汉语语言文学课程中的相关知识，而无意识的方法包括文学作品自发欣赏中积累的混沌状态的文学经验和长期处于某种文学观念的宣传氛围中而不自觉地认同这一概念，甚至可能对个人文学经验的积累产生影响，即使是在道听途说和人云亦云的情况下。这些有意识或无意识地积累起来的文学经验，可以通过语言作为个人之间的信息进行传播，而不会在传播过程中造成过度的损失。因此，习得性使文学经验获得更多的社会现实的本质，而不是完全封闭在个体世界中的"心灵的自我对话"。一方面，它可以理解为文学经验与文学体验在社会性实现程度上的差异；另一方面，也可以理解为它们之间的可转让性差异。例如，"诗的好处，有口里说不出来的意思，想去却是逼真的。有似乎无理的，想去竟是有理有情的"，这是一个文学经历的例子，丰富而具体，却难以表达。词或句是次要的，初衷才是重要的，如果此举真的很有意趣，就不需要再做修改了，这种状态是极佳的，叫做"不以词害意"，这是对文学经验的总结，可以更清楚地表达出来，并具有一定的普遍性。与文学体验相比，文学经验更接近于对"文学"的理论思考。

从文学经验的历史性和习得性来看，文学经验有其独特的特性，是无法被文学体验所取代的。当然，文学活动中文学经验的直接性、生动性和不可重复性特征也是文学经验所不可比拟的，但对于文学本质界说这种理论行为而言，文学体验直接与文学本质对接也是不适宜的。然而，由于某些特殊情况的限制，文学经验往往不能对文学体验进行及时的总结和提炼。因此，可以简化当前特色明显的文学体验与"文学"的联系，突出文学体验的某些要素，作为特定历史阶段"文学"的象征。在文学理论发展中，这种情况还是有的，比如说20世纪80年代有关在文学本质研究中重新引入"审美"概念的论证，其中一部分论证方式就显示出从文学体验到文学本质的直接跳跃；再比如在消解文学本质研究思路的尝试中，从文学体验中的审美成分入手展示"文学性"与新宿主之间的契合点，等等。

三、文学经验中的审美话语

本部分论述的重点不在于过去对20世纪中国文学经验的选择性描述达到史构的目的，而在于对文学本质界说中所涉及的文学经验层面加以审视，寻找从复杂生动的文学体验到想问定型的文学经验直接发生的某些变化及变化的原因。

（一）文学经验不等于文学体验的积累

文学经验和文学体验在字面上仅有一字之差，可是它们的内涵和外延却有很大不同。一般来说，经验是"从实践中获得的知识或技能"，通过"知识或技能"强调其可重复性；体验是"通过实践了解周围事物；亲身经历过、体验过"，通过这种"亲身经验"，强调其即时性、不可重复性。从这两个词的解释来看，"经验"基本上是"体验"的积累，即多次不可重复的体验可以积累成可重复的经验；通过日常生活和科技生产实践来衡量，"体验"在许多情况下积累"经验"，如"吃一堑，长一智"这句民间流传的谚语，如"实践真理"的真理。其中的"长"和"出"都与"积累"意义上的"体验"和"经验"有关。然而，作为文学理论中的一个术语，这两个词语之间不可仅作简单的加法或乘法运算。"文学经验"并不意味着"文学体验"的简单叠加，前者将后者结合起来，更直接地与文学作品以外的因素相互关联，如时代氛围、文化模式等。可以说，文学经验是在各种社会关系趋同的背景下表达和描述对"文学"的理解的一种方式，它不全是一种暂时的"验"，而且是一种贯穿古今、融合中外的"验"。虽然它不如文学经验具体，但却比文学经验更具有影响深远的社会、历史和文化内涵。

（二）文学经验中的审美体验

在提及文学体验与文学经验的时候，一般是以前者为轴心来建构二者之间的关系，这使得人们很自然地将后者作为前者的蓄积过程来看待，以及将二者的交汇作为下一次文学体验展开的预备环节来看待。这一类处理文学体验与文学经验之间关系的方式，探寻其运思轨迹，主要依据的是将"文学"作为艺术品看待的观念。从物理形态上来说，艺术品往往是凭借相对封闭的轮廓线切断与外界的直接联系从而自成一体地静观对象，这一特征也是现代以来建构艺术观念的重要促成因素；而文学在文学作品的层面上具备上述特征，它有由语言文字符号连接而成的"轮廓线"，在"轮廓线"所包围起来的内部空间中，其层次丰富、结构深邃，能满足作为艺术品被静观的要求。这使得"精致的瓮"的意象成为联结文学（诗歌）与艺术品之间最具象征意义的表述。对艺术品的恰当反应，在现代以来的艺术理论中大多被规定为"审美"。因此，在将文学归入艺术品行列时，审美体验自然也就被作为对文学恰当反应的轴心来看待。作为一种与文学相处的方式，我们说把审美体验看作文学体验的核心并与文学经验相衔接，这是相处方式上多元选择的自由；更何况这种与文学相处的方式，在将文学从文献队列中单列出来进而使其获得相对独立的地位的历史进程中发挥了不可小觑的作用。在由浪漫主义、唯美主义至形式主义一脉延续下来的处理文学与现实关系问题上的"超离"姿态，为现代意义上的文学的非功利性——"审美"概念的重要内涵——提供历史合法性依据；反之，一路发展的独立的"文学"观念，也加深了文学体验与审美的关系。以文学体验为轴心的文学活动，是个体面对"文学"时所生发的最直接的反应。

第二节　文学体验中的审美

一、审美体验是文学体验的一部分

"审美"概念重新引入对文学本质的界说，在文学理论发展史上是一个带有转折意味的标志。这个概念对文学本质要素中的许多关键成分都有渗透和影响。在此要着重讨论的是当时我国理论界将"审美"概念重新引入文学本质界说时所运用的诸多方式中的一种，即运用文艺心理学的知识为"审美"在"文学"

中的身份寻找合法性。我国的文艺心理学从 20 世纪 80 年代初开始重获发展机遇，并迅速成为新时期文艺学中的一门显学。这门学科在建立和发展自身学科体系的同时，也为文学理论基本问题的研究提供了新的概念、术语和解题思路。从当时就"审美"与"文学"的关系发表意见的文章来看，以文艺心理学的视角谈论这个问题的不在少数。从"审美"作为一种个体内在感官活动的层面来看，它是心理学本身的研究范围。而将文艺学与心理学、美学组合在一起做文学的审美本质研究，则需要寻找其特殊的研究动力和旨趣。由于心理学各流派的知识和观念在我国文学理论界传播的范围及程度不一，如果笼统地以心理学名义对"审美"进行说明，显然有些大而无当。但在 20 世纪 80 年代关于文学审美本质讨论中所运用的心理学知识还是比较集中的，相关论述主要是在认知心理学和格式塔心理学的框架内进行。因此，对遵循上述框架建构的文艺心理学知识中"审美"的结构性定位做考察，就可以摸索到当时文学本质界说的一条重要思路。这条思路给文学活动尤其是创作和接受过程提供了较此前的机械认识论更贴近事实的解释，它所揭示的文学活动中个体心理介质的复杂性给多种要素出入其间允诺了一个灵活的空间，"审美"正是其中之一，甚至是最重要的结构要素。循此路数，在心理学范围内对文学活动中个体心理特性的揭示以及所做的适当构想，对文学研究开阔视野确有助益。

但同时需要考虑到的是，一方面当时的理论研究者们在对文学本质界说的讨论中借用心理学知识为"审美"作辩护，很大程度上是采取横断截取的做法，具体来说是一种结构性的套用：不论是用"S-（A）-R"来替代"S-R"以求得认知心理过程中主体要素的突出，还是用审美的格式塔质来整合文学活动中的诸多心理要素，其阐释说明的对象最终只能落实到具体的文学体验过程，而无法扩展延伸到文学活动的所有环节中去。另一方面，心理学虽然也有社会历史角度的研究关切，但它毕竟是门以个体心理现象为事实基础的学科，因而其社会历史的关注度是较为间接和相对有限的。但这两方面的状况对急于想从文艺心理学角度为文学审美本质辩护的理论者们而言，在当时被忽略不计了。来自文艺心理学角度的解释为用"审美"来界说"文学"提供了及时的理论依据，文学体验（文学创作和接受过程中的心理层面，而且于当时而言主要的论述对象是前者）中的审美成分与当时文学理论研究中的主体性思路一起，成为文学本质问题讨论中的人学观念的最新载体。

这里需要提出的问题是：个体的审美心理结构（或者文学体验过程）能否担当起对文学活动的整体把握与认知？对于这个设问，我想大多数文学研究流派都会持否定意见，因为从心理学角度研究文学，只是众多文学研究角度中的一种，虽然这个角度是与主体联系得最为紧密的一个角度，但心理学无权也无法替代其他研究角度进而包揽对整个文学活动的观照与思考。值得玩味的现象是，从知识社会学的角度来看，我国文学理论界在20世纪80年代对心理学研究角度的兴趣，与主体性理论的诉求有重合之处。其除了上文提到的二者共同作为"人学"观念的最新载体之外（这与我国当时思想解放的历史任务相吻合），还涉及受20世纪西方心理主义哲学美学思潮流变的影响，从而在我国文学研究思路中涌动一股向内转的潜流。当然，从当时以心理学角度谈论文学审美本质的文献资料来看，这股潜流还没有触及现代性问题的层面，况且我国文学理论界对心理学角度产生兴趣的动力因素与西方并不相同，但对主体心性的重视以及运用西方现代心理学知识探讨文学本质的尝试，却在文学理论发展史上留下了印记。只是其中有些许错位，我国理论界当时在运用这些知识时还来不及对其发生的具体语境做细致辨析，在与之相应的文学本质讨论中也基本没有涉及。于是从心理学角度为文学本质界说所提供的"审美"意涵，主要还是在主客二分的世界中为文学活动的主观能动性的特殊性定位。

如若将界说文学本质视为一种不断追问"文学是什么"的方式，那么消解文学本质研究的努力也应划归在这一提问方式之内，因为这种努力仍然建立在对文学的关注上。消解文学本质研究，简单来说，就是不执着于对某种具有普遍性和典范性意义的"文学"概念的理论表述，但这并不表示文学本身的消解，而是宣告一种长久以来的研究思路因"无效"而被放弃。不轻言"文学"，而是追踪和描述"文学性"，这成为面对"文学是什么"问题的一种应答策略。但还有一种消解文学本质研究的努力是以"扩散"来描述"文学性"的现状，它的底色是悲观的或漠然的文学终结论。在这种努力中，"文学性"往往被视为诸多修辞手法的集合：虚构、想象、象征、叙事等，它们蔓延或扩散到后现代条件下的文化结构中。很明显，这些修辞手法源于对经典文学形式特性的分解，但它们的落实之处或赖以支撑的基底却不是传统意义上的文学（或文本），而是感性肉身。换句话说，在扩散的"文学性"中，经典文学的某些审美特性（不论这些特性曾被视为文学的修辞手法还是文学的本体）在体验过程中对个体刺激反应的结果不指向与文学（或文本）关联的意义、信念、道德、价值等精神层面，而仅指向刺激反应本身，仅与新奇、眩晕、轻松、快乐等感觉相关。于是，"扩散"的"文学性"与体验相互指涉，历史的深度和社会生活的广度被搁置不论。在"文学性扩散"的意见中，"文学性"不再是文学独有的特性，而是飘零在文化结构的诸多层面中，成为各种文化"文本"可被解读的标记。表面看来，"文学性"取代"文学"似乎拓宽了研究的疆域，但实际上对于仍然存在并将继续存在的文学事实，以及因文学事实的存在而将被继续追问的"文学是什么"的问题而言，这种研究思路只是不太负责任地企图避开并消弭文学与其他文化形式之间的界限。体验与文学本质研究的联姻反而在一定程度上漠视了文学。

二、文学体验与文学的审美体验

严格地来讲，文学本质界说一般不会直接将对文学体验的描述运用到理论叙述中来，这源于文学体验的具体性、感性和单子式的特点，它们使得文学体验缺乏理论叙述所需要的凝练度和普遍有效性。但文学体验作为文学本质界说的材料或者事实基础又不容忽视，如若缺乏具体可感且活生生的文学体验，文学本质界说的有效性也就失去了最可靠的来源和检验对象。对文学体验的描述更多地出现在文学批评文本中，而不是纯理论文本中。文学批评对文学体验的发现、鉴别和概括给文学经验的生成夯土铸模，进而使文学经验以理论单元的身份参与到理论建构中去。具体而言，文学体验指的是个体对现时的、亲身经历着的文学创作或接受过程的知觉，同时它还具有"获得一种使自身具有继续存在意义的特征"，这种特征，一方面是文学体验区别于一般体验的标识；另一方面也是文学体验以单子式的感官知觉与历史性的文学经验相关联的途径。

在我国文学理论中，文学本质界说形式的多样化与文学体验的丰富程度基本是保持同调的。文学体验的特性决定了它的丰富性不可比拟，因此对它只能从类别的划分上来说明，而无法穷尽其具象。我们仍然按照"艺术四要素"结构原理，将文学体验划分为四种指向：①指向现实世界的文学体验；②指向作家的文学体验；③指向文本的文学体验；④指向读者的文学体验。每一种指向上的文学体验，都有核心强势和边缘弱势以及处于二者之间的具象，我们所要做的工作就是辨析各个指向上最强势即最具代表性的文学体验的成分。如果能够说明每个指向上最具代表性的文学体验的成分，那么就可以将其作为理论依据，对文学体验整体作进一步的理论比较。需要解释的是，这里以"四要素"模式进行指向上的划分，是为了便于说明文学体验中几种比较明晰的类型，并非把文学体验僵硬地对号入座。简单地说就是，各个指向上的文学体验在具体的文学创作或接受过程中是混杂在一起的，一般很少见到只包含一个指向上的文学体验的文学创作或接受过程。此外，还需要说明的一点是，文学体验与文学经验相比较而言更具有具体性、感性和单子性，但在理论文本中被言说的文学体验相对于大量的、没有获得言说机会的文学体验而言，这种具体性、感性和单子性就显示出很大的局限。但本书认为这种局限在理论言说中不可避免，因此，也可以将其视为理论言说的特性。以下谈及文学体验时，这种局限同时也是特性，将作为论述的底色被意识到。

（一）指向现实世界的文学体验

指向现实世界的文学体验，明显地具有以内容为导向的特点，即对文学作品的知觉是以文学作品与现实世界之间存在的各种关系为基点而进行的。这些关系或是临摹，或是变形，或是超越等，主要以文学作品所虚构的世界与现实世界相对照时显示出的相似度的高下来衡量；同时，因为这些关系主要是根据作品"写了什么"来判断的，我们将其视为以内容为导向的判断。不可否认，这种对文学作品的知觉也是一种文学体验，因为既然承认"两个世界"有对照关系，那么从一个世界进入另一个世界的位移，就会在个体的感官上、知觉上留下印迹，个体意识到这些印迹，从而形成对文学作品的体验。

我国的文学研究中有不少对上述文学体验的表述，可以说正是它们参与建构着最普遍的对"文学"的想象。这类文学体验之所以说是"最普遍的"，既是着眼于历史上大量的文学作品都明显涉及"两个世界"的关系，也是对我国文学发展实绩中所占比例较大的文学作品也多涉及"两个世界"的关系这种事实的陈述。我国历史上以诗写史、以文讽时的佳篇著作自不必多说，西方文学史中的"史诗"作品也同样是指向现实世界的文学体验的典型例证。而在我国文学发展史中，带来这类文学体验的文学作品也不在少数，例如新时期伊始的"伤痕文学""反思文学""改革文学"创作潮流中的一些作品，就可以说是对"两个世界"关系的一次比较集中的展示。这些思潮中的大部分文学作品，以传统的现实主义手法对时代风气的变革、思想意识的转变和社会政治的进展等现实世界中曾经和正在发生的事情予以描摹和记录，从而在文学作品的虚构世界中典型地见出现实世界。我国新时期最初的文学体验也在这些文学创作潮流中诞生、成长，并为影响日后文学体验各方面的变化埋下了伏笔。

在"两个世界"的等同感比较明显的文学作品中，文学体验的发生不取决于个体发生位移时的明显落差，而在于"两个世界"的相似程度要尽可能大。换句话说，文学体验的发生在于"两个世界"在内容方面要尽可能一致，当然，这里的"内容"借用亚里士多德的理论来说，指的是在必然律和可然律支配下的一切事物。于是，这里所说的文学体验是个体在建构虚构世界的过程中发现虚构世界与现实世界之间有着一致性的知觉，该体验具有非常强烈的、潜在的认识功能，这也是为什么这类文学作品在社会历史研究者的评价中常常具有史料价值的原因所在，成功者如巴尔扎克的《人间喜剧》。一方面，指向现实世界的文学体验中所具有的这种潜在的认识功能常常被文学研究模糊地等同于确实的认识功能，从而使个体在对内容的关注中相对仓促地遗漏了对这类文学体验的体认；另一方面，不可否认，具有潜在认识功能的文学体验的真实发生，给"体验"与"认识"之间的认定造成了一定程度的混淆。但"体验"并非仅属于现代意义上的肉身感，在感性和理性还未在理论中形成分裂态势的意义上，"体验"也有过对"理式"认识的"迷狂"表现（柏拉图）。因此，潜在认识功能的存在不能成为否认文学体验之为"体验"的依据。

指向现实世界的文学体验除了包含"两个世界"之间的等同感之外，还包含虚构世界与现实世界之间的落差感：或是虚构世界比现实世界更理想完善，或是虚构世界比现实世界更荒诞不经。个体对文学作品中"两个世界"落差感的体验同样由"位移"引发，但带有落差感指向现实世界的文学体验，比带有等同感的文学体验显然更直接地与某种价值取向联系在一起。

在虚构世界比现实世界更理想、更完善的情况下，个体总的来说会在比较中产生一种对虚构世界的向往，以及对现实世界的失望、不满甚至愤怒等情绪，这是对"两个世界"落差感体验的一种类型。而在虚构世界比现实世界更荒诞不经的情况下，个体总的来说则会在虚构世界里产生震惊、惶恐、无措等感受，从而可能对现实世界与虚拟世界的相似之处投注更集中的注意力，这是对"两个世界"落差感体验的另一种类型。在我国近三十年的文学史上，带来这两种类型的文学体验的文学作品不在少数，前者例如阿城的作品《棋王》，后者例如苏童的"香椿树街"系列作品。《棋王》让个体进入一个由"庄禅"为表、"儒学"为骨构成的虚构世界中，这个世界淡泊、虚静，在主人公王一生身上甚至能嗅出超越世俗的仙风道骨，这些与现实世界中的纷乱浮躁以及人心荒芜形成鲜明对照。在这样两个世界的对照中，个体体验到的是文学的虚构世界高于现实世界的落差，而从指向现实世界的角度来看，则是一种现实世界"不如"虚构世界的感受，具有与个体的价值倾向相联系的可能性。苏童的"香椿树街"系列作品为每一位进入这条南方老街的个体营造了一个充斥着"一些潮湿的空气中发芽溃烂的年轻生命，一些徘徊在青石板路上的扭曲的灵魂"的虚构世界，这个世界怪诞、畸形，但在这个世界里能见出现实世界的些许影子，或者说这个虚构的世界是对现实世界怪诞、畸形一面的浓缩与集中。个体在"香椿树街"上体验到的"突然降临于黑暗街头的血腥气味"，比现实世界更令人震惊和恐惧，但也可能由此引起个体对现实世界中相似的"黑暗街头"产生细致的思考甚至评判。从指向现实世界的角度而言，虚构世界引发的文学体验已经以"两个世界"落差感的生成暗含了个体价值取向的结果。在存在落差的"两个世界"中，个体所体验到的并非纯粹生理意义上的感官刺激，而是掺杂着通向理性辨识和判断的混合知觉。这种知觉从审美体验论者的角度看也许是对审美体验独立性的伤害，但这并不妨碍文学体验的完整和独立，而且它还是文学体验的必要组成部分。

（二）指向作家的文学体验

指向作家的文学体验，明显具有以作家意图为导向的特点，即这种文学体验以文学作品为依据，在个体接受文学作品的过程中将知觉的探针指向潜藏在作品中或伫立在作品外的作家，去感受"作者对其作品的态度、他的感受方式、写作动机等"。这种指向作家的文学体验，在中外文学批评史上都曾经占据过主导地位，譬如我国古代文学理论批评思想中的"以意逆志"说和"知人论世"说，就是着眼于对作家写作意图的重视要求个体在文学接受时所做的准备，它有利于个体在具体的文学体验过程中将作家投射于作品中的影子作为体验的参照系来对待，在体验过程中与作者实现一定程度上的交流。在西方文学理论思想中也有类似对作家写作意图的强调，尤其文学创作的"天才论"思想，可以看作是这种指向作家的文学体验的极致表达，它传达出个体在文学体验过程中对作家的高度信服与膜拜的心理特性，在此过程中个体的体验被赋予一个特殊的任务，那就是从文学作品中描测那些天才作家"他们心里想的是什么"，即作家的意图。应该说，个体对作家意图有体验的需求是文学活动与生俱来的属性，它是展开"文学"这种对话形式的心理基础。中外古典文论思想中对这些指向作家的文学体验的看重，以及理论史上对这类体验的持久关注，表明此类文学体验有其存在的合理性和适用范围，并不能因为特定历史阶段内某种对文学的特殊理解和认识与这类文学体验不相匹配，而将它排除在文学体验之外。

在文学理论批评史上的确有这样一些阶段，文学体验被压缩到狭窄的空间内，切断了与文本之外的世界联系。这种现象出现的原因，一方面在于理论界对"文学"独立自主性的主张和维护程度发展到极端，另一方面在于文学理论思想自身发展的阶段性焦点转换。指向现实世界和作家意图的文学体验，在经历了理论界对其进行的长时间研究之后，在已有研究模式下无法提供新颖的思想，因此理论界需要确认一种新的体验维度。虽然中外文学理论思想史上也有过多种可以被归入"唯美"主张的思潮和流派，但绵延于 20 世纪的形式主义文论思潮却是其中对前两种指向的文学体验的合法性冲击最大的一种。英美新批评中的一些文学批评思想，构成对指向作家意图的文学体验的直接否定，用"意图谬误"的宣战口号明确排斥了个体文学体验过程中指向作家的知觉，他们的理由是：这种体验对于理解作品"毫无意义"，以及这种体验与对文学作品的批评无关。自然，这是新批评有着特定立场的发言，也是文学批评理论发展到 20 世纪之后一次自觉的思路切换，自有其对学术发展的贡献。但新批评对待作家意图的态度代表了文学理论界的一种研究取向，这种取向显示出强烈的排他性质，影响到学术成就上则以"片面的深刻"获称。具体而言，新批评对作家意图的排斥立足于对"文学"的一种窄化的理解：将"文学"与文本等同。正是这种对于"文学"的界说方式，诱发了对文本之外其他维度文学体验的多方阻隔，文学体验被限定在对语言形式的知觉中，因此主要受文本形式刺激生发的个体体验就成为唯一的文学体验，这种体验通常被认为是只因为自身而非其他的东西而具有价值的审美体验。审美体验在形式主义文论思想中几乎等同于文学体验，这大大损伤了文学体验原有的丰富性与多样性，也在一定程度上阻碍了文学理论批评对这种丰富性与多样性的关注和研究。

事实上，文学体验绝非用审美体验就可涵盖其全部，审美体验只能作为文学体验的一维发生作用。理论上讲，任何文学作品都会传达出作家的意图，只是在程度上有高下之别。而在作家意图传达得格外明显的文学作品中，如果对除文本形式给予个体的体验之外的体验视而不见，就只能算是对文学作品的一种特殊的体验方式而已，而非文学体验的一般方式。换句话说，很多文学作品并非如形式主义文论的兴趣般，是"为了提供对结构进行欣赏的经验而产生的，出于这个显而易见的原因，形式主义是一个没有说服力的艺术理论"。在以审美体验取代文学体验的层面上，形式主义文论的确犯了一个以自身理论兴趣强求文学作品的错误，在它这把审美体验的标尺之下，很多作品被阻挡在"文学"的门槛之外，而这不符合文学的历史与现实状况。

作家意图是作家文学观念的一部分，"文学表象的设置及文学意义的创造无疑与作家的意图和价值观念有关"。观念更多地属于逻辑判断和理性概括的领域，但这并不表示作家的意图完全不能被体验到。在文学作品中，作家的意图与意图的实现共同决定文本的性质。作家的意图会在文本中形成"本文特点"，这是其在文学作品中现实的存在方式，涉及文学作品的遣词造句、起承转合以及意象的选择，等等。因此，个体完全可以循着这些"本文特点"去体验一部分作家意图。体验所依在于作家烙印在作品中的痕迹，体验所指在于作家对作品的态度、感受方式和写作动机，体验之致在于个体于文本意义中近乎澄明无挂碍的游动。这种文学体验本身就是对文本意义的一种领悟，是指向作家的文学体验赋予自身的意义。

在我国文学研究中，指向作家的文学体验在一定程度上产生了歧义的理解。

20世纪80年代初期,文学研究界针对文学本质反映论展开的讨论成为当时的一大热点话题,其中涉及文学作品与作家意图相关方面的内容多被有关倾向性的研究取代。而倾向性作为马克思主义文学理论思想的有机组成部分,更多地强调的是与某种政治目标紧密结合的作家立场,是一种来自特定意识形态领域的评判标准——不论是恩格斯提到的作家在作品中应当表露的社会主义倾向,还是后来经由列宁发展的无产阶级作家文学创作应该遵循的党性原则,都是从政治角度对体现在文学作品中的作家意图所作的规定。倾向性是作家意图的一部分,而且是作家意图中与意识形态联系最为紧密的一部分,作品中的倾向性较为明晰地烙印在题材选取、态度、主题思想等方面,以此能衡量出一个作家的作品对社会历史变革的影响力,因此尤其受到从社会历史角度进行文学批评的研究者的关注。但倾向性对于个体指向作家意图的体验过程而言并非最初的也非完整的对象,而20世纪80年代初的文学批评往往省略对个体体验的精细品味而直接跃入对作家倾向性的社会历史意义解读中去。20世纪80年代中期之后,西方形式主义文论思想在我国文学理论界的流播,一定程度上将作家意图阻隔在文学体验之外,由文本形式层面引发的审美体验成为文学体验的内涵。后起的"文化研究"思潮对文学研究的导向更多的是一种"大熔炉"的杂烩观念,强调从文学作品中解读出作家意图对政治、历史、种族、性别等宏大背景的折射,而对于个体体验层面则相对缺少关注。在不同阶段我国文学理论界受到不同思潮观念的影响,而对指向作家的文学体验出现程度不一的歧义理解甚至漠视,这个指向上的文学体验的研究有失之逼仄或宽泛的倾向,这也是造成对文学体验把握不全面的原因所在。对文学体验的认识不全面进而影响到在思考"文学是什么"时信息搜集并累积的基底深浅不一,给界说文学本质造成一定程度的偏颇。

(三)指向文本的文学体验

指向文本的文学体验是文学体验诸多维度中被认为最称得上审美体验的一维,因为文本是由语言文字建构的形式的世界,从物质形态上讲,在"艺术四要素"中是让文学作品成为艺术品的最核心要素,而在传统的审美活动中,审美体验一般被认为由艺术品的形式引发。在将文学视作艺术的一种和将文学作品视作艺术品的时候,由文学作品的形式层面——主要是文本—引发的文学体验自然也被视为审美体验。这个指向上的文学体验与形式主义文学观以及审美无功利观的联系非常紧密,这两种观念可以说是支撑将文学体验视为审美体验的两大基石。

笼统地说，形式主义文学观持文本中心论。文本中心论即形式主义文论思想的文学本质观（或称本体观）。在由语音、语义、语法以及结构层次等要素搭建的文本里，文学是自足的有机体，不直接与外界发生关联。在现代以来逐渐形成的艺术观念中，专注于文本的文学研究思路有类似于艺术博物馆中的玻璃罩功效——置身于玻璃罩下的物品在获得艺术品身份的同时意味着放弃与玻璃罩之外的人、事、物的直接联系，从而有利于观赏者（接受者）在静观的状态下对其作精细品鉴。文本就是一个在玻璃罩下等待被精剖细析的艺术品，而对艺术品最恰当的反应是无功利性的审美体验。审美无功利性命题对于中西现代以来的文学艺术观念而言，是影响颇为深远的一种美学思想。该命题的基本内容可以概括为对审美活动的自足性要求，且这一要求主要是从精神层面上做出的规定。审美活动的自足性与文本的自足性在指向文本的文学体验中相适应。

在指向文本的文学体验过程中，主要有以下几个层次对个体的知觉刺激较为明显：语音层、语义层、语象层。

1. 语音层

语音层是文本对个体在感官上的最初刺激，由语言文字的字音实现。个体对文本中语言文字语音层面的体验，主要集中在对字音组合的韵律和节奏的知觉上。韵律和节奏可能引发具有和谐感的审美体验。文本的语义层与语音层就像一枚硬币的两面，没有语音的语义无法为思想赋形，而没有语义的语音只是杂乱无章的声音，二者都不能单独进入交流过程。

2. 语义层

语义层是语音能指的概念集合，其在文本中主要以隐的方式经由语音层和语象层引发个体的文学体验。语义层在文本中有连接语音层与语象层的功能，一部分语义依靠语法规则和文学制度的支持将语音转译为语象，并与语象融合；另一部分没有与之相对应的语象的语义，无需通过转译为语象的环节，其本身就是文本的指向。在与语音层的表里关系中，语义为个体对语音和谐与否的审美体验提供判断依据；在与语象层的融合关系中，语义为个体对语象的心理视觉体验提供意义核心以作为建构语象的导向。理论上来讲单独针对语义层的体验是不存在的，因为个体对语义的反应不是体验，更不是审美体验，而是解释活动。

3. 语象层

是指向文本的文学体验的临界层。语象是一个介于物象与意象之间的概念，在内涵上它被规定为：①语象建立在文本的本体构成意义上，也就是语象具有

"存在性"；②语象是文本的自在存在，它是文本的基本"存在视象"；③语象只是呈示自身，不表明任何与己无关的意义或事物；④语象是既定的语言事实，它与作者和读者以及其他文本无关。概括地说，语象是且仅是文本语言所呈现的心理视象，它给人以"印象和形体感"；语象具备转化为意象的潜质，但一旦转化为意象就越出了文本的界限，转而指向现实世界、作者或者读者，成为其他维度上的体验对象了。个体对文本语象层的反应处于审美体验与解释活动的边缘。一方面，个体可以遵循一定的语法规则和文学制度将大部分语音、语义转化为心理视觉上的表象和具有形体感的印象，这些表象和印象在现实世界中一般能够找到相似程度不一的对应物，比如"两个黄鹂鸣翠柳"中的"黄鹂"和"翠柳"，或者"透明的红萝卜"中的"红萝卜"，等等。这些表象和印象对于个体而言，并不是由语言独自享有的物品，而是个体自身参与转化的产品，因此个体能够在其中感受到由视象引发的刺激，但对这种刺激的体验还不是审美体验。唯有当单个语象进入与现实世界、作家以及读者相联系的关系中从而转变为意象的时候，才有可能引发审美体验。

严格地说，意象不是完整意义上的文本层面的要素，但本书仍将其置于指向文本的文学体验这一部分来论述。在文学体验的过程中，意象中的"意"与"象"水乳交融的状态使其处于各个体验维度的交叉口，"意象"不单纯属于任何一个体验维度，但又与各个体验维度息息相通，在诸多体验维度之中它与文本的语象层关系最为直接。对于"意象"的生成而言，语言的"替换"和"构造"均不可或缺，且这两组关系的交织还必须相当活跃：表现在文本的语象层上，是将各个语象作为被替换的对象，用具有位置相似性或语义相似性的对等词展开近乎无限的联想；表现在文本的语义层上，是将原有语象和替换语象按照一定的语法规则和文学制度的规定加以组合与对照，使语象域不断得到补足进而获得景深。在指向文本的文学体验过程中，当语言的"替换"和"构造"不断对个体的知觉进行刺激时，多个语象的聚合在语义绵延中相互指涉，投影为语义或含混、或具张力、或成悖论、或有反讽意味、或为隐喻的心理视象，同时混之以语音层和谐感的渗透，此时的心理视象已然是复合体的身份，转变为意象。

（四）指向读者的文学体验

指向读者的文学体验，是指读者在接受文学作品的过程中，除了以体验主体的身份将知觉的触角伸向"两个世界"的对照、作家意图和文本之外，读者还将自身作为体验的对象，在接受文学作品的过程中保持对自身知觉的知觉。

这种双重知觉实际上是体验过程的必然。也就是说，在指向读者的文学体验中，其他维度上的文学体验成为被体验的对象，而这些维度与指向读者的维度不可分割，并且读者（接受个体）在对其他维度的文学体验的体验中确证自身在文学活动中的存在。

有关接受读者意识到自身参与文学活动的情景，日内瓦学派的代表人物之一乔治·布莱（George Bligh）在一篇名为《批评意识现象学》的文章中曾经这样描述道：让我们回想一下《伊吉图》的开头。在一间空屋子里，桌子上有一本书，正等着它的读者。我觉得这是一切文学作品的最初的境况。有一个人进去了，拿起桌子上那本打开的书，开始阅读。随之而来的是墙的消失、物对精神的吸收以及物所显示的奇特的可渗透性。……比方说是我，我翻翻书，开始阅读。就在此时，在眼前这本打开的书之外，我看见有大量的语词、形象、观念出来。我的思想将它们抓住。我意识到我抓在手里的不再是一个简单的物了，甚至不是一个单纯地活着的人，而是一个有理智有意识的人：他人的意识，与我自动地设想也存在于我们遇见的一切人中的那个意识并无区别；但是，在这一特别的情况下，他人的意识对我是开放的，并使我能将目光直射入它的内部，甚至使我（这真是闻所未闻的特权）能够想它之所想，感它之所感。

乔治·布莱将读者对文学作品的这种奇妙的体验总结为"我成了非我的思想的主体"。读者作为阅读主体面对的不仅仅是"书"（严格地说应该是"文本"）这样的客体，同时还面对着使客体获得客体形态的写作主体。对于读者而言，与非我的思想意识共用自我的意识，是在很多活动中都难以想象的状态，但在文学体验中可以实现。因为文学作品客观上是由语言文字建构的，而"语言的介入使一切在我身上都变成了精神性的，主体及其对象之间的对立大大地减弱了。文学的最大益处是使我确信，它把我从我通常总是在意识及其对象之间所感到的那种不相容感中解脱出来"，所以非我的思想意识与自我的思想意识之间的界限得以消弭。

对于读者而言，文学活动中的这种"共用自我意识"的体验是一种心灵的历险，因为读者在首次面对具体的文学作品的当时，即在与非我的思想意识共用自我意识的当时，总是无法预知两者的兼容程度，两者之间可能会出现接近、疏远或"在一种交替的运动中把两者结合起来"的关系；即便读者再度或多次面对同一个文学作品，也无法预知每一次的心灵历险是否会经由相同的路径，所以两者之间的关系仍然存在多种可能性。读者的自我意识与自我意识中的非我意识在体验过程中经历着一场博弈，其结果会影响到读者对某一具体文学作品的整体参与程度的高低，同时也会影响到读者对这一具体文学作品总体体验的组合方式。

在主体意识交汇的层面上，自我意识与非我意识以文学作品为据点展开。指向读者的文学体验可根据自我意识与非我意识之间的关系大致分为三种：①在自我意识几乎完全认同非我意识的情况下，指向读者的文学体验基本湮没在其他维度的文学体验中，则其他维度上的文学体验决定指向读者的文学体验的组成成分；②在自我意识对非我意识时刻警惕并保持距离的情况下，指向读者的文学体验与其他维度上的文学体验之间不相混同，可能形成二次体验，拉开的距离给了非审美体验的文学体验被审美观照的机会；③自我意识与非我意识在接近与疏远的关系等级之间交替运动，两者既不会完全等同，又不会因自我意识对非我意识透彻的审视而使作品失去客观的厚度，这类指向读者的文学体验虽然有使其对象获得审美性的可能，但它并非审美体验生成器，文学体验在这类体验中仍旧成分复杂。

第八章　文学理论的现代性与审美

文学理论是指研究有关文学的本质、特征、发展规律，社会作用的原理和原则的一门学科。本章通过对文学艺术审美形式的强调，进一步阐释和守护文学艺术的自律性，并继续对审美独立和审美形式进行强调，最终落实到人类生命的审美品格上。文学理论充分体现了中国现代审美理想的时代特征、民族精神和现实指向，构成了中国式审美思想的一个重要的现代传统。

第一节　中国文学理论的现代性叙事

一、现代性概述

现代性概念源于西方学者对西方历史进程自文艺复兴至今的理论概括，大致从三个角度加以阐发：时间、特性和体验。

（一）从时间角度来看

现代性建立于欧洲的后封建时期。其在 20 世纪日益成为具有世界历史性影响的行为制度与模式。"现代性"大略地等同于"工业化的世界"，因此我们必须认识到工业主义并非仅仅在其制度维度上。

虽然西方学界对于现代性在西方历史上的具体发生时间和阶段细分方面还存在不同意见，但现代性概念所带来的线性时间观念却为各种现代性理论普遍接受。时间轴被"现在"划分为"过去"和"将来"，历史就是不断变为"过去"的"现在"。这种对自然时间的人为划分，已经成为历史叙事的方式。就线性时间意义而言，现代性无处不在。

（二）从特性角度来看

反传统、理性化和反思性是西方理论界对现代性特性的概括。西方历史上对宗教神学一元话语权的撼动，与现代历史进程中社会生产分工精细化和由此带来的世俗知识领域分化的事实相关。世俗知识领域用日常生活理性驱逐神学之"魅",由此建立一条古今分明的分界线,同时也是一条蒙昧与启蒙的分界线。

西方理论界虽有现代性神话破产之说,但也存在现代性是"未竟之工程"的说法。可见,在对现代性特性的确认上矛盾颇多。

(三)从体验角度来看

现代性可大致被归纳为以下几个阶段。

1.体验的撞击或懵懂阶段

在体验的撞击或懵懂阶段,人们感受到的是一种新奇体验,焦虑和骚动,心理的眩晕和昏乱,各种经验可能性的扩展及道德界限与个人约束的破坏,自我放大和自我混乱,大街上及灵魂中的幻象,等等。

2.体验的两分阶段

在体验的两分阶段,最常为理论家们所引用的一段话,恰好可以作为对这种体验的注解:现代性是短暂的、易逝的、偶然的,它是艺术的一半,艺术的另一半是永恒和不变的。

3.体验的碎片或无根阶段

在体验的碎片或无根阶段,人们清楚地感受到现代性自身的矛盾性。后现代性理论作为现代性理论内部的反叛力量,将这种自我解构的进程体现到表象上,深化到思维方式里,延伸到用"现代性"概括的历史进程中。

"现代性"既然是作为一种理论概括的术语被使用的,而理论作为一种言语,有其自身的语言或语法以及言说者。那么,这个概念必定是处于一定的叙事结构和叙事话语中。

就语言和言语的关系而言,它与那些被运用到叙事类文本中的语言没有太大的差异,差别在于理论叙事结构和叙事话语的特殊性。就这个概念被运用到我国文学理论叙述过程中而言,"现代性"可以被视为叙述文学理论进程的一种方式、一个角度、一套话语。当然,并不排除文学理论的进程可以用其他的方式、其他的角度、其他的话语体系来叙述。

二、我国文学理论现代性叙事中的叙述者

在叙述我国"现代性"历史进程的理论文本中,有一些问题值得关注。

（一）对理论叙述者的身份进行识别

在叙事学理论中，按照叙述者与故事情节的关系，叙述者主要被划分为以下几种身份。

①作为人物在情节中出现，且作为主人公讲述自己的故事。

②作为人物在情节中出现，作为见证人讲述主人公的故事。

③不作为人物在情节中出现，但相当于心理分析或人所不知的作者讲述故事。

④不作为人物在情节中出现，从外部讲述故事。

对于文学理论历史的叙事而言，当然不会出现类似于在小说文本中那样偏重感性、想象、虚构特性的话语特征。但叙述者个体的生存体验、对于理论现状从特定角度的想象和建构，仍旧可以作为叙事活动的必备要素参与到叙事过程之中。

比如，在近三十年"现代性"的历史叙事中，论者本身往往就是这段历史的建构者，曾经在理论界的数次讨论争鸣、思潮洗礼、热点转移中发言。历史之于论者和论者之于历史，其关系正类似于人物与故事的关系。

论者如何讲述这段历史，选取什么样的角度叙事，将自己置于什么样的位置进入叙事过程，与以下几方面因素有关：叙述者本身的知识结构；对历史的态度；理解历史的程度等。

当论者采用"现代性"概念为这段历史定性的时候，这就意味着该论者处于"现代性"的视角之中（"谁看"），并且由于受到理论叙事特殊性的限制而表现出从外部叙事的叙述者身份（"谁说"）。根据叙事学理论的观点，在"谁看"和"谁说"这两个问题上，后者显然才是真正的叙述者。

文学理论历史的叙述者往往采用④的身份为"客观性"赋予叙述话语，使叙事如同历史事件的全部真实面貌的再现。而实际上，任何一个角度和任何一种身份的叙述，都会带来叙述的特殊效果。

（二）采用"现代性"视角和客观身份叙述历史的叙述者

采用"现代性"视角和客观身份叙述历史的叙述者，对"现代性"概念的理解不尽相同。有的论者将我国的"现代性"进程理解为一个被西方"他者化"的过程，这个过程在思想史层面被描述成一段被西方启蒙主义中心话语同化的历史，认为当下应当挣脱西方话语的束缚，建构具有"中华性"的新知识型。在这种对"现代性"概念的理解基础上，这部分论者对文学理论历史的叙事表现出明显的中西对立的二元模式。

整个历史叙事被带到"现代性"概念的负面效应一侧：与现代性主要用西方的眼光看世界不同，"中华性"意味着多角度的审视，其中特别是要用中国的眼光看世界；与现代性预想的让中国完全化为西方、融入西方而达到普遍的人类性不同，"中华性"珍视自己作为人类一分子的文化资源；中华性具有一种容纳万有的胸怀。

若从更全面的意义上来衡量"现代性"，其内涵和品格并不如叙述者在此所展示的效果，甚至可以说，叙述者的叙事在某种程度上是反现代性的，因为"现代性"从旨趣上来说是否定绝对二元对立模式的重复而生成的。

而有的论者对"现代性"概念的理解是另外一番景象。在对简单的中西二元对立思维模式感到厌倦之后，一部分论者开始从"现代性"概念本身的复杂性着手，同时对西方和我国历史叙事展开思考。

其中有代表性的叙述策略是以"现代性"的悖论性作为语境，摸索社会现代性和文化现代性之间的关系，从而将历史在逻辑层面按照两条清晰而相互纠缠的脉络叙述出来。

比如，"反现代性的现代性"就是其中一种叙事效果。持论者这样叙述"反现代性"的原因："反现代"的取向导因于人们所说的传统因素；帝国主义扩张和资本主义现代社会危机的历史展现，构成了中国寻求现代性的历史语境。

推动中国现代化运动的知识分子和国家机器中的有识之士，都不能不思考中国的现代化运动如何才能避免西方资本主义现代化的种种弊端。叙述者在此表现出③和④两种叙述口吻，在将这段历史作为一个可供俯瞰的对象加以客观表述的同时，即叙述"中国寻求现代性的历史语境"的同时，也作为"推动中国现代化运动的知识分子和国家机器中的有识之士"的一分子，对这段历史加以评述。

从叙述话语中就能发现与叙述者所叙述主题相对应的悖论性：身处其中而不得不置身事外地观照和反思。历史叙事的艰难性和历史本身的艰难性通过叙述者的言语在此得以表述，可以说是较为成功的"现代性"历史叙事。

对此，理论界也做出了相应的评价：反思是全面的和发人深省的，考虑问题的立场和方法更具启发意义，发前人之未发，提出惊世骇俗的新观点等。

三、我国文学理论现代性叙事的叙事结构

从叙事结构来看，我国的"现代性"历史叙事呈现出某种程度上的迂回和驳杂。在西方，"现代性"发生顺序为"现代性—审美现代性—后现代性"；

而在我国，这个话题却按照"后现代性—现代性—审美现代性"的路线被理论界言说，且话语资源多源自西方。

这就使得我国理论界在进行现代性历史叙事时不得不同时面对理论话语自身的逻辑和历史进程的现实逻辑之间的"错位"。也就是说，在我国历史进程的现实语境中，启蒙理性还未充分张扬理性精神的地位，其主要包括以下几方面。

①包括文学理论在内的各学科还未完全获得科学化的发展空间。

②受到西方理论资源的影响，我国思想理论界形成了"反思"启蒙理性的思潮，以"非理性"来反抗理性的统治。

③在理性和非理性之争尚未有定论之时，消费主义大潮又将理性和非理性收纳囊中，以商品的形式取消了理论思想的深度。

这种"错位"一方面让我国的"现代性"历史叙事显得杂乱和不充分；另一方面却给叙事带来了结构上的二重维度："我们眼中的西方现代性"和"我们眼中的自身的现代性"。

在"我们眼中的西方现代性"这一结构维度上，实际可以再细分为以下两种叙事结构。

①较为客观引进和介绍西方现代性理论资源的叙事。

②运用这种西方理论话语叙述我国历史的叙事从客观引进和介绍西方现代性理论资源来看，似乎叙事痕迹并不明显。

但值得注意的是，叙述者在选择叙述对象时，已经不可避免地为自己的叙事结构做出了选择。因为，就我国接受现代性理论的语境而言，"现代性"和"后现代性"是作为相互印证的参照系加以看待的，其中还夹杂着审美现代性的理论背景。相应的，在这种引进和介绍式的历史叙事中，"对照""对比""并置"式的叙事结构就成为很多叙述者的选择。于是，在看似客观的历史叙事中，其实仍旧包含着"我们眼中的西方现代性"的悖论性。

比如，国内较早关注西方现代性叙事中审美主义话语危险性的文章，就是从审美现代性与现代性之间的悖论关系着眼，对两者在西方语境下的并置加以叙述的。论者在叙述中对这种现象做出自己的判断时说："在理性的废墟上进行重建，同时也正是在审美的废墟上进行重建。所谓审美话语不是别的，它原本正是整个现代性话语的一部分，是现代性之中产生出来的反对它自身的异己力量。因此，建立真正审美的领地，就不是要让审美君临一切……而是要进行整体的重建。"

　　而实际上，这种"审美现代性"和"现代性"并置的叙事结构，在此后国内一部分论者的"现代性"历史叙事中也呈现出来。另外，从运用西方现代性理论资源对我国历史加以叙述的层面来看，则表现出叙事结构上的明显差异。

　　还有一种叙事模式倾向于将西方的"现代性"叙事结构移植到我国的"现代性"叙事中，从而将现代性的历史分期、特性标志等普泛化、标准化。比如，按照西方文学的现代性标志，将我国20世纪以来的新文学归入近代文学历史："现代文学的理论和创作实践更关注个体精神世界，突破理性与规范，带有鲜明的非理性倾向，文学表现形式也因此获得了空前的解放。总而言之，现代文学体现了个性解放的现代人的审美理想。"用这个标准来衡量文学的现代性，从而认为我国20世纪的新文学不具备现代性特质，"正在走欧洲近代文学已经走完了的道路，因此无论从理论上还是从实践上来说，它都是中国近代文学"。

　　在这种历史叙事中，叙事结构被简化为——对应的"同化"关系，而不是"对话"关系，并且要求文学现代性叙事与社会历史现实的现代性进程保持步调一致。这样的叙事模式，因其对两种不尽相同的现代性结构作不太适当的扭曲，旨在切合叙述者自身的观点预设，反而使得叙事效果在一定程度上丢失了可信度。

　　"我们眼中的自身的现代性"这一维度，是叙述者们当下思考较多的部分。这个维度上的历史叙事更多地正视我国社会现实和思想文化变迁在"现代性"大叙事背景下的特殊性，同时也不否认"现代性"作为一种叙事方式的普遍适用性，从而能较为有条不紊地展开叙述过程，从叙事结构上显示出两种现代性"对话"的积极效果。

　　比如，"反现代性的现代性"叙事，就是这种"对话"式叙事结构的代表之一。再比如有论者从中西方当下文化现象的差异性入手，探讨后现代性理论在我国复杂的适用性和接受原因。

　　叙述者通过较为客观地介绍西方学者的后现代性理论，同时对中国文化现象、文化心理的特殊事实加以陈述和强调，从而使对中国现代性历史的叙述与西方学者的后现代性理论之间显示出参差结构，形成并非简单的然而很重要的"对比"关系，在对我国的"现代性"叙事的框架中达成"对话"效果。

　　例如，在用现代性理论解释中国20世纪历史变化的时候，就在"广义的现代性"和特殊的现代性之间作比较，以此作为后现代性理论对于中国历史叙事适用性和不适用性并存的类比。这种参差的现代性叙事结构，在对我国历史本身的复杂性做到尽量真实地还原方面，是有启发意义的。

第二节　审美作为现代文学理论中的核心问题

一、文学的概念

文学理论的核心问题是思考并尝试回答"文学是什么"，即对文学本质下定义的问题。对事物本质属性加以认识和把握，是人们与事物之间建立联系的重要途径之一。作为以历史并不久远的现代"文学"概念为核心发展起来的文学理论知识，如何界说文学本质，是这个知识领域获得自身独立地位的关键。因此，文学本质界说问题又和文学理论知识的科学性发展密切相关。

西方现代"文学"概念的"流行"时间被追溯至19世纪中叶前后，而且是在文学批评的"炼金术"中被塑造而成的。而在我国，现代"文学"概念的理论自觉大约发生在19世纪末20世纪初的新文化运动阶段，当时的理论研究者们从文体样式和语言形式的转变方面、文学作品内容的扩容方面、文学精神品质的诉求方面等，都进行了多方探索和总结，形成了一定的文学理论成果。既有以单篇文章显示的成果，也有以理论著作形式显示的成果。

可见，中西方现代"文学"概念的建构都是现代历史上发生的过程，表明文学理论核心问题的提出与现代历史上同阶段的思想文化状况有着密切的联系。从知识领域的归属来说，美学无疑是这一历史进程中与文学理论联系最为紧密的知识域。

二、我国文学理论的现代转型与审美本质论的出场

（一）审美的内涵

从我国近几十年来的文学理论发展状况来看，美学的影响力的确颇为显著，集中表现为文学本质界说方面"审美"特征的凸显。我国文学理论界对"审美"内涵的理解，主要呈现为三大理论资源的影响。

1. 以康德美学思想为代表的西方美学思想

对康德美学思想的关注，我国的理论工作者们往往比较集中于"审美无功利性"这一命题上，此外还关注与之相应的对形式特性、情感特性的重视等。

2. 马克思主义美学思想

对马克思主义美学思想中"审美"的理解，我国学者则习惯于从"社会的经济结构"与"有法律的和政治的上层建筑竖立其上并有一定的社会意识形式

与之相适应"的关系角度加以说明，将"审美"定位在为人的本质力量的对象化这一层面。

3. 中国传统美学思想

前两者形成较为明显的理论言说方式，而我国传统美学思想则作为理论接受的前结构发挥潜在的影响。

（二）审美在文学理论中的运用

作为美学范畴的"审美"在文学理论中的运用，其理论基础是文学本质具有审美性。一方面由于我国学界在"审美"内涵的理解上理论资源的多元性；另一方面由于美学范畴中"审美"这一概念本身界定的模糊性和宽泛性。因此，在文学理论研究的具体操作过程中，这个词就显示出更为复杂的所指。

对此，有些学者曾经做出过理论上的思考，认为"审美"概念显示出不可定义性、开放性和主观的家族相似性等特性。这些概念特性被从美学领域移植到文学理论知识体系中，在我国新时期伊始为文学理论重新在"审美"的共名下摆脱政治话语的影响力起到了巨大的号召作用。

从这个意义上说，"审美"概念在帮助我国新时期文学理论"祛魅"、获得现代性品质方面与现代性保持同调。但是，需要注意的是，"审美"概念帮助文学理论所获得的现代性正是建立在质疑和否定另一种现代性合法地位的基础之上，即通过将文学本质界说的重心转移到"审美"层面上来，以反抗某一特定阶段内我国社会现代性方案施加于文学理论领域的强制力量。

与此同时，文学理论借助"审美"这一概念想要追求的学科独立、理论自主、思想自由仍旧与后一历史阶段内我国社会现代性方案保持着现代化进程上的共生关系。

早先就有学者撰文，建议将"审美"引入文学批评，将"审美"作为文学艺术的第一功能来定位，成为文学理论界从学理上思考本学科知识核心问题的开端。然而，当时对"审美"概念的运用却呈现出一定程度的混乱局面，在具体论述中，并没有对这个概念作明晰的界定。

比如，将文学批评与美学批评混同，导向一种文学等同于审美的模糊认识；或者将艺术价值与审美价值混同，导向一种对文学艺术的唯美价值判断。此后，伴随着国外各种现代美学理论资源的输入和国内美学热潮的兴起，以及理论界在"文学是人学""文学主体性"等问题上的热烈讨论，"审美"几乎成为文学理论研究中一个"不辩自明"的核心术语。文学理论共同体以"审美"之名开始形成自身的核心问题。

最初，在此过程中，有一部分文学理论研究者认为正是此前占据主导地位的文学反映论造成了文学自主地位的丧失，将反映论与认识论划上等号。对于这种状况，一部分坚持反映论的研究者提出不同看法，认为否认反映论在文学理论中的意义和价值实质上是将机械反映论和科学反映论（又称"能动反映论"）等同起来，这样实际上连同科学反映论一起被不加识别地否定了。从理论上确立文学的独立自主地位是否需要以否定反映论为代价，进而成为文学反映论讨论的中心议题。

而另一部分研究者则直接从主体性理论的角度为文学理论设置核心观念，将"文学是人学"的命题引向文学是自我意识和自我表现的路径。针对主体性理论倡导者的具体阐发，文学理论界从哲学基础的辨析到论述逻辑的商榷发表了正反两方面的不同意见。

其实，如果将文学反映论是非之争和文学主体性理论正反意见之争做一个整体观照，是有理由将二者视作文学审美论形成过程中的一个"过渡"阶段的。二者的相似点如下。

①都对各自哲学、美学理论中二元对立模式中的某一方表现出重视甚至倾斜的态度。

②对于文学反映论而言，在存在和意识二分的关系中，适度地强调意识的能动作用。

③对于文学主体性理论而言，则在客体和主体的二元对立关系中，倾向于说明主体这一方的重要性。

而二者对待二分法的相似态度，源于具体历史环境下社会普遍心理学科独立发展和民族国家中心任务变化的要求，具体而言是顺应了"破与立"之间的自然转承关系。

①所谓"破"，在于打破旧有政治一元话语的桎梏，对此前所倡导的东西加以怀疑和重估。

②而"立"，则将重点放在此前所不太重视但本应当受到重视的方面对缺憾加以补偿，并为文学理论寻找替代政治权威的新话语。

（三）文学审美本质论

在界定文学本质和审美的关系方面，理论研究者有许多不同的看法，主要包括以下几方面。

①把审美当作文学本质的多种属性之一，并将其看作是最为根本的属性来看待。

②将审美性作为文学本质的唯一要素。

③用审美本质特性"溶解"文学本质的其他要素。

④以文学的审美性为核心范畴构建文学理论体系。

从当时理论研究者们努力的成果及其影响的范围来看，以高校文学理论教材的编写为例，大部分教材陆续在文学本质问题的说明中突出审美特质的地位，文学本质的审美意识形态论是其中最广为传播的观点，文学审美本质论的地位基本得以确立。在这一阶段文学理论获得一定程度上的科学性，"审美"概念功不可没。

三、"审美"作为文学本质核心要素的短板

（一）"审美无功利性"

作为美学范畴的"审美"在文学本质的界定中虽无定于一尊的解释，但却有一个大致趋同的美学命题作为理论"共识"，即"审美无功利性"命题。

这一美学命题在新时期的文学理论中影响相当深远，它既是对此前将文学过度功能化、功利化观念的反驳，又是此后各种文学观念得以较为自由生长的理论保障。"审美无功利性"命题在西方语境下，就曾经被唯美主义思潮作为自身的理论基础，这一思潮最终走向对形式的推崇和膜拜。代表人物王尔德就曾经宣扬过"一位伟大的艺术家创造了一种形式，生活就试图复制它"这样的观点，将形式或技巧方面的革新视作英国唯美主义运动的旗帜，颠倒了生活和艺术之间的关系，其结果是将审美体验的意义取代真实人生的意义而加以偏激的赞颂。

这表明，"审美无功利性"命题在被阐释的过程中，有对"审美"内涵的理解形式化的可能性，也有将"审美"的意义夸大的危险性。其中唯美主义为表达自己的憎恨所找到的媒介就是形式。

（二）"审美无功利性"的负面效应

在我国几十年的文学理论发展中，"审美无功利性"命题就在一定程度上显示出将可能性变为理论现实、将危险性变为理论危机的负面效应。比如，在对文学本质的理解上，虽然我国的理论研究者们一直努力地在美学维度和社会历史维度之间寻找理论平衡点，力图取两者所长形成中国文学理论的核心范畴，但实际效果与理论者们的设想之间仍旧存在差距。

有的研究者为了避免"审美"这一概念可能会使人们在理解文学本质时带有一定的形式化倾向，故将审美价值规定为是集认识价值、道德价值、政治价

值等多元价值要素于一体的价值，这样做可以同时兼顾到审美价值的形式和内容。但审美价值在这种规定中，从表面上看是具备了丰富而充实的内涵，但实际上它只能被想象成能够容纳其他各种价值内涵的"篮筐"。

对一篇作品的小说审美特性进行分析和评价时，首先要看的是它是否具有叙事方式，即一定功能性质的关系形式，而不是去看该作品是否存在某个鼓励的状态。就如同人一样，文学作品也是一个自我生成的自足体，这样一些对文学文本形式方面的理论关注，无疑在帮助形式化地理解文学本质方面提供了助力。

需要注意的是，"审美"概念进入文学理论核心问题之后，给文学理论带来了学科知识科学性的发展助力。而问题的关键在于对"审美"概念运用的语境。在这里，我们可以用彼得·比格尔的艺术体制理论来看待两种语境。当这个概念处于艺术体制的历史之中时，它对文学理论核心问题的介入为后者提供新的思路。

就我国现代文学理论的建构而言，"审美"概念为文学本质问题的探讨提供了不同于以往政治学、社会学、传记学等的角度，为文学理论学科知识的科学性发展创造了条件。而当这个概念更多地是被艺术体制外的力量施加影响的时候，"审美"概念给文学理论带来的则不只是知识层面的更新，还有意识形态方面的折射。在思想压力逐渐解除之后，它被释放成为新时期的理论界对于人本主义精神、思想自由、学科独立等理想价值的想象，承担着超越概念本身的阐释。

从这个意义上来看，"审美"引导我国新时期文论走过的不是一条完全意义上的现代性道路。因为在政治一元话语解体后，它在知识领域又重新建构起一套审美话语。这种建立一元话语的冲动，与现代性所追求的不断自我反思、自我否定的品质是相异的。

第三节　审美的现代性与文学理论的现代性

一、审美的现代性

（一）审美现代性的范畴

现代性自身品格在思想文化领域的一个重要体现就是审美的现代性，一些学者将其归结为以下四个层面。

①对世俗的"救赎"。

②拒绝平庸。

③对歧义的宽容。

④对审美的反思。

我们在理解前三个层面的特性时，可以将其归结到它的反思性上来，这种理解方式在一定程度上代表了理论界对"审美现代性"命题中最具启发意义的特性的意见。

将"审美现代性"命题引入文学研究历史进程的叙事中，凸显的是与"启蒙现代性"对举的、以往在一定程度上被排除在主流文学史叙事线索之外的文学现象的"复位"。

较早做这方面理论叙事尝试且对国内文学研究界震动颇大的，是来自海外的几位学者。海外学者从晚清开始着手研究中国文学现代性的起源，将关注的目光投注于一些"非主流"文学家和文学现象上，并从曾被一定程度上遮蔽的文学现象中，找到了中国文学"审美现代性"的主要来源，同时也使我国文学历史得到了一定程度的还原。

在这些学者看来，中国文学发展的现代性历史曾被简单地对应于中国社会历史变革的现代性进程，服从于"一种知识性的理论附加于在其影响之下产生的对于民族国家的想象，然后变成都市文化和对于现代生活的想象"。这些文学现象以往"被压抑"在文学史叙事的"清晰的逻辑关联"中，但正是从它们身上，透露出中国文学发展对"启蒙现代性"的疏离、质疑和反思姿态。

与此同时，国内学者也关注着中国现代文学中审美主义与现代性之间"盘根错节的内在关系"，对"被现代性的历史叙事笼罩的历史"表达出强烈不满，并希望借由"文学性"范畴逃逸出现代性历史叙事整合的"普覆性"。"文学性"在此被叙述为与人类生存的本体域紧紧相连的范畴，从持论者的具体论述来看，该范畴与美学现代性在关注审美维度对启蒙理性的反思功能上具有紧密联系。

从文学理论历史的叙事角度来看，这段历史叙事不论是从内涵上还是从层次上都因受到"审美现代性"的影响而变得更加丰富。一些在文学理论知识积累中处于边缘或从属地位的理论观点、个人、流派，都会在"审美现代性"的影响下串联起来，进而与传统理论历史虚实之间形成互补关系。

文学自治的理念之所以会成为一种世界性的文艺思潮，文学观念之所以会发生改变，完全是因为审美现代性的存在。同时，审美现代性之所以能够得到证实，同样也是受到了文学自治思潮的影响，这构成了叙述者叙事时的内心冲动。一段蒙尘的、非主流叙述的历史，这不论是对我国文学的现代性进程，还是对我国现代文学研究的学术史，都体现出连贯性的、不可忽视的力量。

历史叙事方式的选择往往折射出现实所面临的问题，20世纪文学理论现代性进程中话语场的构成模式仍旧是当下文学理论发展的境遇。在走出"革命""政治""工具主义"等压制性话语的阴影之后，"审美"话语又在某种程度上膨胀起来。

已有不少研究者对"审美现代性"命题下被过度张扬的"审美主义"表示担忧和疑虑，他们认为，现代审美话语的形成主要包括以下两方面。

①在现代语境中强调个性、精神以及情感上的自由。

②从审美现代性的角度出发，对审美的地位和作用进行了充分强调。

以上两方面实际上就将人对世界进行价值设定的可能性推向了极端，带来了相对主义，并最终可能导致价值虚无。研究审美现代性问题，从一定意义上来说就是要在肯定审美解放的同时，还要面对这种可能产生的价值真空。这种理论研究的自省和警觉可说是一针见血的。

（二）文学理论知识"科学化"

在文学理论近代的发展进程中，学科知识"科学化"的典型代表就是"审美"概念。"审美"概念发挥的作用是非常大的，但"审美"自身的发展也为文学理论"科学化"的发展造成了一定的阻碍。

现阶段文学理论建立起来的文学本质观是以"审美"为核心的，这与"现代性"的题中应有之义有一定的区别。

除此以外，在学科建制上，文学理论知识"科学化"的要求所体现出来的就是对"学科化"目标的追求。它具体表现为我国文艺学界对学科特有的研究对象和研究领域的诉求。这种对知识进行学科细分研究的模式在西方现代性的进程中被理解为知识层级化的表现，它是西方现代性进程中的必然阶段。

这一知识分层过程对于我国文艺学学科来说却存在着一定的特殊性，即学科知识自身历时性积累和汰选的过程受到西方现有思想理论资源的共时性比照，从而在时序上出现一定程度的"紊乱"。

西方现有的思想理论资源作为现代性时序意义上的"新"，往往使得我国理论界在反观并定位自身时将其作为必然的"未来"看待，并对呈现于西方理论进程中的这种已然的共时的"未来"加以模仿。

这一心态早在20世纪初就已经在理论界显示出来了。在当时，很多文学和非文学的刊物基本上都是以"新"来命名，并且在内容上呈现出与旧文化对峙的状态，比较偏向西方思想资源。

对文学"自律"与"他律"等问题的探讨同样也是文学理论"科学化"要求的体现，同时这两者之间的关系也是对"现代性"问题进行思考的一个重要方面。在近几十年的文学理论发展进程当中，我国更多的是偏向于"自律"一侧，其使"审美论"得到了很大程度的凸显。

对以"审美"为中心的文学自律观的凸显，并不是完全意义上的对现代性的坚持，而是透露出走向其反面的"审美主义"话语霸权的危机。

综上所述，我们不难发现，文学理论从谋求"自律"到"新的政治理想的化身"之间的角色转换，在美学和历史之间很难把握其中的平衡点。但值得注意的是，虽然我国在几十年的文学理论"自律"的进程中一直都对"审美"这一概念比较依赖，但是仍然有一部分理论工作者始终保持着十分的警惕，一直试图通过自己的努力找到"自律"与"他律"之间的平衡。

（三）文艺学的"跨界和扩容"

引起较多集中性争论的话题当属文艺学"跨界和扩容"说。引起争论的主要原因并不是来自文学理论的内部，而是西方美学理论、社会学理论以及我国局部文化现象等原因。

"跨界和扩容"的主要目标是试图将文学研究的领域扩展到时装、流行歌曲、广告、电视剧、城市规划、室内装修等方面。有学者认为，时代对文艺学学科的一项必然要求，就是通过广义的文学本质观，将传统的纯审美与当下消费时代各种文艺现象的泛审美进行全面的比较和研究。

对"文学本质观"进行准确的把握是解决这一问题的关键。可以说，在我国文艺学学科的发展过程中，学者对文学本质的理性思考还是不够的。虽然很多学者相继给出了文学本质的定义，但所给定义中的逻辑关系和核心范畴方面都是有待理论界进一步廓清的。

二、文学理论的现代性

（一）关于文学理论现代性的讨论

近年来，在我国理论界，对于"现代性""审美现代性""文学理论与现代性"等相关话题的讨论和对话已经持续了很长时间，提出的意见也比较多，关注的层面也十分丰富。可以说，从后现代理论出现在我国理论界到其逐渐被关注，由"后学"理论重启的对现代性问题的思考就一直持续到现在。

由于理论界需要进行历史阶段性的反思和总结，所以这个问题依然受到了持续的关注，其核心主要在于以下两点。

①我国文学理论为什么是"现代性"的。

②如何使我国文学理论中的"现代性"很好地体现出来以及由此带来哪些问题等。

在回答第一个问题时，必须要首先对"现代性"的概念进行一定的了解。而"现代性"作为一种历史叙事的方式，不论叙述者对它持何种意见，其都已经身处叙事之中。

有学者用"游戏"来形象地说明"现代性"话语给理论研究带来的压力，并将现代性看作是现代的规定性。"游戏"的特殊性主要体现在不管你是否在玩这个游戏，你都已经身处游戏之中了。

设置这样的游戏规则，主要是对文学理论历史的一种回顾。即使不从现代性的角度进行阐述，而是采用其他角度来进行叙事，最终都有可能会被现代性再度阐释。

这就使得一些学者在对文学理论的历史进行回顾和总结时，往往都不会避开这个充满歧义和不确定性的"现代性"，并且还会积极主动地参与到话题的讨论当中。

（二）文学理论的现代性表现

部分学者认为，文学理论的"现代性"主要表现在以下几方面。

①文学理论逐渐走向自律和自主。

②文学理论走向开放、多元与对话。

③文学理论适度地走向文化理论批评，并获得新的改造。

这种关于文学理论现代性的观点在我国学界是具有代表性的。在文学理论的发展进程中，其主要涉及到以下三个不同层次的问题。

①学科知识的科学化。

②文学系统有机组成部分的合法化。

③对以往被遮蔽的文学现象进行了重新阐释，同时也对现代性的反思品格进行了显示。

（三）文学理论的"多元"和"自律"

在我国几十年的文学理论发展进程当中，由"自律"诉求所引发的寻求政治话语外知识体系的理论支持，不仅使文学理论观念的认识得到了进一步丰富，同时也启发了文学研究的多种思路。

现代性对于"多元"的鼓励和宽容，不能仅仅只是追求理论的"流动性"，而抛开文学理论在发展的过程中对自身基本问题的思考。多"元"的存在是"多元"的前提，也是思想独特性的根本所在。

文学理论作为文化有机系统内的资源之一，其自身基本问题的独特性是其参与到"多元"进程的前提。它并不是取代美学、哲学和社会学而成为各种学说知识纷争的走马场。文学理论发展的新的角度和路径都是由其他知识学科提供的，就好比美学、哲学、社会学的研究思路和研究素材可以通过文学理论知识得到启发一样。

"自律"的充分性与理论思考的固步自封是不一样的，文学理论的"自律"肯定了对"文学"概念的认识，并承认它是一个动态发展的过程。同时，它也承认在某一具体历史阶段，"文学"这一概念的内涵和外延存在着可以界定的确定性。这也是西方"现代文学概念"的连续存在近两百年历史的主要原因。

在西方的理论界，大多数人对"文学性"的存在是持肯定态度的，但也有一部分人提出了"文学终结论"的观点。这充分说明了仍然需要通过知识的积累来改变对文学本身的看法和观念。

因为有了文学理论自律的存在，使得这一学科知识和文化体系内其他学科知识之间有了"对话"的机会。

一个时代中各种文化因素的多元、互动以及开放的姿态都与文学理论的发展有关，可以说，这是不可避免的规律。同时，有一个需要真正关切的问题，那就是在文学理论展现这种姿态时，"对话"的有效性可以在多大程度上得到实现。此外，这一问题也关系到学科知识有效性的积累。

参考文献

[1] 董学文，张永刚．文学原理 [M]．北京：北京大学出版社，2014．

[2] 徐亮，苏宏斌，徐燕杭．文论的现代性与文学理性 [M]．杭州：浙江大学出版社，2005．

[3] 刘大枫．新时期文学本体论思潮研究 [M]．天津：天津社会科学院出版社，2000．

[4] 张瑜．文学本体论新论 [M]．上海：上海三联书店，2010．

[5] 余虹．革命·审美·解构：20 世纪中国文学理论的现代性与后现代性 [M]．桂林：广西师范大学出版社，2001．

[6] 俞兆平．中国现代三大文学思潮新论 [M]．北京：人民文学出版社，2006．

[7] 高玉．现代汉语与中国现代文学 [M]．北京：中国社会科学出版社，2003．

[8] 刘忠．20 世纪中国文学主题研究 [M]．北京：社会科学文献出版社，2006．

[9] 解洪祥．中国现代文学精神 [M]．济南：山东教育出版社，2003．

[10] 许道明．插图本中国新文学史 [M]．上海：上海古籍出版社，2005．

[11] 张全之．火与歌：中国现代文学、文人与战争 [M]．北京：新星出版社，2005．

[12] 姜文振．中国文学理论现代性问题研究 [M]．北京：人民文学出版社，2005．

[13] 周宪．审美现代性批判 [M]．北京：商务印书馆，2005．

[14] 陶东风，徐艳蕊．当代中国的文化批评 [M]．北京：北京大学出版社，2006．

[15] 陈媛．发展与审美 [M]．北京：社会科学文献出版社，2008．

[16] 陆贵山. 试论文学的系统本质 [J]. 文学评论，2005（5）：5-13.

[17] 董学文. 关于文学本质与意识形态的关系——兼评"审美意识形态"说 [J]. 苏州大学学报（哲学社会科学版），2006（1）：51-56.

[18] 钱中文. 论文学审美意识形态的逻辑起点及其历史生成 [J]. 文学评论，2007（1）：42-53.

[19] 陈晓明，孟繁华，南帆，贺绍俊."文学理论建设与批评实践"笔谈 [J]. 中国社会科学，2004（6）：134-149.

[20] 郑崇选. 文学本质和现代转型 [J]. 上海交通大学学报（哲学社会科学版），2004（2）：75-79.